FÜR LIEBE & FOLTER

GEHEIMNISSE EINER UNTERWÜRFIGEN 6

MICHELLE L.

INHALT

Veröffentlicht in Deutschland:

Von: Michelle L.

© Copyright 2021

ISBN: 978-1-64808-912-1

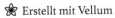 Erstellt mit Vellum

KLAPPENTEXT

Dunkelheit umgibt meine Seele, warum also erlaubt sie sich, mich zu lieben ...
Ich bin irreparabel beschädigt, dennoch gibt sie mir Sehnsucht und liebevolle Worte.
Ich habe ihren Körper und Geist gefoltert. Warum behauptet sie immer noch, Liebe für mich zu empfinden?
Ich dachte, ich würde ohne sie klarkommen. Ich dachte, ich könnte mit dieser Frau zusammenarbeiten, ohne jemals ihrer Liebe nachzugeben.
Alles funktionierte für mich, bis er kam. Warum musste er meinem Club beitreten?
Warum nahm er die einzige Frau ins Visier, die mir ihr Herz freiwillig gegeben hatte, auch wenn ich nur damit spielte, anstatt mich so darum zu kümmern, wie ich es hätte tun sollen?
Wenn ich gewusst hätte, dass der Halloween-Ball das Ende sein würde, hätte ich vielleicht alles anders gemacht ...

1

GRANT

Das monotone Rattern des Zuges, der über die Gleise fährt, versetzt mich in einen Zustand vollkommener Ruhe – einen Zustand, in dem ich die letzten Tage nicht gewesen bin. Ich habe in diesen letzten drei Tagen mehr Schmerz und Angst empfunden als in den ganzen 35 Jahren meines Lebens.

Warum hat Dad das getan?

Ich stelle mir diese Frage immer und immer wieder. Er liebte meine Mutter mit einer Leidenschaft, die man nicht oft sieht. Wie hatte er auslöschen können, was sie hatten?

Meine Tante Betsy, Moms ältere Schwester, legt ihren Arm um mich und lehnt ihren Kopf an meine Schulter. Ihre Haare sind seidig weich wie die von Mom. Aber Mom roch immer nach Rosen. Tante Betsy riecht nach Zitronen und Honig. Nicht schlecht, aber nicht Mom. „Sie hatten wahre Liebe. Ich kann das überhaupt nicht verstehen, Grant."

Ich schaue aus dem Fenster in die dunkle Nacht. Meine Stirn ruht an der Glasscheibe, die mich von der Außenwelt trennt. „Ich auch nicht." Mein Magen rumort, seit ich den Anruf bekommen habe, der meine Welt, meinen Verstand, mein ganzes Glaubenssystem zerstört hat.

Mitten in der Nacht die weite Wildnis Südafrikas zu durchqueren ist kein Spaziergang. Keiner von uns wäre hier, wenn mein Vater nicht etwas Schreckliches getan hätte.

Mein jüngerer Bruder Jake setzt sich auf den leeren Platz gegenüber meiner Tante und mir. Seine Haare sind blond und wellig, genau wie die von Mom. Er hat jedoch die hellblauen Augen unseres Vaters. Eine perfekte Mischung aus beiden. „Tante Betsy, kannst du uns von dem Tag erzählen, an dem sie sich kennengelernt haben? Ich liebe diese Geschichte. Und du kannst sogar die gewagten Teile drinlassen, wenn du möchtest."

Mein Kopf ist schwer, als ich ihn vom Fenster ziehe. Ich drehe meinen Körper, um mich zurückzulehnen und mir die Geschichte anzuhören, die uns unsere Eltern oft erzählt haben. Vielleicht steckt mehr in der Geschichte – irgendetwas, das wir alle die ganze Zeit ignoriert haben und mich wissen lässt, warum er so etwas Furchtbares getan hat.

Mit einem leisen Lachen beginnt unsere Tante die Geschichte darüber, wie unsere Eltern sich kennenlernten. „Jack Jamison und Daphne Dupree waren sich ungefähr so ähnlich wie Tag und Nacht. Es war unter den Zweigen einer Weide, die am Ufer des Frio-Flusses im Hügelland von Zentral-Texas wuchs, dass sie sich zum ersten Mal begegneten."

„Dad und Mom sind gerne dorthin zurückgegangen", murmelt Jake, während er sich zurücklehnt. Er legt seine langen, mageren Beine auf die Sitzbank und lehnt sich gegen das Fenster, so wie ich. Er war immer mein kleiner Schatten. Er ist nicht mehr so klein, aber er ahmt mich immer öfter nach.

„Das sind sie wirklich", stimme ich zu, als ich meine Augen schließe und an all den Spaß denke, den wir hatten, als sie uns zu dem Ort brachten, an dem sie sich kennengelernt hatten. „Erinnerst du dich, wie sauer wir wurden, wenn sie aus einem geheimen Urlaub zurückkamen und uns erzählten, wo sie ohne uns waren?"

Jake nickt, als sich ein breites Grinsen über seine Lippen legt. „Ja. Uns zu Hause zu lassen, während sie im kristallklaren Wasser Spaß hatten, war in meinen Augen ein Verbrechen."

„In meinen auch." Ich senke den Blick und denke, dass das Wort *Verbrechen* etwas war, das wir im Scherz verwendet hatten – so wie jetzt auch noch. Aber jetzt, da ein echtes Verbrechen von unserem eigenen Vater – unserem Patriarchen – begangen worden ist, klingt es nicht mehr so komisch.

Tante Betsy klopft mir auf den Rücken. „Ihr albernen Jungs, sie wollten Zeit alleine verbringen und die Liebe wiedererwecken, die sie an jenem Tag vor mehr als 30 Jahren gefunden hatten. Es war eine Liebe, die die Zeit überdauerte. Ich für meinen Teil dachte, sie würde ewig dauern."

„Ich auch", sagt Jake und sieht dann nach unten. Ich sehe eine Träne in seinen Schoß fallen. Er wischt sich über das Auge und wendet sich von uns ab. „Ich weiß nicht, ob ich jetzt davon hören will."

Jake ist 18 – verdammt noch mal zu jung dafür, dass ihm so etwas passiert. Ich bin nicht viel besser darauf vorbereitet. Aber ich bin der große Bruder, der Älteste von uns vier. Unsere Schwestern Jenny und Becca sind zu Hause geblieben. Nur wir drei sind nach Afrika gekommen.

Becca ist erst 15 und die Jüngste der Familie. Jenny hat alle Hände voll zu tun mit ihr, dessen bin ich mir sicher. Ich frage mich, wie sie alles aufnehmen wird, sobald wir ihr erzählen, was wir herausgefunden haben.

Tante Betsy rutscht auf ihrem Platz herum und versucht vergeblich, es sich bequem zu machen. Die Sitze sind nicht für Komfort gemacht, fürchte ich. Wir sitzen schweigend da und hören nur die Geräusche des Zuges. Bis Jake anfängt zu schnarchen und sein Kopf auf seine Brust fällt, als er einschläft.

Tante Betsy lächelt, zieht eine alte blaue Decke und ein winziges Kissen aus dem Gepäckfach und versucht, es Jake damit etwas angenehmer zu machen. Dann kommt sie zurück, um sich zu mir zu setzen, und fragt: „Also, Grant, möchtest du, dass ich mit der Geschichte fortfahre?"

Es ist viele Jahre her, seit ich die Geschichte von Mom und Dad gehört habe. Ich denke, ich muss sie noch einmal hören. Vielleicht sind in dieser Geschichte Information darüber versteckt, was mit ihnen geschehen ist. Im Moment ergibt nichts Sinn.

„Sicher, Tante Betsy, erzähl sie mir."

2

GRANT

D er Zug erreicht den Bahnhof und wir steigen aus. Wir alle
sind müde von der langen Reise, aber wir sind nur ein
kleines Stück davon entfernt, in ein Flugzeug zu steigen,
das uns nach Amerika zurückbringen wird. Ein Ort, an den mein
Vater schon gebracht worden ist.

Er wurde der amerikanischen Botschaft übergeben und nach
Oregon geschickt. Er hat gestanden, dass er die Pulsader am Handgelenk meiner Mutter aufgeschnitten und sie ermordet hat. Und er will
nicht sagen, warum. Er will gar nichts sagen.

Ich bemerke, dass alle stehenbleiben und ihre Köpfe senken, als
Moms schwarzer Sarg aus dem Zug genommen und in ein wartendes
Fahrzeug transportiert wird. Der lange schwarze Wagen soll uns zum
Flughafen bringen. Jenny trifft bereits die Vorbereitungen für die
Beerdigung.

Wir werden unsere Mutter auf dem Friedhof begraben, der nur
ein paar Blocks von ihrem Wohnort entfernt ist, wo wir alle aufgewachsen sind. Und unser Vater wird den Rest seines Lebens in einem
Gefängnis in Oregon sitzen, weil er sie ermordet hat.

Jake steigt zuerst ins Auto und Tante Betsy folgt ihm. Ich komme als Letzter hinzu, sodass unsere Tante zwischen uns sitzt, als Jake fragt: „Wann, glaubst du, wird Dads Verhandlung beginnen?"

„Es wird keine geben", sage ich. „Er hat gestanden."

„Ich weiß das", sagt er. „Aber es wird irgendetwas geben, oder?"

Tante Betsy übernimmt das Reden. „Nein, ein Richter wird entscheiden, wie hoch seine Haftstrafe ausfällt."

„Er wird lebenslänglich bekommen", sage ich, während ich mir die Schläfen reibe. „Du weißt, dass es so kommen wird. Und ich bin froh darüber. Wenn er draußen wäre, würde ich ihn töten."

Jake starrt mich an. „Du kennst nicht die ganze Geschichte. Verurteile unseren Vater nicht vorschnell, Grant."

„Wir kennen nicht die ganze Geschichte, weil unser sonst so redseliger Vater uns nicht mehr erzählen will als die Tatsache, dass er ihr die Pulsader aufgeschnitten hat. Er sagte nicht, dass es ein Unfall war. Er sagte kein weiteres verdammtes Wort darüber. Er ging freiwillig mit den Polizisten zurück nach Oregon. Er hat es getan, Jake. Er hat unsere Mutter getötet – seine Frau! Die Frau, von der wir alle dachten, dass er sie mehr als alles andere liebt. Er hat sie getötet. Er verdient es, dafür zu sterben!"

Tante Betsys Hand bedeckt meine und tätschelt sie, um mich zu beruhigen. „Grant, still jetzt. Es bringt nichts, wild herumzuschreien. Dein Vater steht unter Schock, deshalb redet er nicht darüber, was passiert ist. Er wird sich erholen und jemandem erzählen, was passiert ist. Ich weiß, dass er das tun wird."

Jakes Augen, die mich so sehr an unsere Mutter erinnern, werden schmal. „Was, wenn Mom eine Affäre hatte und er es herausgefunden und sie deswegen getötet hat?"

„Halt die Klappe, Jake!" Mein ganzer Körper zittert, als Wut aus jeder Zelle hervorbricht. „Wenn du noch ein schlechtes Wort über unsere Mutter sagst, weiß ich nicht, was ich dir antun werde. Also halt den Mund!"

„Okay, Jungs." Tante Betsy streicht mit der Hand über mein Bein. „Wir sollten uns auf der Heimfahrt entspannen. Es gibt viel zu tun, sobald wir zurück sind. Hört auf zu streiten. Wenn ich jeden

Besuchstag mit eurem Vater verbringen muss, um dieser Sache auf den Grund zu gehen, werde ich es tun. Wir werden die Wahrheit herausfinden. Macht euch keine Sorgen, streitet nicht und haltet euch mit Spekulationen zurück."

Als wir am Flughafen ankommen, warten wir im Auto, während Moms Sarg in den Privatjet, den ich gechartert habe, geladen wird. Wir sind gebeten worden zu warten, bis der Sarg gesichert ist, bevor wir an Bord gehen. Keiner der netten Leute, die uns mit der Leiche meiner armen Mutter geholfen haben, will, dass wir etwas sehen, das wir nicht sehen sollten.

Zumindest war ich in der Lage, ihr eine private Heimfahrt zu sichern, anstatt wieder im Bauch eines Flugzeugs voller Fremder transportiert zu werden.

Ich bin CEO einer Multimilliarden-Dollar-Mobilfunkgesellschaft und habe mehr Geld als die meisten anderen Leute, aber diese Tragödie hat mich dennoch heimgesucht. Alles Geld der Welt kann nicht ändern, was passiert ist.

Und ich kann nicht aufhören zu denken, dass Liebe nicht wirklich existieren kann, wenn mein Vater so etwas der Frau angetan hat, die er mehr als alles andere auf dieser Welt zu lieben schien.

Liebe kann nicht echt sein!

Man winkt uns zu, um uns zu sagen, dass wir einsteigen sollen. Der Weg zum Jet ist lang und anstrengend. Es ist, als ob meine Füße nicht dorthin gehen wollen. Ich will nicht in das Flugzeug steigen, in dem sich meine tote Mutter befindet. Aber ich es muss tun, also nehme ich den Platz gegenüber meiner Tante, während Jake sich ganz hinten hinsetzt. Ich sehe, wie sie mich anblickt, bevor sie fragt: „Was ist mit dem netten Mädchen, das du gedatet hast? Stacy. Wird sie dir helfen, damit klarzukommen?"

„Nein", sage ich, während ich aus dem Fenster schaue. Draußen geht die Sonne auf. „Ich werde sie nicht mehr sehen."

„Warum nicht?", fragt sie überrascht. „Sie ist ein Schatz."

„Ja", sage ich und schaue sie an. „Und ich könnte mich in sie verlieben. Aber das will ich nicht."

Tante Betsys Pferdeschwanz bewegt sich mit ihrem Kopf, als sie ihn schüttelt. „Grant, hör auf."

„Nein, ich will niemanden lieben. Nicht mehr. Niemals." Als ich mich zurücklehne, denke ich an nichts anderes als das, was ich tun muss, um in diesem Moment weiterzuatmen. Wut erfüllt mich. Hass übernimmt die Kontrolle. Ich muss ein konstruktives Ventil für all diesen Schmerz finden.

Mein Inneres ist heiß, als ob geschmolzene Lava durch mich fließt. Mein Kopf fühlt sich geschwollen an, wenn ich an all das denke, was passiert ist. Was mein Vater getan hat, verwandelt mein Gehirn in etwas, das ich nicht wiedererkenne. Es blockt all die guten Gefühle ab, die ich einmal hatte.

Was ich für echt hielt, gibt es nicht. Es gibt keine Liebe. Es gibt nur Schmerz. Verrat. Mord.

Ich hatte noch nie in meinem Leben den Wunsch, jemanden zu töten. Aber ich könnte meinen Vater jetzt so verdammt leicht töten. Ich habe diesem Mann vertraut. Ich werde niemals wieder einer Seele auf dieser Welt vertrauen können.

Die Wut, die mich erfüllt, ist unerträglich. Ich glaube nicht, dass sie mich jemals verlassen wird. Ich muss einen Weg finden, wenigstens etwas davon herauszulassen, oder ich werde etwas Verrücktes tun. Ich fühle den Wahnsinn, der mich packt. Es muss etwas geben, das meinen Zorn lindern kann.

Der Jet hebt ab, und ich schließe meine Augen und versuche mein Bestes, keine Obszönitäten zu schreien, während wir meine tote Mutter nach Hause bringen. Ich habe das nie kommen sehen. Ich hätte nie gedacht, dass unserer Familie so etwas passieren könnte.

Wir waren eine glückliche Familie. Dann hat Dad alles ruiniert Er hat meine Mutter ruiniert und jetzt mich. Dank dieses schrecklichen Mannes werde ich nie wieder glücklich sein.

Mein Herz schlägt wild, mein Körper ist heiß und ich brauche Erleichterung. Sicherlich gibt es etwas, das mir helfen wird. Sicherlich wird mich dieser Hass nicht komplett überwältigen.

Ich frage mich, ob es einen Ort gibt, an dem ich meine Aggressionen an einer willigen Person abreagieren kann. Meine Haut kribbelt, als ich mir vorstelle, eine Peitsche zu haben und meine Gefühle an einer nackten, gesichtslosen Fremden abzuarbeiten. Mein Schwanz wird hart wie ein Stein, während meine Fantasie auf Hochtouren läuft, und alles, was ich tun will, ist, eine Frau zu ficken und dann wegzugehen, ohne dass sie mehr von mir will.

Wo kann ich das finden?

3

GRANT

Zwei Jahre später

An einem trüben Morgen fahre ich ziellos herum. Es ist zwei Jahre her, dass mein Vater meine Mutter ermordet hat und ich bin es leid, abzuwarten, ob Dad jemals darüber sprechen wird, was er getan hat.

Er hat auf schuldig plädiert und eine lebenslängliche Haftstrafe bekommen, aber er hat seine Geschichte nie erzählt. Wir wissen, dass Moms linkes Handgelenk fast durchtrennt worden ist. Der Schnitt war so tief, dass er bis zum Knochen reichte. Der Gerichtsmediziner schätzte, dass es etwa 20 Minuten gedauert hat, bis sie verblutete. Genug Zeit, dass mein Vater sie hätte retten können. Er hätte aus einem Stück Stoff einen Druckverband für die Wunde machen können, um die Blutung zu verlangsamen, bis Hilfe kam. Dad war Polizist. Er wusste, was zu tun war.

Aber mein Vater hat nichts getan. Und niemand weiß, warum.

Er hat nie gesagt, wie Mom die Wunde zugefügt wurde, außer zu gestehen, dass er in ihr Handgelenk geschnitten hat. Da war ein Messer, das mit ihrem Blut darauf gefunden wurde. Es war ihr linkes Handgelenk und sie war Rechtshänderin – sie hätte es selbst tun können. Ich habe in den zwei Jahren, seit es passiert ist, jedes mögliche Szenario durchgespielt.

In diesem letzten Jahr sind mir Dinge passiert, die nur zu meiner Verwirrung beigetragen haben. Dinge, die ich nicht verstehe. Manchmal denke ich, dass ich tatsächlich die Stimme meiner Mutter hören kann. Es lässt mich denken, dass ich verrückt werde, und jedes Mal, wenn ich einen Schatten aus dem Augenwinkel wahrnehme und ihre Stimme höre, schüttle ich sie ab. Ich verlasse dann schnell den Ort, an dem ich bin, um mich von dem Wahnsinn zu befreien, der sich mir zu nähern scheint. Die Toten sprechen nicht – ich weiß, dass alles in meinem Kopf ist.

Mein Vater gibt niemandem Informationen, also werden wir wohl nie mehr darüber erfahren. Aber es gibt einen Verdacht, der in meinem Hinterkopf lauert, dass mein Vater die Schuld für ein Verbrechen gestanden hat, das er nicht begangen hat. Aber warum er so etwas tun würde, ist immer noch ein Rätsel.

All das lastet schwer auf mir, als ich Richtung Wilsonville, Oregon, zum Coffee Creek Gefängnis fahre. Mein Vater sitzt dort ein und es ist Besucherwochenende. Gibt es einen besseren Weg, einen regnerischen Tag zu verbringen, als mit meinem Vater in einem Gefängnishof zu reden?

WEIßE ZELTE WURDEN AUFGESTELLT, um die Insassen und ihre Besucher im Außenbereich des Gefängnisgebäudes vor dem Regen zu schützen. Mein Vater ist noch nicht zu mir gekommen, obwohl ich seit 30 Minuten hier bin. Die Zeit wird knapp und ich bin mir sicher, dass er das weiß.

Offensichtlich will er mich nicht sehen. Das letzte Mal, als wir uns getroffen haben, war, als ich ihn und Mom für ihre Reise nach Südafrika zum Flughafen fuhr – ein Ort, an den Mom immer schon gehen wollte. Sie schienen an diesem Tag glücklich zu sein. Es gab keinen Grund zu vermuten, dass Dad in wenigen Tagen die Frau töten würde, die er mehr als das Leben selbst zu lieben schien.

Mom hat mich zum Abschied geküsst und mich umarmt. Dad hat

meine Hand geschüttelt und gesagt, ich solle mich um meinen jüngeren Bruder und meine Schwestern kümmern, während sie weg waren. Ich versicherte ihnen, dass ich es tun würde, und sagten ihnen, dass sie sich eine schöne Zeit machen sollten.

Zwei Jahre sind seit diesem schicksalhaften Tag vergangen. Ich weiß, dass es schwer für Dad sein könnte, mich zu sehen. Aber er muss irgendwann darüber hinwegkommen. Ich bin es müde, darauf zu warten herauszufinden, warum er meine Mutter getötet hat.

Während ich hier an diesem Picknicktisch sitze, habe ich nichts anderes zu tun, als nachzudenken. Ich denke an den Club, den ein paar meiner Freunde und ich eröffnen wollen.

Wir haben sehr ausführlich darüber gesprochen, was wir vorhaben. Mit Geld, das wir auf ein Konto für unseren geplanten Club eingezahlt haben, haben wir ein Grundstück außerhalb der Stadtgrenze von Portland gekauft.

Derzeit befindet sich nichts darauf. Es ist ein flaches Stück Land und wir haben uns alle entschieden, dass der Bau unterirdisch erfolgen soll. Was wir machen, wird für die meisten Menschen tabu sein.

Je verborgener er ist, desto einfacher wird es sein, den Club ohne Einmischung von Leuten zu betreiben, die uns sagen, dass das, was wir tun, unheimlich ist.

Die meisten Menschen wollen kein Zimmer in ihrem Haus erklären müssen, das mit Dingen gefüllt ist, die die meisten anderen für Foltergeräte halten würden. Peitschen, Ketten, Seile, die an den Wänden hängen, und Bondage-Ausrüstung – in den Augen mancher Leute ist jeder, der auf so etwas steht, verrückt. Oder moralisch bankrott.

Ich bin weder das eine noch das andere, genauso wie die Männer, die sich mit mir zusammenschließen wollten, um uns einen ganz besonderen Ort zu schaffen. Einen Ort, an dem Männer und Frauen bereitwillig Dinge tun, die besser vor der Gesellschaft verborgen bleiben.

In letzter Zeit habe ich viel gelesen und Regeln erlassen, an die sich unsere Mitglieder halten müssen. Bisher habe ich festgestellt, dass die Liste mit jedem Artikel, den ich lese, länger wird. Aber wir werden dafür sorgen, dass unser Club sicher ist, und alles, was dort stattfindet, einvernehmlich geschieht.

Ich beobachte einen alten Mann und seine Familie, während ich warte. Sie sind ein lebhafter Haufen und gestikulieren bei fast jedem Wort, das sie sagen. Ich denke, dass es Spaß machen muss, bei ihnen zu sitzen und ihnen zuzuhören. Sie alle lachen viel, einschließlich des Insassen.

Es ist sonderbar für mich, dass sie so fröhlich sein können, wenn einer von ihnen hinter diesen hohen Zäunen gefangen ist, die mit Stacheldraht bedeckt sind. Von dem Moment an, als ich zum Gefängnistor fuhr, spürte ich die Schwere in der Luft. Niemand will hier sein – es ist eine Strafe. Wie kann jemand hinter diesen Zäunen fröhlich sein?

Meine Aufmerksamkeit wird von der glücklichen Gruppe auf jemanden in meinem Augenwinkel gelenkt. Etwas Orangefarbenes bewegt sich und setzt sich auf die andere Seite des Tisches. Langsam drehe ich meinen Kopf und meine Augen landen auf Dad.

Zum ersten Mal seit etwas mehr als zwei Jahren sehe ich in die glasigen blassblauen Augen meines Vaters. „Du siehst schrecklich aus."

Er sagt kein Wort. Er sieht mir direkt in die Augen, aber er sagt nichts. Der Wärter, der ihn hergebracht hat, sagt jedoch etwas. „Er spricht nicht."

Ich blicke den Wärter an, als ich nicke. „Das sehe ich." Dann schaue ich zurück auf den Mann, der froh sein sollte, mich zu sehen. „Wie geht es ihm hier?"

„Niemand belästigt ihn", antwortet der Wärter. „Er bleibt für sich."

„Wissen Sie, ob er etwas braucht?", frage ich, obwohl ich nicht die Absicht habe, seinen Aufenthalt im Gefängnis angenehmer zu machen. Er verdient es, hier allein und traurig für das festzusitzen, was er unserer Familie angetan hat.

„Wenn Sie mich fragen, würde ich sagen, er könnte Bleistifte und Schreibblöcke gebrauchen. Er scheint viel nachzudenken. Vielleicht könnte er ein paar Dinge davon aufschreiben." Die fleischige Hand des Wärters legt sich auf die schmale Schulter meines Vaters. „Er trägt viel mit sich herum – viel, das ihn belastet. Manchmal tut er mir leid. Dann zerreißt es einem bei seinem Anblick fast das Herz."

„Wissen Sie, warum er hier ist?", frage ich den großen, muskulösen Mann, der Einfühlungsvermögen für den Mörder zu haben scheint, der vor mir sitzt.

„Ja." Er räuspert sich und ich sehe ihn an anstatt der leblosen Hülle, die mein Vater geworden ist. „Die Leute machen alle möglichen verrückten Dinge, die wir nicht verstehen. Dieser Mann ist Ihr Vater. Sie teilen Blut, DNA und eine gemeinsame Vergangenheit miteinander. Sie beide lieben dieselben Leute. Die Verbindungen zwischen Ihnen reichen tief."

„Das klingt fast romantisch. Aber das ist es nicht, glauben Sie mir." Ich schaue zurück auf meinen Vater, der stoisch dasitzt, während wir über ihn reden. „Ich kenne den Mann nicht, der vor mir sitzt. Er ist nicht der Mann, den ich vor ein paar Jahren zum Flughafen gebracht habe. Er ist jetzt ein Fremder für mich."

„Dieser Mann, den Sie kennen, ist immer noch in diesem Körper. Warum reden Sie nicht mit ihm wie früher? Warum finden Sie nicht heraus, ob Sie ihm dabei helfen können, wieder der zu werden, der er einmal war?" Der Wärter tritt ein paar Schritte zurück. „Ignorieren Sie mich, junger Mann. Besuchen Sie Ihren Vater."

„Du hast dich verändert", sage ich, als ich meinen Vater betrachte und nur die geringste Ähnlichkeit mit dem Mann feststelle, den ich einst kannte. Dem Mann, dem ich vertraute. Dem Mann, der mich gebrochen hat. „Und du bist viel ruhiger als sonst. Ich erinnere mich an damals, als ich zu spät nach Hause kam, nachdem ich Frauen nachgestiegen war und mich betrunken hatte, obwohl ich viel zu jung dafür war. Du hast geschrien und fluchend gedroht, mir mein Auto wegzunehmen."

Ich schweige und warte ab, ob sich sein Gesichtsausdruck ändert. Ob der Klang meiner Stimme etwas in meinem Vater auslöst. Wenn meine Erinnerung daran, wie die Dinge einst waren, seine Seele erschüttert, kann er mir endlich sagen, warum er das getan hat. Oder vielleicht erzählt er mir, dass er unschuldig ist.

Die Dunkelheit baut sich wieder in mir auf, als mein Vater nichts sagt, und ich verliere die Geduld. Ich schüttle den Kopf, um die Wut zurückzudrängen, und finde einen Kloß in meiner Kehle.

Die Stimme meiner Mutter hallt in meinem Kopf wieder. „Du musst ihm helfen", sagt sie mir.

Ich schließe die Augen und dränge sie zurück, während ich mir einrede, dass es nicht echt ist. Wie soll man einem Mann helfen, der sich nicht selbst helfen will?

Er bewegt sich ein wenig und ich sehe ihn an. Seine Augen sind auf mich gerichtet und eine einzelne Träne rinnt über seine Wange. Ich kann es nicht mehr aushalten. Wut erfüllt mich, als diese Träne seine faltige Wange hinunterläuft. Wie konnte er mir das antun?

Ich kämpfe gegen meinen Instinkt an aufzuspringen, den Mann an der Kehle zu packen und sein nutzloses Leben zu beenden. Stattdessen stehe ich auf und gehe davon. Ich will kein Mitleid mit ihm haben.

Meine Mutter ist tot. Er will uns nicht verraten, was zum Teufel passiert ist. Er ist nicht derjenige, den ich bedauern möchte. Er ist schuld an allem. Moms Tod lastet auf seinen Schultern. Ende der Geschichte.

Ich mache fünf Schritte bevor ich stehenbleibe. Als ich mich umdrehe, sehe ich, wie mein Vater aufsteht und zu dem Wärter geht, der mich mit seinen braunen Augen eindringlich ansieht.

Er hält meine Augen wie von Zauberhand gefangen. Ich kann nicht wegsehen, obwohl ich es möchte. Ich weiß es und er weiß es auch. „Moment." Der Wärter legt seine Hand auf die Schulter meines Vaters. „Wollen Sie mit ihm reden, Mr. Jamison?"

Ohne sich noch einmal umzudrehen, um mich ein letztes Mal anzusehen, schüttelt mein Vater den Kopf und geht von mir weg. Der Wärter folgt ihm.

Ich zittere vor allen möglichen Emotionen, als ich mich zum Tor begebe. Der Mann, den ich kannte, ist weg. Ich kann mir nicht vorstellen, dass er jemals zurückkommt, und ich weiß nicht, ob ich ihn akzeptieren könnte, wenn er wieder normal wäre.

Ich gehe zum Parkplatz und öffne die Tür meines Jaguars. Auf dem Vordersitz liegt eine brandneue Schachtel mit Bleistiften. Darunter befindet sich ein Notizblock aus gelbem Papier. Ich habe ihn gekauft, um Notizen zu machen, wenn mir Dinge einfallen, die für den neuen Club interessant sein könnten.

Das Einzige auf dem Papier ist die Skizze einer Festung, die ich gezeichnet habe. Ich lasse sie oben liegen, bringe die Sachen zurück zum Gefängnis und bitte einen Wärter darum, sie meinem Vater zu geben.

Ich verlasse das Gebäude erneut und fühle mich leer und taub. Ich hasse meinen Vater und die ganze verdammte Welt.

Nichts ergibt für mich einen Sinn. Meine Eltern haben sich geliebt. Wie kann ein Mann, der eine Frau liebt, ihr das Leben nehmen?

Werde ich es jemals verstehen?

4

GRANT

in Jahr später

E„Sie haben einen Anruf auf Leitung eins, Mr. Jamison“, sagt meine Sekretärin über die Gegensprechanlage.

Ich schiebe meine Hand durch meine Haare und seufze, als ich den Hörer abnehme. „Grant Jamison.“

„Hallo, Grant, ich bin es, Jake.“

Mit einem Schnauben lege ich auf. Mein Bruder und meine Schwestern können alle zur Hölle fahren. Sie haben eines gemeinsam. Sie alle denken, dass unsere Mutter mehr mit ihrem Tod zu tun hat, als irgendjemand weiß.

Nachdem ich meinen Vater besucht habe, weiß ich, dass er mit mir gesprochen hätte, wenn er unschuldig wäre. Er und ich standen uns einst näher als er meinen anderen Geschwistern nahestand. Ich habe das Geld, um ihm Anwälte und einen Prozess zu verschaffen. Er musste nur den Mund öffnen und mir sagen, dass er unschuldig ist. Aber er hat den Mund gehalten. Und die Träne, die er fallen ließ, sagte mir, dass er es getan hat. Er hat die Frau getötet, die er liebte.

Ich will nicht mit meinen Geschwistern reden. Bis sie damit aufhören, mich davon überzeugen zu wollen, dass Dad unschuldig ist, sind sie für mich genauso tot wie unsere Mutter und unser Vater.

Ich habe andere Dinge zu tun, die mich von meiner Familie ablenken. Dinge, zu denen ich entkommen kann, wenn die quälenden Gedanken versuchen, meinen Kopf zu füllen. Gedanken an meinen jüngeren Bruder und meine Schwestern und daran, wie sich die Dinge in ihrem Leben entwickeln. Gedanken an meine arme Mutter und daran, ob sie litt, als sie starb. Gedanken an meinen Vater und daran, ob er tatsächlich in der Hölle brennen wird für das, was er uns angetan hat.

Kürzlich haben mein Bruder und meine Schwestern die Idee gehabt, dass wir die Leiche unserer toten Mutter exhumieren und mithilfe einer Autopsie untersuchen lassen sollten. Natürlich kann keiner von ihnen das bezahlen, weshalb sie mich deswegen belästigen. Ich sehe keinen Nutzen darin. Es ist für jeden offensichtlich, wie sie starb, warum also soll ihrem Körper noch mehr angetan werden?

Meine Augen wandern zu dem Telefon, das auf meiner Mahagoni-Tischplatte steht. Jakes Anruf lässt mich aus irgendeinem Grund nicht los. Vielleicht hätte ich nicht auflegen sollen.

Die Stimme meiner Mutter flüstert in meinem Kopf: „Ruf ihn zurück."

Ich hasse es, wie mein Gehirn ihre Stimme heraufbeschwört. Ich hasse es, dass ich glaube, sie manchmal zu sehen. Ich hasse alles.

Da sind wieder diese nervtötenden Gedanken. Es ist an der Zeit, sie loszuwerden. Ich nehme das Telefon noch einmal zur Hand und mache einen Anruf, der mich zumindest für eine Weile beruhigen wird. „Isabel, triff mich bitte zu Hause."

„Ja, Meister. Ich werde in 15 Minuten da sein."

„Braves Mädchen." Ich lege auf und gehe aus dem Raum, um etwas zu tun, das mich von allem, was ich nicht kontrollieren kann, ablenkt.

Isabel Sanchez ist unsere erste Angestellte und ich bin der Mann, der sie ausbildet. Die anderen Eigentümer des Dungeon of Decorum übernehmen die Trainer-Ausbildung der weiteren Männer und Frauen, die sie einstellen.

Isabel hat etwas an sich, das mich von Anfang an fasziniert hat. Ich möchte sie selbst ausbilden. Sie wird allerdings mehr als nur

Trainerin werden. Sie ist jung, mit dem College noch nicht ganz fertig und bereit, alles auszuprobieren – sie ist perfekt für die Verwaltung neuer Mitgliedschaften.

Sie wird die erste Person sein, mit der jeder, der in den Club kommt, interagiert. Isabel muss sehr gut darüber informiert sein, welche Dinge im Club passieren, der in ein paar Monaten eröffnet werden soll.

Es gibt bereits eine Menge Männer, die Mitgliedschaften wollen. Um sie exklusiv zu halten, sind die jährlichen Gebühren außergewöhnlich hoch. Aber wir wollen uns nicht mit Gesindel abgeben. Männer mit großem Reichtum leben ohnehin nach anderen Regeln. Die meisten von ihnen jedenfalls.

Isabel und ich werden die letzten Details ausarbeiten. Sie wird Auktionen veranstalten, bei denen willige Frauen in den Club kommen, damit unsere Mitglieder auf sie bieten können. Für eine gewisse Zeit bekommen sie einen Vertrag, der die Frau ihrer Wahl an sie bindet. Die Frau wird davon profitieren, indem sie den größten Teil des Geldes bekommt, das der Mann für sie bezahlt, ganz zu schweigen von dem Vergnügen, das sie wahrscheinlich von seiner Hand oder Peitsche bekommen wird. Es ist eine Win-Win-Situation.

Da wir gerade erst anfangen, brauchen wir eine Frau, mit der sich andere Frauen darüber unterhalten können, was von ihnen erwartet wird. Isabel muss selbst Erfahrungen sammeln, anstatt nur darüber zu lesen.

Ich habe ein Zimmer in meinem Haus eingerichtet, um sie zu unterrichten. Es ist mit allem ausgestattet, was wir in den privaten Räumen des Clubs bereitstellen werden. Der gesamte Raum ist ein Prototyp für das, was wir im Club machen.

Als ich in mein Spielzimmer komme, sehe ich Isabel in der Nähe der Tür knien. Wie von mir angewiesen, als wir zum ersten Mal über ihr Training sprachen, hat sie ihr Haar zu einem langen Zopf geflochten, der über ihren Rücken hängt. Ihr dunkles Haar glänzt, als sie mit gebeugtem Kopf auf weitere Anweisungen wartet.

Ich habe ihr ein Lederkorsett und ein passendes Höschen zum

Anziehen gegeben und sonst nichts. Es ist das erste Mal, dass ich sie in diesem Outfit sehe, da dies unser erstes Mal in meinem Spielzimmer sein wird, und ich fühle schon, wie mein Schwanz reagiert. Sie hat Lesematerial bekommen und ich erwarte von ihr, dass sie auch ihre persönlichen Erfahrungen einbringt, wenn sie ein Handbuch für unsere neuen Mitglieder und Subs erstellt. Sie hat eine Menge auf ihren schmalen Schultern lasten, aber sie wird gut dafür bezahlt. Ich habe ihr erzählt, wie der BDSM-Lebensstil praktiziert wird. Liebe muss kein Teil davon sein – und das wird sie bei uns auch nicht sein. Wir werden Energie austauschen, mehr nicht. Und Ehrlichkeit hat oberste Priorität. Beide Parteien müssen ehrlich sein, um davon profitieren zu können.

Ich möchte, dass Isabel die beste Sub im ganzen Club ist. Ich möchte, dass sie das ist, was andere Frauen sein wollen. Um dies zu ermöglichen, wird ein umfangreiches Training erforderlich sein. Und sie hat gesagt, dass sie bereit ist zu lernen.

Ich gehe an ihr vorbei und atme den Geruch von Leder ein, der in der Luft hängt. „Steh auf, Sub."

Sie steht auf, hält ihre tiefbraunen Augen aber gesenkt. „Ja, Meister."

„Braves Mädchen." Ich packe sie am Kinn, damit sie mich anschaut. „Wir werden damit anfangen." Ich deute auf das hölzerne Gestell, wo ihr Kopf und ihre Hände bald zwischen Holzstangen eingeschlossen sein werden. Sie wird sich bücken müssen, um sie dort hineinzulegen, und dann werde ich sie einschließen, damit sie nicht entkommen kann.

Isabel erhebt sich und wartet darauf, dass ich sie in dem mittelalterlichen Gerät positioniere. Ich ziehe die obere Stange hoch und weise sie an, ihren Kopf und ihre Hände entsprechend auszurichten. Ein kleiner Seufzer dringt aus ihrem Mund, als sie das Gerät und dann mich ansieht. „Und das Safeword ist *Rot*?"

Ich nicke. „Ja."

Sie schließt die Augen und beugt sich vor. Ich lege die Holzstangen über ihren Kopf und ihre Hände, halte sie fest und lasse

dann das Schloss am Ende der beiden Teile einrasten. „Bequem?",
scherze ich mit ihr.

„Überhaupt nicht", antwortet sie. „Aber ich denke nicht, dass es
das sein sollte."

„Nein, das sollte es nicht." Ich trete hinter sie und umfasse ihren
Hintern mit beiden Händen. „Und du musst alles ertragen, was ich
mit deinem schönen Hintern machen will. Ich könnte dich verprügeln, auspeitschen, mit dem Paddel bearbeiten oder einfach nur
ficken."

„Und das soll Spaß machen?", fragt sie und lacht dann ein bisschen. „Entschuldige, ich nehme das nicht ernst genug, nicht wahr?"

„Ich denke, du und ich können Spaß damit haben. Solange du
etwas dabei lernst und Informationen darüber weitergeben kannst –
darum geht es mir. Du bist nicht meine tatsächliche Sub."

„Wirst du dir eine nehmen?", fragt sie und lässt mich darüber
nachdenken.

„Es wird scharenweise Schönheiten im Club geben. Warum sollte
ich mich mit einer davon zufriedengeben?" Ich neige meinen Kopf
zur Seite, während ich ihren runden Hintern ansehe, und versuche
zu entscheiden, was ich damit machen will.

Ich hatte noch nie einen Hintern, der nur darauf wartet, dass ich
nach Belieben mit ihm verfahre. Es ist merkwürdig. Ich kann ihr
buchstäblich alles antun. Sie ist hilflos und kann mich nicht aufhalten. Und wir sind bei mir zu Hause, nicht im Club, wo es Leute gibt,
die sie schreien hören würden.

Mir fällt plötzlich auf, dass sie sich einem großen Risiko aussetzt.
„Ich muss dich warnen, Isabel. Du solltest das mit niemandem sonst
außerhalb der Sicherheit des Clubs tun. Es ist gefährlich, weißt du?"

Ihre Stimme ist süß, ehrfürchtig und aufrichtig. „Danke, Meister,
dass du dich um mein Wohlergehen sorgst. Ich weiß es zu schätzen."

Ich gehe zu dem Sortiment von Geräten auf dem Tisch und hebe
das Paddel auf. Ich habe nicht viel Übung mit dieser Art von Dingen
– ich bin selbst noch in der Lernphase. Aber was ich bisher getan
habe, funktioniert für mich. Es löscht alle anderen Gedanken aus.

Ich bewege mich zurück zu ihr und schlage ihr mit dem Paddel auf die linke Pobacke. Es gibt ein dumpfes Geräusch und ich merke, dass sie überhaupt nicht zusammenzuckt. „Tat das weh?"

„Nicht wirklich. Schlage mich härter."

Ich gebe ihr noch einen Klaps, ein bisschen härter, und sie wimmert. „Zufrieden?"

Ihr leises Lachen hallt durch die Luft. „Nein. Ich wollte nur sehen, ob ich dich dazu bringen könnte zu denken, dass es so ist."

Ich gehe um sie herum, um sie von Angesicht zu Angesicht zu züchtigen. Ihr Gesicht ist auf der gleichen Höhe wie mein Schwanz und ich weiß, dass diese Position auch für Oralsex großartig sein wird. „Dieser Apparat hat alle möglichen Anwendungen", murmle ich, als ich in die Hocke gehe, um auf ihr Niveau zu kommen. „Isabel, versuche nicht, mir etwas vorzuspielen. Okay?"

„Okay, es tut mir leid. Ich werde ruhig bleiben, bis es tatsächlich wehtut. Du bist so zurückhaltend. Ich denke, du solltest es entweder immer wieder tun oder einmal wirklich hart." Sie sieht mich ernst an.

Ich muss zugeben, ich hätte nicht gedacht, dass sie so etwas sagen würde. Es fasziniert mich. „Ich mag die Idee, es immer wieder zu tun. Vielleicht mit ein paar Küssen dazwischen. Damit du warm wirst. Du sollst es schließlich sexuell stimulierend finden."

Isabels Lippen verziehen sich zu einem Lächeln. „Weißt du, dieses Ding könnte für einige deiner weniger gutaussehenden Männer funktionieren. Wenn das Mädchen so feststeckt und den Mann nie sieht, kann sie erregt sein, auch wenn sie sich nicht zu ihm hingezogen fühlt."

„Zusätzlich könnten Masken getragen werden", sage ich, während ich über die körperliche Anziehungskraft bei dem Ganzen nachdenke.

„Ja, sowohl von Männern als auch von Frauen, wenn sie denken, dass es helfen könnte." Sie kaut auf ihrer Unterlippe herum. „Sich von einem Mann nicht angezogen zu fühlen kann dazu führen, dass eine Frau nicht stimuliert wird, egal wieviel Geld damit verbunden ist."

Sie hat recht, und ich schnappe mir das kleine Notizbuch und den Stift, die ich auf den Tisch mit den Foltergeräten gelegt habe. Ich mache mir ein paar Notizen, bevor ich mit dem Paddel weiterarbeite.

Ich zerre die Unterseite des Lederkorsetts hoch, so dass ihre Pobacken vollständig freigelegt sind, und ziehe mit meinen Hände Kreis darüber. Dann gebe ich einer einen Klaps, bevor ich das Gleiche mit der anderen mache. Ich mache das jeweils dreimal, dann streiche ich wieder mit der Hand über ihren Hintern. „Wie fühlt sich das an?"

Sie atmet ein wenig schneller. „Verdammt gut. Ich denke, wenn du so weitermachst, komme ich."

Ich mache weiter und sie fängt an zu stöhnen. Als ich mit meiner Hand über ihr lederbedecktes Zentrum streiche, ist es warm. Ich schiebe das Leder beiseite und lasse meinen Finger durch ihren Schlitz gleiten. „Dir gefällt das."

Ihr Stöhnen ist tief. „Ja. Und ich würde gerne sehen, ob noch etwas anderes, das mir wehtun soll, genau das Gegenteil bewirkt. Wie wäre es mit dem Ledergürtel dort?"

Ich lege das Paddel weg, nehme den Gürtel und gehe zurück zu ihrem Hintern. Er ist knallrot und ich denke, ich sollte ihm eine Pause gönnen. „Du bist ziemlich rot. Ich denke, wir sollten etwas anderes machen, während du dich erholst."

Als ich mich vor sie stelle, streichle ich meinen harten Schwanz. Isabel ist nicht die Einzige, die vom Paddeln erregt wurde. Sie leckt ihre prallen roten Lippen. „Willst du mir das in den Mund schieben, Meister?"

Mit einem Nicken sage ich: „Wenn es dir unangenehm wird, dann bewege deine Finger, denn dein Mund wird voll sein."

Sie nickt und öffnet dann ihre Lippen. Ich ziehe mein T-Shirt aus, damit ich freie Sicht habe, und ziehe den Bund meiner Hose nach unten, um meinen Schwanz daraus zu befreien und meine Erektion in ihren heißen Mund zu schieben. Ich bewege mich langsam und lasse sie sich daran gewöhnen.

Als ich feststelle, dass sie mich in dieser Position ganz in sich aufnehmen kann, lege ich meine Hände auf die Holzstange und bewege meine Hüften, während ich zusehe, wie mein Schwanz in ihren Mund hinein und wieder heraus gleitet.

Der Anblick ist faszinierend und ich mag die Art, wie es sich anfühlt. Wir berühren uns an keiner anderen Stelle, nur dort, wo ihr nasser Mund meinen Schwanz umschließt. Ich kann jede kleine Bewegung auf meinem Schwanz fühlen, da er alles ist, was stimuliert wird. In kürzester Zeit steigt dieses vertraute Gefühl in mir auf. „Bewege deine Finger, wenn ich in deinem Mund kommen kann."

Sie tut es und ich komme. Sie ist nicht in der Lage, in dieser Position gut zu schlucken, und meine dicke Flüssigkeit fließt aus ihrem Mund und hinterlässt weiße Spuren an den Seiten ihrer rubinroten Lippen.

Aber gottverdammt, sie sieht so sexy aus.

Ihr Komfort ist jedoch wichtig, also beeile ich mich, ein Tuch zu holen, um ihr den Mund abzuwischen. Dann mache ich mich sauber. „Das war heiß!" Ich reibe meinen Schwanz ab. „Was denkst du?"

„Ähm, nun, es war okay. Ich hatte nicht viel davon, aber du hast bekommen, was du wollest, und das ist die Aufgabe einer Sub. Es war nicht unangenehm." Sie öffnet und schließt ihren Mund ein paar Mal und gewöhnt sich an die Leere. „Du bist wirklich groß."

Jetzt fühle ich mich irgendwie mies. Während ich dastehe und sie beobachte, wie sie ihren Kiefer bewegt, um ihn zu entspannen, denke ich, dass ich etwas unternehmen sollte. Sie lernt immer noch, also bekommt sie noch nicht die gleiche Befriedigung, die eine erfahrene Sub allein davon bekommen würde, mir Vergnügen zu bereiten. Ich lasse sie aus dem Gerät treten, nehme ihre Hand und führe sie zum Bett. „Leg dich hin. Ich sollte mich bei dir revanchieren."

Mit einem Lächeln tut sie, was ich sage. Ich schiebe das Leder zur Seite, gehe auf die Knie und lecke ihr Zentrum. Immer wieder lecke ich ihre Klitoris und lasse dann meine Zunge durch ihren warmen Schlitz gleiten, bis sie bei einem Orgasmus zittert.

Als sie kommt, wird mein Schwanz wieder hart, während ich darüber nachdenke, wie großartig ihr pulsierender Körper sich um mich herum anfühlen wird. Ich reiße meine Hose herunter und schiebe Isabel weiter auf das Bett. Dann klettere ich auf sie, versenke meinen Schwanz in ihr und bleibe vollkommen ruhig, während ihr Orgasmus auf mich wie Magie wirkt.

„Ja", stöhne ich und schaue Isabel an. „Ich werde dich jetzt ficken und möchte, dass du lernst, wie man auf Befehl kommt. Du musst es zurückhalten, bis ich dir deine Erlösung erlaube. Okay? Bist du dafür bereit?"

Ihre Hände bewegen sich über meine Schultern, bevor sie meinen Bizeps umklammern. „Ich denke schon."

Ich habe eine Idee, die helfen könnte. „Ich möchte, dass du etwas hinter mir ansiehst. Konzentriere dich darauf, bis ich dir sage, dass ich will, dass du kommst. Dann möchte ich, dass du mir in die Augen siehst. Ich will wissen, ob das einen Orgasmus auslöst. Bereit?"

„Bereit." Ihre dunkelbraunen Augen bewegen sich von meinen, als sie über meine Schulter schaut, und ich konzentriere mich auf ihr Gesicht und stoße in sie hinein. Tiefe, stetige Stöße, die mich in ihren heißen nassen Wänden vergraben. Immer wieder mache ich das Gleiche. Dann werde ich langsamer, bevor ich das Tempo ändere und mit scharfen Stößen in sie eindringe.

Sie reagiert gut darauf und ihr leises Stöhnen kommt endlich zu mir, als die Erregung sich wie eine Welle immer höher aufbaut. „Schau mich an, Sub." Isabel wendet ihre dunklen Augen auf meine und wir starren einander an, während ich sie ficke. Mein Schwanz zuckt. „Komm!" Ich ramme mich mit rasender Geschwindigkeit in sie und ihr Körper tut, was ich ihm befohlen habe.

Wir kommen zusammen und ich bin glücklich. Unsere erste Begegnung ist sehr erfolgreich. Sie und ich werden gut zusammenarbeiten können.

Begeistert von unserer Kooperation klettere ich von ihr herunter, während sie wieder zu Atem kommt. Ich schnappe mir ein anderes Tuch und säubere sie, bevor ich mich um mich selbst kümmere. „Was sagst du zu eine weiteren Runde mit dem Paddel, Isabel?"

Sie stemmt sich auf ihre Ellbogen, während sie schwer atmet. „Wie wäre es mit einer Flasche Wasser?" Ihr Grinsen und ihre hochgezogene Augenbraue lassen sie unglaublich attraktiv auf mich wirken.

Ich hole für jeden von uns eine Flasche Wasser und wir trinken.

„Danke, dass du etwas gesagt hast. Ich muss noch an dieser kleinen Routine arbeiten und sicherstellen, dass meine Partnerin nicht dehydriert. Das ist ziemlich wichtig."

Sie stellt die leere Flasche ab und fragt: „Willst du, dass ich irgendetwas von dem Zeug an dir anwende?" Sie zwinkert mir zu. „Bist du schon mal mit einem Vibrator in den Hintern gefickt worden?"

Mit einem Grinsen sage ich: „Nein, und das habe ich auch nicht vor."

„Nun, du verpasst etwas. Lass mich dir das sagen." Sie sieht sich im Raum um und zeigt auf die Fesseln, die an der Wand hängen. „Willst du das machen?"

„Hmm, das hört sich gut an." Sie steht auf und wir gehen zur gegenüberliegenden Wand. „Hebe deine Arme an und ich werde sie an die Wand ketten."

Unglaublicherweise lächelt sie die ganze Zeit, während ich die Fesseln um ihre Handgelenke und Knöchel lege. Ich habe sie mit dem Rücken zur Wand gestellt und frage mich, was ich ihr in dieser Position antun kann.

Isabel scheint ebenfalls ratlos zu sein, dann nickt sie mit dem Kinn zum Tisch. „Diese Peitsche könnte cool sein. Schlage mich damit zwischen die Beine." Mir ist klar, dass ich derjenige bin, der die Befehle geben soll, aber ich lasse es ihr durchgehen, weil wir beide noch lernen. Wenn sie diesen Mist später versucht, wird sie definitiv eine Strafe bekommen.

Ich gehe hinüber, um nach der Peitsche zu greifen, und schüttle den Kopf, als ich zu ihr zurückkehre – sie ist einfach unglaublich und so eifrig darauf bedacht, alles auszuprobieren. „Bist du sicher, dass du das machen willst?"

Isabel reckt ihr Kinn. „Ja, ich will sehen, wieviel ich aushalten kann. Ich wurde von meinem Vater herumgestoßen, als ich ein Kind war, und habe mich immer gefragt, ob ich jemals härter werden könnte. Hier bei dir habe ich das Gefühl, dass ich es kann."

Der Flogger hat viele kleine Lederriemen, an deren Enden Eisenkugeln gebunden sind. Ich treffe zuerst die Oberseite ihres Oberschenkels und sie runzelt die Stirn. „Tat das weh?"

„Es ist wie ein dumpfer Schlag. Das habe ich nicht erwartet." Dann leuchten ihre Augen auf. „Oh, aber ich wette, es wird sich phänomenal zwischen meinen Beinen anfühlen, Grant. Versuch es!"

Ich probiere eine Achter-Bewegung aus, die ich in einem Trainingsvideo gesehen habe, und ziele auf ihr Zentrum. Die Riemen treffen sie neben dem Leder, das sie dort bedeckt. Zuerst scheint nichts zu geschehen, dann schließt sie ihre Augen und stöhnt. „Oh ja!"

Ich mache weiter und beobachte, wie ihr Gesicht sich zu röten beginnt und ihr Atem schwerer wird. Plötzlich kommt sie, was mich überrascht, aber ich höre nicht auf, bis sie sich windet. Schließlich lege ich die Peitsche nieder und schiebe das Leder zur Seite, um zu sehen, ob es irgendeinen Schaden an ihrem Körper gibt. Sie ist geschwollen, aber nur vor Erregung. Mein Sperma läuft aus ihr heraus, und ich spüre einen Hunger, von dem ich noch nie etwas gewusst habe.

Isabel und ich könnten einen Weltrekord im Ficken aufstellen. Mein Schwanz füllt sich schon wieder und ich kann es kaum erwarten, in sie zu stoßen, während sie von der Wand hängt.

Ich ziehe meine Hose wieder herunter, packe sie an ihrem Zopf, ziehe ihren Kopf zurück und küsse sie, als ich meinen Schwanz wieder in gleiten lasse. Es ist erstaunlich, wie sie um mich herum pulsiert, während die Wand sie immer noch für mich festhält.

Es gibt so viele Möglichkeiten, in diesem Raum zu verschwinden. Wenn ich so viel Vergnügen habe, werden es auch unsere Kunden genießen.

Der Dungeon of Decorum wird erfolgreich sein. Daran besteht kein Zweifel.

Im Club können unsere Mitglieder eine Frau auswählen, die zu ihrem eigenen Vergnügen da ist. Es gibt auch Frauen, die wir dafür bezahlen, unsere Mitglieder zu unterhalten. Oder sie können versuchen, eine Frau in einer Auktion zu gewinnen, und sie für eine Weile behalten. Was immer sie wollen, werden sie bekommen.

Wir sind alle schon reich, aber wir werden noch reicher, genauso wie viele Frauen. Sie müssen uns nur ihre Körper benutzen lassen. Sie werden Geld und Vergnügen dafür bekommen.

Meine Gedanken kommen zum Stillstand, als ich wieder komme, und ich höre auf, Isabel zu küssen und frage: „Genießt du das genauso wie ich? Und bitte, sei ehrlich. Wenn du es nicht genießt, sag es mir einfach. Es wird meine Gefühle nicht verletzen. Ich muss nur wissen, ob Frauen das auch mögen."

Ihre Wangen sind gerötet und Schweißperlen rollen von ihrem Gesicht, als sie versucht, wieder zu Atem zu kommen. „Verdammt ja, Grant! Ich habe mich noch nie so lebendig gefühlt! Frauen werden es lieben."

Ein letzter harter Stoß, ein Lächeln und unsere erste Session ist zu Ende. „Nun zur Nachsorge. Ich denke du wirst diesen Teil auch mögen. Ich massiere dich überall und wir reden über alles, auch das, was du nicht mochtest, und darüber, wie du dich fühlst."

„Ich kann auch reden?" Sie sieht mich mit großen Augen an.

Ich löse ihre Fesseln und nicke. „Ja, das ist ein wichtiger Teil bei dieser Sache. Kommunikation. Bei der Nachsorge wird darauf geachtet, dass der Körper der Sub nicht zu stark beschädigt worden ist. Sie ist der wertvollste Besitz ihres Meisters. Genau wie Männer ihre Sportwagen sorgfältig waschen, nachdem sie eine schöne Fahrt mit ihnen genossen haben. Dann überprüfen sie alles, um sicherzustellen, dass während der Fahrt nichts kaputtgegangen ist. Verstehst du?"

Sie nickt, als ich die letzte Fessel an ihrem Knöchel löse. Ich hebe sie hoch, und sie schlingt ihre Arme um meinen Nacken und legt ihren Kopf auf meine Brust. „Ich denke, ich verstehe es. Das ist schön, Grant."

Ich führe sie zu dem weichen Bett und ziehe ihr das Korsett aus. „Wie wäre es mit einem Schwammbad?" Ich lasse den Schwamm über ihren Körper gleiten, während sie stöhnt, weil es sich so gut anfühlt. „Wenn man will, dass ein Pferd nach einem Rennen in Form bleibt, kümmert man sich auch darum."

Ich drehe sie auf den Bauch, um mich ihrem Hintern zuzuwenden. „Eine Frau könnte sich wirklich in einen Mann verlieben, der sich so um sie kümmert", seufzt sie.

Und mit diesen Worten hat sie mir den einzigen Nachteil bei dieser Sache aufgezeigt.

Liebe!

5

ISABEL

Ich kann seinen Gesichtsausdruck nicht sehen, da ich auf dem Bauch liege, aber die Luft ist kalt wie Eis und er sagt kein Wort.

Ich habe es vermasselt.

Es ist erst ein paar Wochen her, dass der Mann mich eingestellt hat. Ich wusste, dass es ein sehr komplexer Job sein würde, aber ich hatte keine Ahnung, dass ich herausfinden würde, dass mein Chef Angst vor Liebe hat.

Ich rolle mich herum und sehe, dass er die Stirn runzelt. „Das macht dir Angst, oder?"

„Was? Liebe?", fragt er, als wäre das lächerlich, und schüttelt den Kopf. „Nein, ich habe keine Angst davor, Isabel. Jetzt dreh dich um. Ich war noch nicht fertig."

Ich tue, was er sagt, aber ich kann es deutlich sehen. Er hat Angst vor Liebe – oder so ähnlich. Vielleicht hat er Angst davor, sich zu binden. Aber er hat eindeutig Angst, und das Wort *verlieben* hat ihn abgeschreckt. Das habe ich nicht gewollt.

Was ist los mit mir?

Ich habe diesen hochbezahlten Job bekommen, der es mir erlaubt, von einem der bestaussehendsten Männer gefickt zu werden, die ich je gesehen habe, und ich vermassle schon alles.

„Ich habe nur Spaß gemacht. Ich könnte mich niemals in dich verlieben, falls du dir deswegen Sorgen machst." Ich lächle, als ich ihn ködere.

Er dreht mich auf den Rücken, während er seine dunkelblauen Augen verengt. „Und warum ist das so?"

Ich streiche mit meiner Hand durch sein dichtes, perfekt geschnittenes Haar und schaue auf seine markanten Wangenknochen, seine vollen Lippen und seinen fantastischen Körper. „Du bist viel zu gutaussehend. Ich mag es nicht, mit Männern zusammen zu sein, die besser aussehen als ich. Es ist demoralisierend." Es ist nicht wirklich eine Lüge. Ich war noch nie auf romantische Weise mit einem Mann zusammen, der so heiß ist wie Grant Jamison.

Er ist brutal heiß. Groß, gebräunt, muskulös und seine silbernen Haarsträhnen lassen ihn wie einen vornehmen, sexy älteren Mann aussehen, obwohl er Ende 30 ist. Und er versteht es, seinen riesigen Schwanz einzusetzen!

Er reibt mir die Füße und sieht mich mit ein wenig Sorge in seinen wunderschönen Augen an. „Mit was für Kerlen hattest du etwas Ernsthaftes?"

Höre ich ein bisschen Eifersucht in diesen Worten? Ich muss zu viel in die Frage hineininterpretieren, schließlich geht es hier nur ums Geschäft. „Ich hatte zwei Freunde in der High-School, mit denen ich jeweils ein paar Monate zusammen war. Einer stammte ursprünglich aus Seattle und war in einer Grunge-Band, und der andere war ein Gamer, der viel Skateboard gefahren ist."

„Und sie waren nicht attraktiv?", fragt er, als er zum anderen Fuß übergeht und ihn perfekt massiert. Es kitzelt überhaupt nicht, was nicht leicht ist.

„Nicht wirklich. Ich habe ein Buch nie nach seinem Cover beurteilt. Ich blicke tiefer als das. Tad, der Rocker, war cool. Vor allem, weil er in einer Band war. Er hatte lange Haare, die tiefschwarz gefärbt waren. Seine Nase war groß und lang, seine Lippen waren dünn und er war sehr blass. Aber er hat gut geküsst und mich anständig gefickt."

„Okay, wenn ein Kerl gut im Bett ist, hat er also eine Chance bei dir?", fragt er dann lachend.

„Warum? Denkst du darüber nach, wie es wäre, wenn ich dir eine Chance geben würde? Weil du jedem Mann, mit dem ich je zusammen war, haushoch überlegen bist, Grant." Ich kann ruhig ehrlich zu dem Mann sein. Er hat mich besser gefickt, als ich jemals zuvor gefickt worden bin.

„Das sagst du nur, weil ich deine Gehaltsschecks unterschreibe", sagt er, während seine starken Hände über meine Wade streichen. Er trägt ein wissendes Grinsen und lässt mich denken, dass er mir glaubt, egal was er gerade gesagt hat.

„Das stimmt nicht. Und die Antwort auf deine Frage ist Nein. Atemberaubender Sex ist keine Voraussetzung dafür, mein Mann zu sein. Was ich wirklich bei einem Kerl suche, wenn ich es ernst meine, ist sein Herz. Er muss eine Menge davon haben. Ich möchte in seine Augen sehen können und wissen, dass er mich liebt. Er muss selbstsicher genug sein, um sich von der Liebe an der Nase herumführen zu lassen."

Sein Stirnrunzeln ist wieder da, als er sich nach oben bewegt, um meinen Oberschenkel zu massieren, und seine Fingerspitzen sich meinem Zentrum nähern, das immer noch vor Verlangen prickelt. „Ich könnte das nie. Ich könnte nicht so ein Mann sein. Liebe ist nichts, was ich für klug halte. Ich würde mich verdammt nochmal nicht an der Nase herumführen lassen. Falls ich mich jemals verlieben sein, werde ich vorsichtig sein. Ich werde dafür sorgen, dass meine Gefühle mich nicht beherrschen. Das ist gefährlich. Vielleicht nicht für alle Menschen, aber für mich."

Gefährlich?

Meine Neugier ist geweckt. „Hattest du eine schlimme Trennung oder so?"

„Nein. Nicht ich persönlich. Aber jemand in meiner Familie hatte die schlimmste Trennung, die irgendjemand haben kann." Seine Augen werden für einen Moment glasig, dann verschwindet der Blick, als ob er eine Wand aufstellen würde, um seine Emotionen zu blockieren. Kein Lächeln wärmt jetzt sein Gesicht.

„Erzähl mir davon, Grant." Ich setze mich auf und streiche mit meinen Händen über seine Arme. Obwohl wir immer noch Fremde sind, war unsere Beziehung bisher alles andere als typisch, und ich möchte, dass er weiß, dass er mit mir über alles reden kann. „Komm zu mir in dieses Bett und sag mir, was passiert ist, dass du Liebe für gefährlich hältst."

Er sieht mir lange in die Augen. Ich kann sehen, dass er gegen unsichtbare Dämonen kämpft, die in ihm wüten. Dann schüttelt er den Kopf. „Nein, das kann ich nicht. Ich rede nicht darüber. Lass uns darüber reden, was wir getan haben. Was mochtest du am meisten?"

Okay, ich werde ihn das Thema wechseln lassen. Dieses Mal. „Die Peitsche. Und du?"

Ein Lächeln krümmt seine vollen Lippen. „Wie mein Schwanz sich in dir angefühlt hat." Er sieht mir direkt in die Augen, als seine Hand sich unter mein Kinn legt. „Du bist verdammt eng, Isabel." Er gibt mir einen langsamen, sexy Kuss.

Meine Schenkel zittern, als sich unsere Lippen trennen. „Danke. Wie ich schon sagte, du bist der beste Liebhaber, den ich je hatte. Drehe nicht gleich durch, weil ich dich meinen Liebhaber nenne. Ich weiß einfach nicht, wie ich dich sonst nennen soll. Du bist nicht mein Dom. Ich weiß nicht, wie ich dich nennen soll."

„Ich bin dein Sparringspartner." Er lacht, als er von mir weggeht, um etwas zu holen. Als er zurückkommt, öffnet er seine Hände, um mir zu zeigen, was er darin hält. „Das sind Nippelklemmen und das sind Kugeln, die du in deiner Vagina trägst. Ich möchte, dass du sie mit nach Hause nimmst und sie benutzt. Die Kugeln helfen dir, deine Vagina schön eng zu halten. Ich bin riesig und will dich nicht über-dehnen", sagt er augenzwinkernd. „Jeden Tag eine Stunde mit den Kugeln zu spielen, hilft dabei, das zu verhindern."

Ich nehme die Edelstahlkugeln in meine Hand. „Und die Nippel-klemmen?"

Er zieht eine Grimasse, und selbst mit diesem Gesichtsausdruck ist er immer noch unglaublich gutaussehend. „Sie können ziemlich wehtun. Sie sind gewöhnungsbedürftig. Lege sie an und trage sie ein paar Sekunden. So lange, bis du es länger aushalten kannst."

Ich nehme sie und lächle. „Danke, dass du darüber nachgedacht hast, wie ich meine Vagina in einem guten Zustand halten kann, Boss. Das ist nett von dir."

„Nett?", fragt er, als er meine Hände nimmt und mich hochzieht. „Ich würde es nicht nett nennen. Ich würde es als Vorsorgemaßnahme bezeichnen, damit ich meinen Schwanz in Zukunft noch viel öfter in dich stecken kann."

„Wie romantisch", sage ich mit einem Augenrollen und einem sarkastischen Tonfall.

„Ich habe dir gesagt, dass Romantik und Liebe nichts damit zu tun haben. Ich mag die Art, wie du dich anfühlst. Ich mag die Art, wie du auf das reagierst, was ich mit deinem Körper mache. Ich mag die Art, wie ich weiß, dass du für den Club eine Bereicherung sein wirst. Ich muss dich als Individuum nicht besonders mögen."

Seine Direktheit passt mir nicht, und ich winde mich aus seiner Berührung und verziehe das Gesicht. „Das war unnötig, Grant."

Er lässt mich los, während er mit den Schultern zuckt. „Ich wollte nicht unhöflich sein. Und es ist nicht so, dass ich dich nicht mag. Ich kenne dich einfach nicht." Er verschränkt seine Arme, als er mich ansieht. „Ich meine, wir haben gefickt, aber ich kenne dich nicht auf einer persönlichen Ebene. Wie kann ich sagen, ob ich dich mag oder nicht mag?"

Plötzlich fühle ich mich sehr nackt. Ich meine, ich bin nackt, aber ich spüre es erst jetzt. Ich klettere vom Bett und beeile mich, meine Kleidung anzuziehen, die ich hinter einer Trennwand im Raum liegen gelassen habe. „Nun, ich weiß genug über dich, um zu wissen, dass du ein Arschloch bist", zische ich ihn an. Ich will nicht, dass er weiß, wie sehr seine Worte mich getroffen haben.

Seine Hand ist rau auf meiner Schulter, als er mich umdreht. „Aber du wirst das trotzdem mit mir machen, oder?"

Meine Brust hebt und senkt sich, als Wut in mir aufsteigt. Ich erwarte nicht, dass der Mann mich liebt, er ist schließlich mein Chef, aber mir zu sagen, dass er mich nicht mag – oder mich vielleicht nicht mögen wird, wenn er mich erst einmal kennenlernt – nur Momente, nachdem wir Sex hatten, ist einfach nur unverschämt.

Ist das die Art von Mann, mit dem ich das machen möchte?

Dann sehe ich etwas in seinen dunkelblauen Augen, das ich nicht erwartet hätte. Schmerz. Mehr Schmerz als ich jemals zuvor gesehen habe. Meine Wut verschwindet sofort. „Ja, ich werde das machen. Du fickst mich gut, Grant Jamison. Dein Benehmen im Bett lässt viel zu wünschen übrig, aber vielleicht kann ich dir damit helfen."

Er umfasst mein Kinn, und der Schmerz in seinen wunderschönen Augen funkelt mich an. „Ich will keine besseren Manieren im Bett, Isabel. Ich will mit dir machen, was ich will – was ich dir antun muss – ohne dass wir uns zu nahe kommen. Und ich werde die anderen Frauen, mit denen ich schlafe, genauso behandeln. Ich will keine Romantik zwischen mir und irgendeiner Frau. Das führt zu mehr, und ich will nicht mehr."

Er hat mich wieder neugierig gemacht und ich muss ihm die Chance geben zu reden. „Ich verstehe unser Arrangement, Grant", ich nicke ihm zu und lasse ihn wissen, dass ich meine, was ich sage, „aber ich möchte, dass du weißt, dass du mit mir reden kannst. Ich werde mich nicht in dich verlieben, nur weil du ein paar intime Details mit mir teilst. Wer weiß, vielleicht kann ich dir helfen."

Mit einem Ausbruch von Zorn, wie ich ihn noch nie zuvor gesehen habe, packt er eine Kante des Tisches mit den Foltergeräten darauf und stößt ihn um, so dass Peitschen und Flogger durch die Luft fliegen. „Kannst du meine Mutter von den Toten zurückbringen, Isabel?", brüllt er wie ein Monster. Sein Gesicht ist knallrot und die Adern an seinem Hals wölben sich von dem Blut, das in einem halsbrecherischen Tempo durch ihn strömt.

Seine Mutter ist tot und er ist furchtbar wütend darüber. Ich streiche beruhigend über seine Wange. Sein Ausbruch hätte mich vielleicht schockiert, aber ich habe schon mit Schlimmerem zu tun gehabt, und ich werde mich nicht von ihm in die Flucht schlagen lassen, wenn er eindeutig verletzt ist. „Ich werde nie wieder fragen, Grant. Ich verspreche es dir."

Ich bin mir ziemlich sicher, dass ich ihn das nie wieder fragen werde. Selbst bei meinem Vater habe ich nie erlebt, wie jemand in so kurzer Zeit von Null auf Hundert sein kann. Er wendet sich von mir ab und fängt an, die Dinge aufzuheben, die überall herumliegen.

Ich beuge mich herab, um ihm zu helfen, und mache ihn nur noch wütender. „Zieh dich an. Ich mache das!"

Ich beeile mich zu gehorchen und weiß, dass ich bei meinem Chef vorsichtig sein muss. Er hat innere Dämonen, die ihn für immer quälen könnten. Grant und ich haben eine gute Chemie, aber es sieht so aus, als müsste ich es dabei belassen – es ist klar, dass er nicht mehr sucht, nicht einmal einen Freund. Sein Privatleben gehört ihm, und ich werde mich heraushalten.

Nachdem ich meine normale Kleidung angezogen habe, gehe ich hinaus. Grant trägt wieder sein Hemd und ein Paar Laufschuhe. „Ich bring dich jetzt nach Hause."

Ich möchte jetzt nicht wirklich in der Nähe des Mannes sein. „Ich kann ein Taxi nehmen. So bin ich auch hergekommen."

Er streckt die Hand aus und berührt meinen Kopf. „Habe ich dich dazu gebracht, mich zu hassen?" Seine wunderschönen Augen blicken mich verzweifelt an.

Sie zerren an meinem Herzen. „Nein, ich verstehe dich jetzt besser. Es ist in Ordnung. Das hier ist geschäftlich. Was wir machen, ist nicht persönlich, es ist ein Geschäft. Ich weiß das. Es war falsch von mir zu versuchen, dich wie einen Freund zu behandeln. Du bist mein Boss, und wir müssen zusammen etwas erlernen. Das ist alles."

Er nickt und dreht sich von mir weg. „Ich bringe dich trotzdem nach Hause. Du verlässt mein Haus nicht in einem Taxi."

„Okay." Ich werde nicht mit ihm streiten.

Grant Jamison ist ein seltsamer Mann. Es hat etwas von einem Dom in sich, etwas von einem verängstigten Jungen, der seine Mutter verloren hat, und etwas von einem Wahnsinnigen, der auf die ganze Welt wütend ist. Ich kann das alles nicht reparieren.

Vielleicht kann das niemand.

6

GRANT

Einen Monat später

Es ist der erste Samstag im November. Portland erlebt seine erste Kaltfront der Saison. Die Temperatur ist auf vier Grad gesunken und leichter Nebel bewegt sich geisterhaft durch die Luft. Ich stehe an der Schwelle des Dungeon of Decorum.

Es ist Eröffnungsabend.

Mein Traum wird wahr. Ich habe mein Ziel erreicht, eine Festung für Leute zu bauen, die ein bisschen mehr von Sex und dem Leben im Allgemeinen verlangen. Die Bühnen sind einsatzbereit. Die privaten Räume sind dekoriert. Das Personal wartet nervös auf die Ankunft unserer Mitglieder.

Eine zarte Hand bewegt sich über meine Schulter, als jemand hinter mir auftaucht. „Das ist es, Grant. Ich meine, Mr. J." Es ist Isabel.

Ich drehe mich um und sehe, dass sie ein langes schwarzes Seidenkleid trägt, das auf der linken Seite bis zum Oberschenkel geschlitzt ist. Ihre vollen Brüste fallen fast aus dem tiefen Ausschnitt und betonen ihr rotes Halsband. Es bedeutet, dass sie unerreichbar ist. Sie gehört zum Haus und darf von keinem unserer Mitglieder gekauft oder ausprobiert werden. Alle Mitarbeiterinnen tragen die roten Halsbänder, um zu zeigen, dass sie tabu sind.

Als einer der Eigentümer trage ich einen Ring, der zeigt, wer wir sind. Ein großer schwarzer Stein erhebt sich mitten in einem Drachenmaul. Rote Flammen züngeln am Boden des Steins. Rot und Schwarz, unsere charakteristischen Farben, und unser individuelles Motiv.

Ein roter Teppich erstreckt sich von der roten Tür bis zum Ende des Gehwegs, wo unsere Gäste aus den Autos steigen, die bald von unserem Servicepersonal geparkt werden. Sie werden den Gang heraufkommen und in die rote Tür treten, wo sie von unserem Sicherheitspersonal begrüßt werden. Wir haben alles perfekt geplant.

Unsere Eröffnungsnacht ist ausschließlich männlichen Doms und weiblichen Subs vorbehalten. Es gibt andere Nächte, die andere Arten von Dom/Sub-Vorlieben befriedigen. Alles ist bereit und wartet. Meine Haut brennt vor roher Energie.

Isabels Berührung dient nur dazu, diese Energie anzuheizen. Ich nehme ihre Hand und ziehe sie an meine Lippen. „Deine Maske ist außergewöhnlich." Schwarze Federn bilden den Hintergrund für smaragdgrüne Juwelen, die ihre dunklen Augen umranden und sie betonen.

Sie bewegt ihre Fingerspitzen über meine Maske. „Ich mag deinen eleganten Lone-Ranger-Look."

„Schlichte Eleganz ist immer am besten für einen Mann, denke ich." Ich nehme ihre Hand von meinem Gesicht. Ihre Berührung lenkt mich ab und bringt das Tier in mir zum Vorschein, das viel zu sehr nach der Schönheit mit dem rabenschwarzen Haar dürstet.

Mehr als einmal seit Beginn unseres Trainings musste ich dieses innere Biest, das sich nach Isabel auf eine Art und Weise sehnt, die ich nicht zulassen kann, zähmen. Zum Glück scheint sie das zu verstehen und wenn ich sie ohne Erklärung verlasse, folgt sie mir nie oder fragt mich, warum.

Isabel ist jetzt in jeder Hinsicht eine echte Sub. Sie akzeptiert meine Mängel und was ich von ihr brauche. Sie erwartet nicht mehr als das, was ich ihr gebe.

Und ich habe ihr viel gegeben, obwohl sie technisch gesehen nicht meine Sub ist. Ein Haus in einem schönen Vorort von Portland, einen neuen kanariengelben Ferrari und eine Garderobe mit den teuersten sexy Outfits, die sie finden konnte. Ihr Gehalt ist überdurchschnittlich. Und ich habe ein paar großzügige Bonuszahlungen auf ihr Konto überwiesen.

Sie verdient alles. Sie ist perfekt. Es ist ein Refrain, der mir immer wieder in den Sinn kommt.

Isabel ist perfekt. Sie ist perfekt für mich.

Aber ich bin nicht dazu bestimmt, mit einer Frau zusammen zu sein. Ich bin mir nicht sicher, welcher Wahnsinn in mir lauert oder wann er sich zeigen könnte. Genauso wenig wie mein Vater es gewusst hatte, dass da etwas in ihm war, das eines Tages die Frau zerstören würde, die er liebte.

Die anderen Eigentümer begleiten uns, um die ersten Ankömmlinge zu begrüßen. Ein Rolls Royce fährt vor und ihm folgen weitere Autos. Die Tore sind geöffnet und das Sicherheitsteam lässt unsere Mitglieder herein.

Die Außenseite des Clubs sieht aus wie eine unscheinbare Hütte. Wir haben unterirdisch gebaut, so wie ich es immer geplant hatte. Das einzige große Bauwerk ist das Parkhaus auf der einen Seite. Abgesehen davon gibt es sehr wenig Beweise für irgendeine Art von Gebäude in der Gegend.

Wir wollen es so. Unsere Welt gilt als dunkel und gefährlich. Unsere Mitglieder mögen es so. Also haben wir es zu einem BDSM-Traum gemacht.

Einer nach dem anderen kommen unsere neuen Mitglieder an. Isabel und ich begrüßen sie alle, bis das letzte Auto wegfährt. Dann biete ich ihr meinen Arm an und wir gehen hinein, um zu sehen, wie die Leute auf all unsere harte Arbeit reagieren.

Die Treppe hinunter schreiten wir in den Ballsaal. Isabel schnappt nach Luft, als wir den Raum voller maskierter Männer und

Frauen in Smokings und wunderschönen Kleidern betrachten. Sie sieht zu mir auf. „Grant, es ist wie eine Szene aus Dantes Inferno."

Sie hat recht. Durch die schwache Beleuchtung und die anonymen Nachtschwärmer ist die Szene von intensiver Dunkelheit. Ein Nervenkitzel rinnt durch mich, als ich seufze und auf die Menge schaue. „So sieht Freiheit aus. Freiheit zu tun, was andere verurteilen. Freiheit, unsere Grenzen zu testen, und Körper und Geist in Bereiche zu bringen, die als gefährlich gelten. Sollen wir in die Garderobe gehen, um uns für unsere Szene umzuziehen? Es ist an der Zeit, unseren Mitgliedern eine Show zu liefern."

Sie nickt mir zu und wir machen uns bereit für die Szene, die wir für diesen Abend geübt haben.

Isabel und ich beginnen, was das Highlight des Dungeon of Decorum sein wird. Spektakuläre Sexszenen, die auch unsere gesittetsten Besucher verführen werden.

Mögen die Spiele beginnen ...

7

ISABEL

Die Nacht ist elektrisierend mit so vielen Leuten im Club. Grant und ich werden der erste Akt sein. Ich bin so nervös – obwohl wir uns ausführlich vorbereitet haben, haben wir die Szene noch nie vor anderen gespielt.

Ich bin völlig durcheinander.

Aber Grant scheint ganz ruhig zu sein. Und verdammt, er sieht sexy aus. Er trägt nichts als eine schwarze Seidenhose – fast wie eine Pyjamahose. Eine einfache schwarze Maske verbirgt seine Identität. Seine blauen Augen strahlen unter der Maske hervor. Sein silbersträhntes Haar hängt in lockeren Wellen auf seine Schultern. Grant ist der Inbegriff des mächtigen Doms.

Ich bin in der Mitte der Bühne gefesselt, so dass meine Füße den Boden nicht berühren. Ich bin in ein kompliziertes Gewirr von Seilen gehüllt, die über einen der Balken in der Decke gehängt wurden und mich wie eine Fliege aussehen lassen, die in einem Spinnennetz gefangen ist.

Es war dunkel, als wir unsere Szene hinter dem roten Vorhang aufbauten, der uns von den Leuten im Hauptballsaal trennt. Grant kommt zu mir, kurz bevor der Vorhang sich öffnet. „Ist alles okay?"

Ich schlucke. „Nein."

Sanfte Fingerspitzen streichen über meine Lippen. „Wird alles okay sein?"

Seine Berührung beruhigt mich sofort, so wie immer. „Mit dir an meiner Seite wird es das sein."

„Braves Mädchen. Du kannst mir vertrauen." Seine Lippen berühren mich für einen Moment. Es lässt Funken durch mich schießen, so wie immer.

Er und ich haben in den Monaten vor der Eröffnungsnacht des Clubs viel geübt. Wir haben tonnenweise Videos angesehen, um Techniken zu erlernen. Und wir haben über alle Arten von Fetischen recherchiert. Es gibt Unmengen davon.

Ich habe mich intensiv auf diese Nacht vorbereitet und eine Webseite und einen Fragebogen erstellt, damit unsere Mitglieder die richtigen Leute finden können. Es war ein mühsamer Prozess. Aber bis jetzt war es zumindest finanziell all die harte Arbeit wert.

Auf meinem Bankkonto ist mehr Geld, als ich mir jemals erträumt hatte. Mein Business-Abschluss zahlt sich aus. Ich habe einen Monat, bevor der Club eröffnet wurde, mein Studium beendet und Grant hat mir eine riesige Summe als Abschlussgeschenk gegeben, so dass ich meine Studienkredite abbezahlen konnte.

Ich habe ihn zu der Abschlussfeier eingeladen, die meine Familie für mich veranstaltete, aber in echter Grant-Jamison-Manier lehnte er die Einladung ab. Ich war nicht schockiert oder verärgert darüber, dass er nicht kommen wollte, um meine Familie und Freunde kennenzulernen.

Das ist nicht Grants Stil.

Es wird nie Grants Stil sein, soweit ich sehen kann.

Grants Dämonen gehen tief. Er ist nur einmal nach einer unserer Sessions eingeschlafen. Er wachte schreiend auf und saß aufrecht im Bett. Dann verließ er mich ohne ein Wort.

Ich versuchte nicht, ihn zu trösten oder ihn zu fragen, was los war. Ich wusste es besser, als das zu tun. Solche Dinge machen ihn nur wütend.

Grant ist mehr als kompliziert. Er ist in mehr als einer Hinsicht unbeschreiblich.

Wie ich mich bei ihm fühle, ist nicht von dieser Welt. Ich will mehr mit dem Mann – wie könnte ich das nicht wollen – aber ich werde ihn nie deswegen bedrängen. Ich mache mir Sorgen, dass ich ihn eines Tages an eine andere Frau verlieren werde. Nicht, dass ich ihn jetzt besitze, aber ich bin die einzige Frau, mit der er Sex hat. Ich hoffe, dass eines Tages mehr daraus wird. Obwohl die Chancen schlecht stehen, kann ich nicht anders als zu hoffen.

Vorläufig bin ich zufrieden mit dem, was wir haben.

Der Vorhang beginnt sich zu öffnen und Grant geht von mir weg, um seinen Platz im Zentrum einzunehmen. Ich beobachte, wie das Publikum anfängt zu murmeln, während es seine Aufmerksamkeit auf die Bühne richtet.

Grant öffnet die Arme und begrüßt alle noch einmal. „Guten Abend."

Einige der Männer rufen Grüße zurück. Ich bin fasziniert von all den Anwesenden. Leute, die mich bald dabei beobachten werden, geschlagen und gefickt zu werden.

Was zur Hölle mache ich hier?

Grants Hände fallen an seine Seiten. „Willkommen im Dungeon of Decorum, einem Ort, an dem alles möglich ist."

Donnernder Applaus füllt den großen Raum. Ich kann die Vibration durch das Seil fühlen, das mich festhält. Die Energie des Publikums ist so lebendig, dass ich Gänsehaut spüren kann. Es ist absolut fantastisch.

Mit einer Geste zu mir fährt Grant fort: „Wir sind heute Abend hier, um euch zu zeigen, wie eine Szene gespielt wird. Ich weiß, wir haben ein paar Videos für euch auf unserer Website, und einige von euch haben vielleicht schon so etwas gemacht, aber wir dachten, dass eine richtige Szene den Ball ins Rollen bringen würde. Wir hoffen, ihr findet sie verlockend und sie motiviert euch dazu, eigene Szenen zu erstellen, die ihr für die anderen Clubmitglieder spielen könnt. Wir möchten, dass ihr etwas von unserer Energie in euch aufnehmt und euch zu eigen macht. Und eines Tages werdet ihr auf der Bühne stehen und uns eure Energie schenken." Er dreht sich um und sieht mich an. „Bist du bereit?"

„Ja, Sir."

Mit einem Nicken zu den Zuschauern fährt Grant fort: „Dann fangen wir an. Musik und Licht, bitte."

Die Lampen über dem Publikum verdunkeln sich und das Scheinwerferlicht, das Grant trifft, tut es auch. Dumpf hämmernde Musik füllt den großen Raum und lässt ihn noch bedrohlicher wirken.

Schüttelfrost durchflutet mich, als hätte ich die Szene noch keine 20 Mal gespielt. Es ist, als hätte ich keine Ahnung, was passieren wird, obwohl ich jede Bewegung kenne und weiß, dass ich Grant vertrauen kann.

Der weiße Scheinwerfer wird rot, als Grant die Peitsche von der Wand zieht. Er schwingt sie ein paar Mal in Richtung des Publikums, dann dreht er sich um und lässt sie um mich herum zischen. Sie ist so nah an meiner Haut, dass ich die winzigen Windstöße fühlen kann.

Um mich herum lässt er die Peitsche knallen, als ob er mir zeigt, dass er mich schlagen kann, wenn er will. Ich bin hilflos und kann mich nicht verteidigen. Ich bin gefangen, verletzlich und seiner Gnade ausgeliefert.

Das Seil ist um meinen Körper geschlungen, von meinen Knöcheln bis zu meinem Hals. Grant hat mir gerade genug Platz gelassen, um bequem zu atmen. Jedenfalls bis mein Herz schneller schlägt und ich anfange zu keuchen.

Meine Brust fühlt sich eng an, als sie anschwillt, und das Seil fühlt sich an, als würde es mich ersticken wie eine riesige Schlange. Gerade als ich im Begriff bin, das Wort zu rufen, das unsere Szene unterbrechen würde, um die Seile zu lockern – *Gelb* – kommt Grant zu mir.

Seine Augen tanzen, als er ein riesiges, scharfes Messer aus dem Holster an seiner Hüfte zieht. Er benutzt es, um das Seil von meiner Kehle bis zu meinen Knöcheln durchzuschneiden, und fängt mich auf, bevor ich auf den Boden fallen kann.

Ich atme tief durch, während das Publikum jubelt, und flüstere: „Danke, Sir.“

Unsere Lippen treffen sich und mein Körper wird schlaff in seinen starken Armen. Ich gehöre ihm und er kann mit mir machen, was er will.

8

GRANT

I sabel und ich werfen ein bisschen von allem in unsere Show ein, als wäre sie ein BDSM-Buffet. Ein bisschen Paddeln, ein wenig Auspeitschen und ein wenig Dildo-Action. Nippelklemmen kommen ebenfalls zum Einsatz, um diese Technik zu demonstrieren. Alles in allem liefern wir unseren neuen Mitgliedern nicht nur eine großartige Show, sondern bieten eine Menge Inspiration, um ihre Kreativität in Schwung zu bringen.

Der letzte Teil unserer Szene steht bevor. Der Teil, in dem ich meine Erlösung bekomme. Isabel hat schon fünf Orgasmen gehabt. Es ist wichtig zu zeigen, dass der Dom auch Erleichterung bekommen muss. Immer nur geben und nie nehmen wird irgendwann langweilig.

Sie steht vorgebeugt in einem Holzgerüst. Ihr Kopf und ihre Hände sind fixiert und ich habe perfekten Zugang zu ihrem Hintern. Das Korsett, das sie trägt, entblößt ihre Pobacken. Sie sind rot von dem Paddel, das ich zuletzt benutzt habe. Ich gebe ihr einen Schlag mit meiner Hand, aber sie kann nicht schreien. Ich habe ihr einen Knebel in den Mund gesteckt und ihr die Augen verbunden.

Sie bat um die Augenbinde, weil sie nicht sehen will, dass das

Publikum beobachtet, wie sie gefickt wird. Ich verstehe es und mag sogar, dass sie stärker reagiert, wenn sie nichts sieht.

Ich stehe hinter ihr, so dass das Publikum nicht alles mitbekommt. Es muss immer etwas Geheimnisvolles bleiben. Ficke ich sie wirklich oder tue ich nur so?

Aber ich bin dabei, es zu tun. Ich habe den Dildo, meinen Mund und sogar eine Feder benutzt, um ihre bisherigen Höhepunkte herbeizuführen. Jetzt werde ich meinen Schwanz benutzen. Als ich in sie eindringe, stöhnt sie entzückt. Sie mag meinen Schwanz in sich. Isabel mag ihn mehr als alles andere.

Ich schlage wieder auf ihren Hintern, um sie daran zu erinnern, dass sie still sein soll. So sehr ich ihr sexy Stöhnen auch mag – es weckt Gefühle in mir, die ich nicht erforschen will.

Gefühle, mehr mit ihr zu wollen. Etwas, worauf ich mich nicht einlassen werde.

Ich bewege mich mit einem langsamen Stoß in sie hinein, schaue nach unten und beobachte, wie mein Schwanz in ihr verschwindet. Mein Körper bebt vor Zufriedenheit. Ich streiche mit meinen Händen im Kreis über ihren Hintern, während ich mich hin und her bewege.

Ihr Hintern ist kirschrot vom Paddel. Ich versetze ihr immer wieder einen Klaps. Sie mag es so. Ihr Hintern brennt, als sie von mir gefickt wird.

Die Musik ist laut und der Beat hart. Ich beginne, mich im Takt zu bewegen, rein und raus, rein und raus. Ich halte sie an der Taille fest, schließe meine Augen und ficke sie hart.

Einige der Männer feuern mich an. „Fick sie! Nimm sie, als ob du sie besitzt!"

Besitze ich Isabel?

Ich behaupte es nicht. Aber ich frage mich, ob es mich stören würde, wenn ein anderer Mann sie sich nimmt. Plötzlich spüre ich den Drang, allen Männern im Publikum zu zeigen, dass diese Frau niemals von einem ihrer Schwänze befriedigt werden wird.

Aber werde ich sie jemals mein Eigentum nennen?

Als ich gnadenlos in sie eindringe, fühle ich, wie sich meine Eier füllen. Ich bin mir nicht sicher, ob ich sie jemals zu meiner Frau machen werde, aber ich werde alle wissen lassen, dass sie niemals von einem anderen Mann zufriedengestellt werden wird wie von mir.

Ich greife um sie herum und löse den Knebel. „Du kannst jetzt so viel Lärm machen, wie du willst."

Sie stöhnt laut: „Ja! Ja!"

Ich beuge mich vor und nehme sie hart und tief, während ich sie an den Schultern festhalte. „Magst du es, wie ich dich ficke?"

„Ja! Oh Gott, ja!"

Das Wissen, dass andere Männer uns beobachten und sie begehren, spornt mich an. „Willst du jemals den Schwanz eines anderen in dir haben?"

„Nein! Bitte nicht!"

Ich lächle trotz der Tatsache, dass ich keine feste Beziehung mit ihr eingehen werde. „Willst du, dass ich dich zu meiner Frau mache?" Ich verpasse ihr einen harten Stoß.

„Ja!"

Es ist genug für mich. Die anderen Männer wissen, dass sie mir gehören will. Das reicht für mich. Ich habe ein großspuriges Grinsen auf dem Gesicht, als ich meinen Oberkörper anhebe und sie aufrechtstehend ficke. Als sie kommt, komme ich auch. Mein Orgasmus sendet eine Kälte durch mich. Wir haben uns perfekt aneinander gewöhnt – das muss der einzige Grund sein, warum es sich so verdammt gut anfühlt. Besser als je zuvor.

Der Vorhang schließt sich und ich gleite aus ihr heraus. Ich befreie sie aus dem Holzgestell und nehme ihr die Augenbinde ab. Sie atmet schwer, als sie mich ansieht. „Grant, hast du das ernst gemeint, was du gesagt hast?"

Ohne ihr zu antworten, bringe ich sie in die Umkleidekabine, damit ich uns beide säubern und ihren Körper massieren kann. Mein Schweigen sorgt dafür, dass sie mir wortlos folgt.

Isabel ist nicht der Typ Frau, der mehr als einmal fragt. Sie weiß, was meine Antwort ist, ohne dass ich sie laut ausspreche.

Die Dusche in der Garderobe ist für zwei Personen geeignet. Ich ziehe Isabel das Korsett aus. Dann lasse ich meine Hose fallen und führe sie zwischen die gefliesten Wände, um den Schweiß und andere Körperflüssigkeiten abzuwaschen. Keiner von uns will den Rest der Nacht so herumlaufen.

Sie ist schlaff, während ich ihren Körper wasche. Ich bitte sie nicht, meinen Körper zu waschen. Ich will ihre Hände nicht auf mir haben. „Geh raus, trockne dich ab und lege dich auf das Bett, damit ich dich massieren kann."

Sie nickt und steigt aus der Dusche. Ich kann die Traurigkeit spüren, die von ihr ausgeht, und weiß, dass ich mich nicht damit befassen will. Aber die Nachsorge ist ein wichtiger Teil von allem. Ich muss mich darum kümmern.

Nachdem ich mich geduscht habe, schlinge ich ein Handtuch um meine Taille und gehe in den Nebenraum, wo ich sie bäuchlings auf dem kleinen Bett liegend vorfinde. Ich beginne die Massage an ihren Füßen, ohne ein Wort zu sagen. Ihr Seufzer lässt mich wissen, dass sie sich nicht so gut fühlt. Es liegt in meiner Verantwortung, auch für ihr emotionales Wohlbefinden zu sorgen. „Gibt es einen Teil, über den du reden musst, Isabel?"

„Und wenn es so wäre?" Sie versucht sich zu mir hinüber zu rollen, aber ich werde das nicht zulassen.

„Du redest und ich mache diese Waden und Oberschenkel wieder funktionstüchtig." Ich massiere sie. Ich würde lieber jeden Tag mit ihrem Körper umgehen als mit ihrem Verstand. Aber ich habe keine Wahl bei dieser Sache.

„Warum hast du das gesagt, Grant?"

„Was?" Ich weiß, dass ich mich dumm stelle und es mich nicht aus dieser peinlichen Unterhaltung retten wird, aber ich muss es versuchen.

„Du hast mich gefragt, ob du mich zu deiner Frau machen sollst. Warum hast du das gesagt?"

„Ich habe es nicht gesagt, um dich zu verletzen." Ich bin mir nicht sicher, was ich ihr dazu sagen soll. Ich weiß, es war egoistisch und irrational, aber ich konnte mich in diesem Moment nicht stoppen.

„Okay", sagt sie. Als ich mit der Massage fertig bin, rollt sie sich zu mir herum. Sie sieht mich mit ihren dunklen, seelenvollen Augen an. „Grant, ich bin mir nicht sicher, wo du und ich stehen. Solche Dinge während einer Szene zu hören ist verwirrend für mich."

„Ich weiß. Ich werde das nicht noch einmal machen. Es war nicht fair dir gegenüber." Ich streiche mit meinen Händen über ihre Arme, um sie aufzulockern. Unsere Gesichter sind sich nah und meine Lippen kribbeln und wollen ihre küssen.

„Hast du das gesagt, weil du das willst? Willst du mich zu deiner Frau machen? Hast du Angst, dass ich dich abweise? Ich würde das nicht tun, Grant. Ich würde dir alles geben, was du willst. Ich will, dass du das weißt." Bei der Art, wie sie mit ihren schweren, dunklen Wimpern blinzelt, spannt sich meine Brust an.

„Ich will nicht, dass du mir mehr gibst, als du es schon getan hast." Ich muss ehrlich zu ihr sein. Ich fordere Ehrlichkeit von ihr und sie verdient es, dass ich ihr das Gleiche gebe. „Als ich merkte, dass all diese Männer dich als Sexobjekt ansahen, ein Ding, mit dem sie gerne spielen würden, wurde mir klar, dass ich sicherstellen muss, dass das nie passiert. Also habe ich das gesagt."

„Oh. Du sagst mir also, dass du mich nicht willst. Aber du willst auch nicht, dass mich ein anderer Mann hat." Sie schaut zur Seite.

Was soll ich dazu sagen? Sie hat recht. Aber das will ich nicht zugeben. „Ich will dich, wenn ich dich will. Und ich will dich nicht mit einem anderen Mann sehen. Ich weiß, dass mich das zu einem Arschloch macht."

„Ja, das tut es." Sie sieht mir direkt in die Augen. „Aber ich betrachte dich als mein Arschloch. Und ich will dich auch nicht mit anderen Frauen teilen. Was sollen wir dagegen tun?"

Sie möchte eine exklusive Beziehung und in gewisser Weise will ich das auch. Aber das würde zu mehr führen, bis sie und ich verheiratet sind und eine Familie haben und glücklich bis ans Ende unserer Tage zusammenleben.

Und ich weiß, dass es keine glücklichen Enden gibt. Zumindest nicht in meiner Familie.

„Ich denke, du und ich haben zu viel Zeit zusammen verbracht. Wir fangen an zu denken, dass wir ein Anrecht aufeinander haben. Ich habe dich nicht als meine Sub genommen. Ich bin nicht wirklich dein Dom und ich bin definitiv nicht dein Freund. Verdammt, ich bin nicht einmal dein Fickfreund, Isabel."

„Fick dich, Grant Jamison!" Die Ohrfeige, die sie mir gibt, schmerzt viel schlimmer als alles andere jemals zuvor. Sie trifft mich bis in meinen Kern. Isabel holt aus, um mir noch eine zu geben. Ich verdiene es, packe sie aber am Handgelenk.

„Es reicht." Ich lasse ihre Hand los und gehe von ihr weg.

Ich bin mit ihr zu weit gegangen. Und jetzt sind wir beide deswegen verletzt. Ich gelobe, dass ich von nun an nicht mehr als eine Session mit einer Frau haben werde.

Ich kann das nicht.

Und ich kann nie wieder mit Isabel zusammen sein. Irgendwie sind unsere Herzen in diese Sache hineingeraten und das war das Allerletzte, was passieren sollte.

Ich ziehe meinen Smoking wieder an und ignoriere den Blick, den sie mir zuwirft. Sie steigt aus dem Bett und zieht sich an. Dann erreicht sie noch vor mir die Tür.

Bevor sie geht, dreht sie sich um und sieht mich an. „Niemand muss etwas davon wissen. Ich werde nicht schlecht über dich reden, und du redest nicht schlecht über mich. Einverstanden?"

„Einverstanden."

„Ich behandle dich in der Öffentlichkeit mit Respekt, und ich erwarte von dir, dass du mich genauso behandelst. Ich will nicht, dass Klatsch über uns die Runde macht. Wir arbeiten zusammen, das ist alles. Kein Training mehr, keine Szenen mehr. Ich werde über dich hinwegkommen. Mit der Zeit." Sie atmet tief durch, als sie sich zusammenreißt und zur Tür hinausgeht.

Mein Körper sinkt in sich zusammen, nachdem sie mich verlassen hat. Ich bin ein kompletter Idiot. Es fühlt sich schrecklich an, das über mich zu wissen.

Zumindest lüge ich niemanden an. Weder mich noch Isabel. Was auch immer wir hatten, es ist vorbei.

Ich wusste nicht, dass ich sie vermissen könnte, aber ich tue es jetzt schon.

Verdammt, es fühlt sich beschissen an.

9

ISABEL

Es ist kaum zu glauben, dass das, was Grant und ich bei der Eröffnung des Clubs hatten, vorbei ist. Ich weiß, dass wir nur zusammen waren, um zu trainieren – wir sind kein Paar und waren es nie. Aber ich kann nichts dagegen tun, an dem Mann zu hängen. Wir verstehen uns großartig. Und wir haben atemberaubenden Sex.

Obwohl ich von Anfang an von seinen Schwierigkeiten mit Beziehungen wusste, hat ein kleiner Teil von mir wohl gedacht, dass er seine Meinung in den letzten paar Monaten geändert hätte. Warum kann er nicht sehen, was direkt vor ihm ist? Ich verstehe seine Bedürfnisse – alle. Seine sexuellen und emotionalen Bedürfnisse.

Er und ich sind perfekt zusammen.

Ein kleiner Teil von ihm muss das auch gesehen haben. Er hat zugegeben, dass er mich nicht mit jemand anderem sehen will, und ich will ihn nicht mit einer anderen Frau sehen. Warum hat er dem Ganzen ein Ende gesetzt? Er will uns nicht einmal eine Chance geben.

Nach unserer Auseinandersetzung gehe ich in mein Büro. In der großen unteren Schublade links von meinem Schreibtisch steht eine Flasche 18 Jahre alter Scotch von Macallan. Ich habe sie gekauft, um sie Grant zu schenken, nachdem sich die Türen heute Nacht geschlossen haben.

Anstatt sie ihm zu geben, öffne ich die teure Flasche und gieße mir ein Glas ein. Der erste Schluck brennt wie Feuer, als er mir den Hals hinunterrinnt. Ich weiß, dass die Taubheit, die der Scotch mit sich bringt, den Schmerz lindern wird.

All den Schmerz. Den Schmerz in meinem Körper, in meinem Kopf, in meinem Herzen. Er ist überall. Und ich muss alles davon unterdrücken. Ich muss so tun, als wäre nichts passiert.

Die Eröffnungsnacht soll ein Fest sein. Wir haben alle so verdammt hart dafür gearbeitet, den Club in Gang zu bringen. Die Show, die Grant und ich gezeigt haben, sollte der Höhepunkt einer großartigen Nacht sein. Einer Nacht, die unglaublich sein sollte.

Ich schätze, dass sie das auch ist. Ich habe Schmerzen, die unglaublich sind.

Nach dem dritten Schluck Scotch trifft mich die Erkenntnis wie ein Schlag in die Magengrube – ich liebe Grant. Ich liebe diesen verdammten Hurensohn mehr, als ich jemals einen Mann geliebt habe.

Aber er ist nicht dazu fähig, meine Liebe zu erwidern.

Es tröstet mich zu wissen, dass er höchstwahrscheinlich niemals in der Lage sein wird, jemanden zu lieben.

Ich werde den Mann die ganze Zeit sehen müssen. Das wird schwierig, aber ich werde herausfinden, wie ich damit umgehen muss. Ich verdiene zu viel, um diesen Job einfach aufzugeben. Außerdem habe ich einen Fünfjahresvertrag unterschrieben, der das verbietet.

Ein weiterer Schluck Scotch und die Taubheit beginnt sich in mir auszubreiten. Ich kann es tun. Ich kann es durch die Nacht schaffen. Ein Glas Scotch nach dem anderen.

Ein Klopfen an meiner Tür lässt mich die Flasche wegstellen. Ich verstecke das Glas in der obersten Schublade und schließe sie. Dann stehe ich auf und gehe zur Tür. Ein junger Mann steht dort und hält die Hand eines Mädchens. „Wir würden gerne einen Vertrag abschließen. Wie machen wir das?"

„Kommt herein und nehmt vor meinem Schreibtisch Platz. Ich werde alle Papiere für euch zusammenstellen." Es ist der erste Dom/Sub-Vertrag, den der Dungeon aufsetzen wird. Der erste von vielen, wie wir alle hoffen.

Ich gebe ihnen jeweils ein Blatt Papier, das sie ausfüllen. „Markiert die Fetische, die für euch in Ordnung sind." Ich setze mich auf meinen Stuhl und wünsche mir, ich könnte das Glas Scotch in meiner Hand halten. Es hat nicht viel getan, um mich zu beruhigen, aber es scheint mir den Schmerz genommen zu haben.

Grant hatte nie die Absicht, mich dazu zu bringen, ihn zu lieben. Ich weiß das. Er war nie liebevoll oder fürsorglich in seinen Worten. Verdammt, die meiste Zeit nicht einmal in der Art, wie er mich gefickt hat. Aber wenn er die Nachsorge machte, zeigte er seine weichere Seite. Dann war er fürsorglich und liebevoll.

Ich weiß, dass es in ihm steckt, so zu sein. Ich weiß, dass er mit der Zeit immer mehr davon herauslassen könnte. Aber er hat alles gestoppt.

Ich habe zu sehr gedrängt. Ich hätte die Klappe halten sollen. Ich wusste das, selbst als ich ihn fragte, warum er das gesagt hat. Ich wusste, dass ich alles kaputtmachen würde. Ich habe Druck ausgeübt, was Grant nicht zuließ. Aber er hätte mir nicht vor allen so etwas sagen sollen.

Nachdem ich das neue Paar aus meinem Büro geführt habe, sperre ich die Tür ab und trinke den Scotch in meinem Glas in der Hoffnung aus, dass die Taubheit zurückkommen wird.

Ich muss da raus und ihm gegenübertreten. Ich kann ihn meine Schwäche nicht sehen lassen. Alles, was ich Grant Jamison zeigen werde, ist, dass ich ohne ihn gut zurechtkommen kann.

Er wird schon sehen. Mir geht es gut.

Noch ein Glas Scotch und ich werde es ihm zeigen. Ich brauche ihn nicht.

10

GRANT

Die Nacht läuft wahnsinnig gut. Jeder hat Spaß und es ist offensichtlich, dass der Club ein großer Erfolg wird. Die anderen Eigentümer und ich lächeln alle bei dem Gedanken daran, dass unsere Konten bald aus allen Nähten platzen werden bei all dem Geld, das die Leute ausgeben.

Eines der Mitglieder bittet mich, ihm in einem der Privaträume zu helfen. Er und seine Partnerin wollen einige Flogging-Methoden ausprobieren und er möchte sicher sein, dass er ihr keinen wirklichen Schaden zufügt.

Als ich in den schwach beleuchteten Raum mit seinen roten Wänden, dem schwarzen Boden und der schwarzen Decke gehe, fällt mir auf, dass es mich stört, mit jemand anderem als Isabel hier zu sein.

Oh, ich muss darüber hinwegkommen, und zwar schnell! „Ich sage euch was, lasst mich rausgehen und eine Frau holen, damit ich euch alles an ihr zeigen kann." Ich gehe zurück und finde leicht eine Frau, die mir bei der Demonstration helfen möchte.

Wir gehen zurück in den Raum und ich bringe sie in Position. Der andere Mann macht das Gleiche mit seiner Frau, und ich zeige ihm die erste Technik.

Als meine Hand die Peitsche bewegt und sie auf dem Hintern der Frau landet, schießt ein Schmerz durch mein Herz.

Ist das, was ich mache, falsch?

Ich schiebe das Gefühl beiseite und mache weiter. „Alles klar, Süße?"

Sie dreht ihr mit einer Maske bedecktes Gesicht um und schaut mich an. „Ja. Es gefällt mir. Mehr davon, bitte."

Ich schüttle den Kopf und versuche, mich von der nervtötenden Vorstellung zu befreien, dass das, was ich mache, schlecht ist. „Okay, eine Achterbewegung ist auch gut." Ich demonstriere es und fühle diesen Schmerz wieder in meiner Brust.

Ich erkenne, dass ich eine Schwäche habe.

Isabel.

Ich muss darüber hinwegkommen. Ich muss.

Die Frau, die ich gefunden habe, dreht sich zu mir um und zwinkert mir zu. „Wir sollten uns einen eigene Raum nehmen."

Obwohl mein Herz nicht dabei ist, rät mir mein Kopf, es zu tun. Ein anderes Mädchen unter sich zu bekommen, ist der schnellste Weg, über das Mädchen hinwegzukommen, das einen verfolgt. Oder so ähnlich.

Also mache ich genau das. Ich bringe die Frau in den nächsten privaten Raum und fahre damit fort, Isabel zu vergessen.

Ich bin sowieso nicht der richtige Mann für Isabel. Ich tue ihr einen Gefallen, wenn ich sie gehen lasse.

Lasse ich sie wirklich gehen?

Kann es so einfach sein?

Meine Hand gleitet über den runden Hintern der Frau. Er ist seidig glatt und sollte meinen Schwanz hart machen, aber das ist nicht der Fall. Ich dachte, mir eine beliebige Frau im Dungeon of Decorum zu nehmen, würde mir helfen, Isabel aus dem Kopf zu bekommen, aber es funktioniert nicht.

Ich ignoriere meinen schlaffen Schwanz und schiebe die Frau, deren Namen ich nicht kenne und auch nicht kennen will, auf die harte Holzoberfläche der Spanking-Bank. Ich versuche, mich zu konzentrieren, und frage: „Bist du ein ungezogenes Mädchen gewesen?"

Sie lacht sexy. „Sehr ungezogen. Ich denke, du musst mir meinen ungezogenen Hintern versohlen."

„Du bist also zur Strafe hierhergekommen, oder?" Ich lege meine Hand auf ihren Rücken, um sie festzuhalten, während ich den Gürtel vom Foltertisch nehme und ihn gegen meinen Oberschenkel schlage.

„Ja, Meister." Ihre Worte entzünden ein Feuer in mir, aber auf eine schlechte Art und Weise.

„Ich bin nicht dein Meister. Ich bin nur der Mann, der die Strafe, die du willst, austeilt. Verstehst du mich?" Ich schlage mit dem Gürtel auf ihren Hintern und ein leuchtend roter Abdruck erscheint auf ihrer rechten Pobacke, während sie einen Schrei ausstößt.

Ich habe viel zu heftig zugeschlagen. Ich muss mich zügeln. Reiner Zorn durchströmt mich wie ein heißer Wind, der mich zu überwältigen droht. Ich weiß, ich muss mich beherrschen – dieser Club ist ein sicherer Raum, kein Ort, an dem man von einem rasenden Irren, der sich nicht kontrollieren kann, verprügelt wird. Aber das ist leichter gesagt als getan.

„Du bist nicht mein Meister. Ja, ich verstehe. Au!" Sie schaut mich an und ihr langer schwarzer Zopf fällt über ihre Schulter. „Du nimmst diese Scheiße verdammt ernst, oder?"

„Willst du gehen?" Ich trete einen Schritt zurück und strecke den Arm zur Tür aus. „Nur zu. Du hast mich darum gebeten, hierherzukommen. Ich habe dich nicht dazu gezwungen. Willst du echtes BDSM oder die Mainstream-Variante davon? Denn bei mir bekommst du das wahre BDSM. Verstehst du das?"

Sie ist einen Moment vollkommen still und starrt mich an. „Ich bin neu in diesem Bereich."

„Dann solltest du dir einen Mann suchen, der auch neu ist. Verdammte Vanilla-Schlampe." Ich schnappe nach Luft und weiß selbst nicht, warum ich sie so anfahre. „Geh. Du solltest jetzt gehen."

Sie nimmt meine Warnung ernst und eilt aus dem Raum. Ich falle auf einen Stuhl, der dazu bestimmt ist, eine Sub darauf zu fesseln, und vergrabe mein Gesicht in meinen Händen.

Warum habe ich das getan?

Warum habe ich die Kontrolle verloren?

Ist Isabel es wert, dass ich meinen Verstand verliere? Warum fühle ich mich so?

Ich weiß, was das Beste für uns ist. Ich weiß, dass ich nicht der Mann bin, der ich ihrer Meinung nach sein kann. Warum kann ich es also nicht tun? Warum kann ich nicht wieder ich selbst sein?

Ich brauche einen Drink, und zwar schnell. Und einen Mann zum Reden. Fuck, ich brauche *etwas*, und ich brauche es jetzt.

Ich ziehe mein Hemd und meine Smokingjacke wieder an und schiebe meine Hand durch meine Haare, um sie ein wenig zu ordnen, bevor ich alleine aus dem privaten Raum gehe.

Der Flur, in dem sich die Privaträume befinden, ist dunkel mit roten und grünen Lichtern über jeder Tür. Die Geräusche, die durch die Türen mit den roten Lichtern dringen, sagen mir, dass die Menschen dahinter bekommen, wofür sie hergekommen sind.

Ächzen, Stöhnen, das Knallen verschiedener Peitschen und das Rasseln von Ketten lassen mein Herz schneller schlagen.

Verdammt, wie sehr möchte ich mitmachen. Ich hatte so lange von der ersten Nacht und all den Ausschweifungen, an denen ich teilnehmen würde, geträumt. Aber Isabel und ihr verdammter Wunsch nach etwas Echtem mit mir haben alles ruiniert.

Ich gehe aus dem Flur direkt zur Bar. Ich bleibe wie angewurzelt stehen, als ich sie dort sitzen sehe, während ein Mann viel zu nah bei ihr ist und mit ihr spricht.

Was zum Teufel macht sie da?

„Isabel!", schreie ich wie ein Verrückter quer durch den Raum.

Ich bewege mich mit großer Geschwindigkeit zu ihr und lege meine Hand auf die Schulter des Mannes, der es wagt, so nah an die Frau heranzukommen, mit der ich gerade vor allen intim war.

Alles, was ich tun kann, ist sie anzusehen, als der Mann uns schnell allein lässt – ich muss ihn nicht einmal ansprechen. „Wirklich, Mr. J., war das nötig?" Isabel verdreht die Augen, die immer noch mit der Maske bedeckt sind, die sie seit Beginn der Nacht trägt.

Sie greift nach ihrem Drink, einem Cranberry-Cocktail, aber ich packe ihr Handgelenk, ziehe sie hoch und lasse sie mir folgen. „Du und ich müssen anscheinend einige Grundregeln festlegen."

„Habe ich dich nicht eben aus dem Flur kommen sehen, wo die privaten Zimmer sind?" Ich halte an und drehe mich um, um sie anzusehen. Ein Schmollen ziert ihre hübschen Lippen.

„Kümmere dich nicht um mich." Ich drehe mich wieder um und ziehe an ihrer Hand, um sie in meine private Loge zu bringen. Sie überblickt das gesamte Erdgeschoss, so dass wir aus der Vogelperspektive auf die Feierlichkeiten herabsehen.

Sobald wir dort angekommen sind, drehe ich mich zu ihr um und drücke ihren Körper zwischen mich und die Tür. „Grant, nicht."

„Sag mir nicht, was ich tun soll." Ich atme ihren Duft ein und das Tier in mir wird verrückt.

Ist das Eifersucht?

Es fühlt sich nach viel mehr als nur Eifersucht an. Aber es ist echt und ich hasse es wirklich.

Absichtlich mache ich einen Schritt zurück und wende mich von ihr ab. Meine Schultern sacken herunter, als ich meinen Kopf in meine Hände nehme. Ich bin überwältigt von dem Adrenalin, das mich durchflutet.

Ihre Hand legt sich weich und tröstend auf meine Schulter. „Grant, es muss nicht so sein."

Ihre Worte machen mich nur noch wütender. „Hey." Ich drehe mich um und packe sie an ihren Armen, damit sie mich nicht berühren kann. Ihre Berührung tut etwas mit mir, das ich nicht ertragen kann. „Du hast keine Ahnung von den Dämonen, die in mir wüten. Du hast keine Ahnung. Niemand weiß es. Und so will ich es auch."

„Willst du, dass ich kündige? Ist es das?" Sie starrt mir tief in die Augen und ich lockere meinen Griff.

„Du kannst nicht kündigen. Dein Fünfjahresvertrag hält dich an diesem Ort. Aber ich will nicht, dass du dich unter die Mitglieder mischst. Kannst du das verstehen? Ich kann nicht dabei zusehen, wie Männer dich anmachen. Ich kann es nicht. Du musst in deinem Büro bleiben. Zumindest wenn ich hier bin."

Die Sorge in ihren Augen von Momenten zuvor ist jetzt weg und lässt sie leer wirken, während sie mich ansieht. „Ich verstehe dich, Grant. Aber du solltest verstehen, dass du mir wichtig bist und ich denke, dass du dir Hilfe wegen all dieser Wut und den Dämonen, von denen du mir gerade erzählt hast, suchen solltest. Das ist nicht gesund für dich."

„Es gibt keinen Grund, mir Hilfe wegen dem zu suchen, was in meinem Kopf vor sich geht. Es ist normal. Nun ja, zumindest für meine DNA." Ich beiße mir auf die Unterlippe, um nicht noch mehr über mich zu verraten. „Geh jetzt in dein Büro. Tu, was ich sage, und alles sollte in Ordnung sein."

Ihre Unterlippe zittert, als sie sich umdreht, um von mir wegzugehen. „Es tut mir so leid für dich, Grant Jamison. Wirklich. Ich werde immer einen Platz in meinem Herzen für dich haben. Ich bin immer da, wenn du mich brauchst oder reden willst." Sie hält kurz an, bevor sie die Tür öffnet.

Ich drehe mich um und schaue ihr nach. Unsere Blicke treffen sich. „Es tut mir leid, Isabel."

Ihre Lippen bilden ein schiefes Lächeln. „Ja, ich weiß. Und du solltest eines wissen – ich liebe dich, Grant Jamison. Ich glaube, ich habe dich von Anfang an geliebt." Dann verlässt sie mich.

Während ich in der Mitte der Loge stehe, die ich mir über dem Dungeon geschaffen habe, lässt sie mich einfach mit diesen Worten zurück, die durch meinen Kopf hallen.

Sie liebt mich …

Wie kann eine Frau jemanden lieben, der ihr die Dinge angetan hat, die ich getan habe?

Es ergibt überhaupt keinen Sinn für mich. Ich habe nie versucht, sie dazu zu bringen, mich zu lieben. Ich war jederzeit ehrlich zu ihr. Wie zum Teufel ist das passiert?

Ich stolpere zu dem dick gepolsterten roten Ledersessel, setze mich und schaue aus dem getönten Fenster, das mir erlaubt, auf meine Mitglieder herabzusehen.

Masken und schicke Kleider bedecken die Menschen dort unten.

Menschen, die aus ihren eigenen Gründen hierhergekommen sind. Menschen, die mehr als Normalität suchen.

Isabel hat mich mit all meinen Fehlern und Abnormitäten akzeptiert. Und ich habe sie weggeworfen wie Müll.

Was stimmt nicht mit mir?

11

ISABEL

Stunden sind vergangen, seit wir zum ersten Mal die Türen des Dungeon of Decorum geöffnet haben. Und seit der Auseinandersetzung zwischen Grant und mir. Mein Verstand hat die Skala der Gefühle durchlaufen, die alle wie ein rauschender Fluss durch mich strömen.

Ich kann mich nicht erinnern, jemals so viel Schmerz gefühlt zu haben. Ich fühle ihn nicht für mich selbst – überhaupt nicht – sondern für Grant. Der arme Mann hat eine tiefe Verletzung in sich und sie zerreißt seine Seele.

Wie kann ein so starker Mann auf irgendeinem Gebiet so verdammt schwach sein?

Ich verstehe es nicht und weiß nicht, ob ich es überhaupt verstehen möchte. Welche Dunkelheit lauert in dem Mann?

Und warum liebe ich ihn so sehr?

Ich setze mich an meinen Schreibtisch und klappe meinen Laptop auf. Vielleicht kann ich online nach seinem Namen suchen und eine Vorstellung davon bekommen, was ihn so gemacht hat.

Ich weiß, dass seine Mutter tot ist und dass ihr Tod mit seinen emotionalen Problemen zu tun hat, aber wie ist sie gestorben?

Gerade als ich die Suchmaschine anklicke, öffnet sich meine Tür und da steht er. Ich sehe die dunklen Ringe unter seinen Augen, als er seine Maske ablegt. Ich kann sehen, dass er sich selbst dafür hasst, wie er mich behandelt hat. Ich will, dass er aufhört, sein Unterbewusstsein will, dass er aufhört, aber er lässt es einfach nicht zu.

„Hey, ich möchte nur, dass du weißt, dass ich wirklich dankbar bin, dass du hiergeblieben bist. Ich meine es ernst." Grants dunkelblaue Augen wandern von meinen zu dem Laptop vor mir. Er kommt herein und sieht ihn immer noch an.

Ich klappe ihn zu und versuche, mir eine Ausrede dafür auszudenken, warum mein Computer offen vor mir stand. Wenn ich in den Business-Modus wechsle, schaffe ich es, ihm zu zeigen, dass ich weitermachen kann und wegen ihm keine Depressionen bekommen werde. Selbst wenn ich nur vortäusche, dass alles in Ordnung ist.

„Ich wollte den Vertrag, den wir aufgesetzt haben, noch einmal lesen. Ich denke, dass er für jedes Paar angepasst werden muss", sage ich ihm. „Wir hatten schon einige Leute, die wegen Verträgen hier waren, und einer von ihnen fragte nach Dingen, die nicht darin enthalten sind. Ich denke, ich werde Bereiche in der Vertragsvorlage festlegen, die für jedes Paar individualisiert werden können. Klingt das nach einer guten Idee?"

„Ja, das tut es." Er setzt sich auf einen der Stühle auf der anderen Seite meines Schreibtisches. „Bist du okay?"

Mit einem leisen Kichern beantworte ich seine vage Frage: „Wer ist das schon?"

Er seufzt und lehnt sich auf dem Stuhl zurück. „Wohl niemand."

Die lässige Art, wie wir miteinander reden, führt dazu, dass ich mich besser fühle und er sich wohl auch. Er und ich kommen so gut miteinander aus, wenn wir zu zweit sind – solange wir nicht über unsere Beziehung oder deren Nichtvorhandensein sprechen.

Ich weiß nicht, ob das gut oder schlecht ist, ich weiß nur, dass es so ist.

„Heute Abend haben wir 302 Gäste. Nicht schlecht für die grandiose Eröffnung eines privaten Clubs, Boss." Ich ziehe die unterste Schublade auf, wo ich noch etwas Scotch versteckt habe, und nehme zwei Gläser heraus. Ich stelle sie auf den Schreibtisch, fülle beide und schiebe eines zu ihm. „Wir sollten etwas trinken und auf den Erfolg deines kleinen Traums anstoßen."

Sein Lächeln ist verheerend, als er das Glas nimmt und hochhebt. „Auf viele Jahre gemeinsamer Erfolge."

Ich stoße mit ihm an. „Auf ein fruchtbares geschäftliches Unterfangen."

Wir trinken jeweils einen Schluck und stellen die Kristallgläser wieder auf den Schreibtisch. „Hast du das für diesen Anlass gekauft, Isabel?"

„Vielleicht." Ich zwinkere ihm zu und versuche, eine unbeschwerte Atmosphäre aufrechtzuerhalten. Damit scheint es zwischen uns besser zu funktionieren.

„Großartige Wahl. Und nicht billig. Macallans 18 Jahre alter Scotch ist teuer – das kannst du dir nicht leisten, oder?" Er grinst, als er seine große Hand durch sein dichtes Haar mit den silbernen Strähnen schiebt.

„Mein Chef bezahlt mich gut. Dank ihm kann ich mir guten Schnaps kaufen." Ich führe das Glas noch einmal an meine Lippen und atme den Duft ein, bevor ich noch einen Schluck trinke. Ich brauche den Scotch mehr denn je, um diese Scharade beizubehalten.

So nett es auch ist, mit Grant auszukommen, es ist verdammt schwer, nicht direkt auf seinen Schoß zu kriechen, meine Arme um seinen Hals zu legen und seine vollen Lippen zu küssen, die mich an einen Ort versetzen, an den niemand sonst mich jemals gebracht hat.

Aber das könnte dieser schönen Zeit mit ihm ein Ende setzen, also werde ich das nicht tun. Und meine Tür ist jetzt weit offen. Es würde so unprofessionell aussehen, wenn jemand zu mir käme.

Aber verdammt, es würde sich so gut anfühlen, es zu tun.

„Die anderen Eigentümer und ich gehen frühstücken, sobald wir geschlossen haben." Er tippt mit den Fingerspitzen auf den Schreibtisch neben seinem Drink. „Kommst du mit?"

„Willst du mich einladen, euch zu begleiten?" Ich freue mich darüber. Aber ich zeige es nicht. Ich möchte den Mann nicht erschrecken.

„Ja. Du bist genauso ein Teil des Erfolgs, den wir heute Abend haben, wie wir anderen. Du hast kein Geld investiert, so wie wir, aber du hast viel Zeit geopfert. Dafür sind wir alle dankbar." Er lehnt sich zurück, legt die Hände hinter seinen Kopf und sieht wie immer sexy aus.

„Nun, dann wäre es mir eine Ehre, euch alle zu unserem ersten Frühstück zu begleiten." Ich schenke ihm ein Lächeln und hebe mein Glas. Er tut es auch und wir stoßen noch einmal an. „Auf viele gemeinsame Frühstückstreffen."

„Prost." Er nimmt noch einen Schluck und schaut mich über das Glas hinweg an. „Danke, dass du so bist, wie du bist, Isabel. Ich weiß dich zu schätzen. Ich will, dass du das weißt."

Und ich liebe dich.

Ich denke es, aber ich wage nicht, es noch einmal zu sagen. „Ich weiß dich auch zu schätzen, Grant. Euch alle. Ich war eine arme Studentin, als ich mich für diesen Job beworben habe. Dank dieser Gelegenheit habe ich mein Fünfjahresziel bereits übertroffen."

„Aber wir verlangen viel von dir." Seine Wangen glühen und ich weiß, dass er über den Teil meiner Arbeit nachdenkt, bei dem wir monatelang täglich Sex hatten. Aber dann wird sein Gesicht ernst. „Jetzt, da wir den Mitgliedern unsere Szene gezeigt haben, gibt es keinen Grund mehr, das von dir einzufordern. Du hast mehr getan, als irgendjemand verlangen kann. Wir werden dich nicht mehr darum bitten."

„Natürlich." Mir ist etwas übel. Ich wusste in meinem Kopf, dass wir keinen Sex mehr haben würden, aber es ihn laut aussprechen zu hören, ist schlimmer als ich erwartet hatte.

„Wie ich schon sagte, wir haben schon zu viel von dir verlangt. Ich möchte dich nicht überfordern. Du wirst jetzt sehr beschäftigt mit den Mitgliedern, den Verträgen, den Auktionen und deren Teilnehmern sein. Auf deinen Schultern lastet eine Menge seit der Eröffnung. Ich werde dich nicht bitten, weitere Szenen einzuüben. Das wäre nicht richtig."

„Nein, es wäre nicht richtig", stimme ich ihm zu.

„Du wirst eine Assistentin bekommen. Das war die andere Überraschung. Wir möchten, dass du jemanden einstellst, von dem du weißt, dass ihr gut zusammenarbeiten könnt. Du kannst schon morgen die Termine für die Bewerbungsgespräche festlegen." Er schiebt seine Hände in seine Taschen und kaut einen Moment auf seiner Unterlippe herum. Dann schaut er mich an. „Und ich will dich da draußen nicht mehr so herumlaufen lassen. Ich will nicht, dass dich jemand wieder so ansieht. Ich habe entschieden, dass du dich nicht so sexy anziehen musst. Die anderen Eigentümer und ich tragen einen Smoking. Du solltest auch ein wenig offizieller aussehen. Ich denke an eine hübsche weiße Bluse, die zugeknöpft ist und keinerlei Dekolleté zeigt. Dazu ein schöner Rock in A-Linie in Schwarz oder Dunkelblau, der an den Knien endet. Trage Absätze, die nicht höher als fünf Zentimeter sind. Wie klingt das? Kannst du das für mich tun, Isabel?" Er sieht ein wenig verlegen aus, als ob er weiß, dass das, was er sagt, ein bisschen albern ist.

„Natürlich kann ich das tun." Ich verstehe es jetzt. Er ist eifersüchtig. Und ich mag es. Ich mag es sehr.

Er zieht die Hände aus den Taschen und ich sehe eine kleine schwarze Schatulle in seiner Rechten. Er stellt sie auf meinen Schreibtisch und schiebt sie mir entgegen. „Und ich will dieses rote Halsband nicht mehr an dir sehen. Trage stattdessen das."

Als ich die kleine Schatulle öffne, sehe ich, dass darin ein Ring ist, wie er von den Eigentümern getragen wird. Nur die Proportionen sind kleiner und weiblicher. Mein Herz schmilzt dahin. Ein großer schwarzer Stein erhebt sich mitten in einem Drachenmaul. Rote Flammen züngeln am Boden des Steins. Er ist in den charakteristischen Farben des Clubs gehalten – Rot und Schwarz.

Ich stecke ihn an den Ringfinger meiner rechten Hand, den gleichen Finger, an dem alle ihre Ringe tragen. Er passt mir perfekt. „Wow. Einfach ... wow, Grant. Du weißt nicht, wie besonders ich mich fühle."

„Gut. Wir alle wissen dich und das, was du für unser kleines Projekt tust, zu schätzen. Und wir alle dachten, du solltest etwas Besseres als ein rotes Sklavenhalsband haben, um dich an deine Zeit hier bei uns zu erinnern. Der Ring ist viel Geld wert. Ich sage dir das nur, damit du ihn nicht verlierst." Er lehnt sich zurück und schaut auf den Ring an meinem Finger.

Ich kann nicht anders, als zu denken, dass er unsere Verbindung symbolisiert. Grant will vielleicht keine Bindung an mich oder irgendjemanden, aber er kann nicht immer bekommen, was er will. Wir sind miteinander verbunden, er und ich. Es gibt nichts, was er tun kann, um das zu beenden.

Anscheinend nicht einmal, indem er ein kompletter Idiot ist.

12

_____

GRANT

Einen Monat später
Nach einer weiteren geschäftigen Nacht im Club und einem reichhaltigen Frühstück mit einem Denver-Omelett gehen Isabel und ich aus dem kleinen 24-Stunden-Café. Wir sind alle in der Firmenlimousine gekommen und Tad Johnson ist der Erste, der wieder hineinklettert. „Verdammt, bin ich müde."

Steve Wilkins folgt ihm. „Ich auch. Völlig fertig."

Frank Devine steigt als Nächster ein und sieht Isabel und mich an. „Ich falle ins Bett, sobald der Fahrer mich absetzt."

„Grant!", höre ich einen Mann schreien.

Ich drehe mich langsam um, als ich die Stimme erkenne. „Jake?" Ich sehe meinen jüngeren Bruder, einen Mann, der mit seinen 20 Jahren zu jung ist, um Alkohol zu trinken. Aber demnach zu urteilen, wie er herumstolpert, weiß ich, dass er alles andere als nüchtern ist.

„Er sieht aus wie du", bemerkt Isabel schnell. „Ist das dein ..."

„Bruder." Ich muss meine Hand ausstrecken, um Jake davon abzuhalten, mich zu umarmen, aber es nützt nichts.

Seine Arme sind überall um mich herum, als er mich fest umarmt und dabei nach Gin stinkt. „Grant. Mein Gott. Es ist so schön, dich zu sehen, Bruder. Ich habe dich vermisst. Wir alle haben dich vermisst. Es ist drei Jahre her. Wusstest du das? Drei Jahre, großer Bruder. Drei Jahre zu lange."

Isabel zieht an meinem Arm. „Er ist mit dem Auto hier, Grant." Sie nickt zu dem Auto, aus dem er gestiegen ist. „Du solltest ihn nach Hause fahren. Er ist nicht in der Verfassung, selbst hinter dem Steuer zu sitzen."

„Du hast recht." Ich ziehe meinen Bruder von mir weg und sehe ihn finster an. „Warum fährst du, Jake? Weißt du, wie gefährlich das ist?

Seine hellblauen Augen verdunkeln sich und er schnieft: „Ich vermisse sie. Ich vermisse Dad. Und ich vermisse dich."

Ich lege meinen Arm um seine Schultern und gehe mit ihm zu seinem Auto, um ihn von den anderen wegzubekommen. Dann fällt mir ein, dass ich selbst irgendwie nach Hause kommen muss, wenn ich ihn zurückgebracht habe. Ich will sein Auto nicht zu mir nach Hause mitnehmen und mich morgen wieder mit ihm herumschlagen.

Ich rufe über meine Schulter: „Isabel, komm bitte mit!"

„Natürlich", kommt ihre schnelle Antwort. Ich rechne es der jungen Frau hoch an, dass sie immer professionell ist und nicht zulässt, dass unser kleines Problem sie davon abhält, diesen Job gut zu machen. Sie ist in kürzester Zeit an meiner Seite. „Es klingt, als wäre er ziemlich traurig, Grant. Vielleicht solltest du darüber nachdenken, die Nacht bei ihm zu verbringen."

„Nein." Das ist alles, was ich sagen kann.

Ich bin mir nicht ganz sicher, ob es eine gute Idee ist, Isabel in der Nähe meines betrunkenen Bruders zu haben, der schon mehr gesagt hat, als er sollte. Aber besser Isabel als irgendjemand sonst.

Sobald ich die Autoschlüssel von Jake bekommen habe, öffne ich die Türen und wir steigen alle ein. Jake ist hinten, ich bin auf dem Fahrersitz und Isabel ist auf der Beifahrerseite.

„Ist sie der Grund, warum du nicht mehr zu uns kommst, Grant?" Jake lehnt sich zurück und starrt Isabel feindselig an.

„Ich?" Ihre Hand fliegt zu ihrer Brust. „Sicher nicht. Also heißt du

Jake. Hallo, Jake. Ich bin Isabel Sanchez. Freut mich, dich kennenzulernen. Ich arbeite für deinen Bruder."

„Du solltest wahrscheinlich deine Augen schließen und schlafen, Jake." Ich will nicht, dass er zu viel sagt.

„Und du solltest einfach meine Anrufe annehmen. Jenny und Becca würden auch gerne mit dir reden. Es gab Neuigkeiten, die wir dir mitzuteilen versucht haben, aber du ignorierst unsere Anrufe. Moms Leiche wird exekutiert."

„Exekutiert?", fragt Isabel entsetzt. „Wie das?"

„Er meint exhumiert." Ich schüttle meinen Kopf, während es mich in Angst versetzt zu wissen, dass es ihnen gelungen ist, das ohne meine Hilfe in die Wege zu leiten. „Scheiße! Warum habt ihr das getan, Jake?"

„Weil wir es tun mussten. Du verstehst das nicht. Weil du es nicht verstehen willst. Etwas anderes stand an. Wir haben alle geredet und uns so entschieden. Jenny sagte, dass Mom in den letzten Monaten, bevor sie auf die Reise gingen, nicht sie selbst war." Ich höre Jake schlucken und im Rückspiegel sehe ich, dass er eine Flasche leert.

„Scheiße! Nimm sie ihm ab, Bel."

Sie dreht sich um, greift nach hinten und zieht sie ihm leicht aus den Händen. „Willst du eine Alkoholvergiftung, Jake?" Sie setzt sich wieder hin und lächelt mich an. „Bel? Ein Spitzname. Ich mag das. Meine Grandma hat mich so genannt."

„Es ist kürzer und ich wollte nicht, dass er noch mehr von dem Zeug trinkt." Ich kann ihre innere Freude darüber, dass ich spontan einen Spitznamen für sie erfunden habe, sehen.

Ich hätte sie nicht mitnehmen sollen.

Jakes gelallte Worte erregen wieder meine Aufmerksamkeit. „Dad könnte unschuldig sein, Grant. Willst du nicht wissen, ob er es ist?"

„Ich war bei ihm. Ich versichere dir, dass er nicht unschuldig ist." Ich sehe, dass die Straße, in der sich unser Elternhaus befindet, vor uns liegt. Ich weiß, dass Jake und Becca dort mit Jenny und ihrem neuen Ehemann leben. Ich weiß das nur, weil ich manchmal vorbeikomme, um zu sehen, ob es ihnen gutgeht. Aber ich tue es, ohne dass sie es bemerken.

Ich parke vor dem Haus und sehe, wie Jakes Augen aufleuchten. „Du kommst mit rein, richtig?"

Ich hasse den Gedanken, in dieses Haus zu gehen. Jeder böse Traum, den ich in den letzten drei Jahren gehabt habe, hat dieses Haus als Mittelpunkt gehabt. Ich kann nicht reingehen. Ich kann es einfach nicht.

Das Haus ist dunkel bis auf das Licht auf der Veranda. „Nein. Alle schlafen. So wie du es auch tun solltest. Ich lasse dich hier aussteigen, damit du reingehen und schlafen kannst. Dann fahre ich Isabel zu ihrem Auto. Sie folgt mir hierher zurück, ich stelle dein Auto vor dem Haus ab, lege deine Schlüssel in den Briefkasten und gehe zu mir nach Hause."

Jake fummelt am Türgriff herum, als er versucht rauszukommen. „Fick dich, Grant. Fick dich, du selbstsüchtiges Arschloch."

Ich steige aus, um ihm dabei zu helfen, die Autotür zu öffnen. Er läuft auf die Straße, stürzt und bleibt bewegungslos liegen. Ich höre ihn schnarchen und fühle mich so frustriert, dass ich ihn treten könnte.

Jetzt habe ich keine andere Wahl, als in das Haus zu gehen, wegen dem ich seit dem Beginn der verdammten Albträume vor Jahren nichts als schlechte Gefühle habe. Scheiße!

Ich hebe meinen ohnmächtigen Bruder hoch, werfe ihn über meine Schulter und gehe zum Haus. Isabel springt aus dem Wagen und rennt mit seinem Schlüsselbund in der Hand zu mir. „Hast du einen Schlüssel für das Haus?"

„Ich habe einen, aber er ist bei mir zu Hause. Es ist dieser da, der grüne. Kannst du die Tür öffnen?"

Sie beeilt sich, es zu tun, und folgt mir hinein. Obwohl es im Haus dunkel ist, kenne ich mich aus. Ich lege meinen Bruder – nicht allzu sanft – auf die Couch und wende mich zum Gehen. Ich spüre die Kälte, die die Treppe hinunterfließt. Überall kann ich die Schatten tanzen sehen. Ich muss hier verschwinden. Wenn die Dinge, die ich in meinen Träumen gesehen habe, jemals wahr werden sollten, lande ich in einer psychiatrischen Anstalt.

Isabel sucht jedoch etwas. „Gibt es eine Decke, die wir über ihn legen können? Wir sollten ihm auch seine Schuhe ausziehen."

„Um Himmels willen. Er ist ohnmächtig, Bel. Komm schon." Ich nehme sie an der Hand, aber sie reißt sich von mir los.

Ohne ein Wort zu sagen, zieht sie seine Schuhe aus, ergreift den Überwurf auf Dads altem Sessel und legt ihn auf meinen Bruder. „Okay. Jetzt können wir gehen."

Meine Augen wandern auf Dads Sessel und ich erstarre, während ich in der Zeit zurückgehe. In eine Zeit, in der alles in unserer Familie großartig war. Eine Zeit, in der ich ein normaler Mensch mit normalen Emotionen war.

Gegen mein besseres Urteil schließe ich die Augen, atme tief ein und nehme das Zuhause meiner Kindheit in meiner Lunge auf. Die Muffigkeit der alten Möbel füllt meine Nase. „Ich werde neue Möbel liefern lassen." Das ist alles, was ich sagen kann, als mein Herz zu rasen beginnt und meine Augen brennen.

Es ist über drei Jahre her, dass ich dieses Haus betreten habe. Ich habe nicht die Absicht, es noch einmal zu tun. Nicht nach allem, was ich geträumt habe. Ich nehme Bels Hand und führe sie zur Tür hinaus.

Ich muss von diesem Ort wegkommen. Ich muss aufhören, an meine Familie zu denken.

Zum Glück lässt Isabel mich in völliger Stille zu ihrem Auto fahren. Keine Fragen darüber, was mein Bruder gesagt hat, nur schönes, stilles Nichts. Ich parke hinter ihrem Auto, und sie steigt ohne ein Wort aus und setzt sich in den Wagen, um mir zurück zu meinem Elternhaus zu folgen.

Ich seufze, als ich zusehe, wie sie in ihr Auto steigt. Sie ist großartig. Absolut wundervoll.

Ich verdiene ihre Liebe nicht. Ich verdiene überhaupt keine Liebe.

Aber mein Gott, wie ich diese Frau brauche.

13

ISABEL

Grant sitzt schweigend auf dem Beifahrersitz des neuen kanariengelben Ferrari, den der Club mir geschenkt hat. Er hat gerade den Wagen seines jüngeren Bruders vor seinem Elternhaus abgestellt und jetzt bringe ich ihn nach Hause.

Es gibt so viele Dinge, die ich ihn fragen möchte, aber ich weiß es besser, als ein Wort zu sagen. Es ist einen Monat her, seit wir all den Mist hinter uns gelassen haben. Wir haben sehr gut zusammengearbeitet, seit wir Sex und BDSM ausgeklammert haben und uns nur noch auf beruflicher Ebene begegnen.

Habe ich immer noch starke Gefühle für den Mann? Die Antwort darauf lautet Ja. Ich liebe ihn. Aber ich weiß, dass er meine Liebe niemals erwidern wird. Ich weiß, dass er unfähig ist, jemandem sein Herz zu schenken. Ich akzeptiere ihn, wie er ist, und bin froh darüber, dass ich für ihn da sein kann, egal ob er denkt, dass er mich braucht oder nicht.

Er lehnt seinen Kopf mit geschlossenen Augen an die Nackenstütze. Selbst niedergeschlagen raubt er mir immer noch den Atem.

Wir fahren schweigend zu seinem Haus. Er nennt es klein und idyllisch. Aber es ist alles andere als klein, sondern mehr als 3.000 Quadratmeter groß. Ein Teil der Fläche wird von einem enormen beheizten Innenpool eingenommen. Griechische Kacheln lassen ihn wie etwas aus einem Fünf-Sterne-Hotel aussehen.

Grant Jamison ist kein Mann, der angibt. Er redet nie über das, was er hat, oder prahlt damit, wie luxuriös er wohnt, aber er wohnt besser als die meisten anderen Menschen.

Ich biege in die lange Auffahrt ein, die zu seinem Haus führt, das auf einem zehn Hektar großen Hügel liegt. Sein Verwalter hält alles makellos sauber. Üppiges grünes Gras bedeckt das Gelände. Hohe Kiefern säumen die Rückseite des Grundstücks, auf dem Eichen und Eschen verstreut sind.

Trotz seiner enormen Größe wirkt das Haus fast gemütlich. Allerdings könnte es hier und da ein paar feminine Akzente gebrauchen. Nicht, dass Grant das jemals zulassen würde.

Nein, das würde bedeuten, jemanden in seine Nähe zu lassen. Und jetzt, da ich seinen Bruder getroffen und ein wenig über ihre Vergangenheit gehört habe, kann ich sehen, dass Grant niemanden in seine Nähe lässt. Nicht einmal seine eigene Familie.

Das mag für manche entmutigend klingen. Als wäre er verloren. Aber mein Herz sagt mir, dass ich weiter mit dem Mann zusammen sein soll, den ich lieben gelernt habe. Ich kann ihn nie ganz verlassen, auch wenn er mich nicht seine Partnerin sein lässt.

Geduld ist bei ihm nötig, das begreife ich jetzt.

Als ich am Eingang anhalte, öffnen sich seine dunkelblauen Augen. Sie schimmern beim Anblick unserer Umgebung, dann reibt er sich mit dem Handrücken darüber. „Sind wir schon da? Das ging schnell."

„Es hat ungefähr eine halbe Stunde gedauert." Ich lächle ihn an. „Gute Nacht. Wir sehen uns morgen Abend im Club."

Aber er steigt nicht aus dem Auto. Stattdessen legt er seinen Kopf zurück und starrt mich an. „Danke, Bel."

Ich nicke und weiß, dass er mir mehr dafür dankt, dass ich meine Fragen für mich behalte, als für die Fahrt nach Hause. „Bitte."

Er blickt auf die Uhr auf dem Armaturenbrett. „Es ist fünf Uhr morgens."

„Ja."

Seine Augen treffen wieder meine. „Komm mit rein. Es gibt keinen Grund, dass du zu dir nach Hause fahren solltest. Es wird noch eine halbe Stunde dauern, bevor du ins Bett kommst, wenn du das tust. Und das Zimmer, in dem du geschlafen hast, wenn du hier warst, ist immer noch da. Direkt hinter dieser Tür. Was sagst du? Willst du bei mir bleiben?"

Für immer.

Aber ich schüttle den Kopf. „Schon in Ordnung. Ich will dir nicht in die Quere kommen. Gute Nacht, Grant."

„Du willst nicht bei mir bleiben. Das verstehe ich. Ich dachte nur, dass du dich wieder wohl bei mir fühlst, seit wir die anderen Sachen hinter uns gelassen haben. Nicht, dass ich das verdiene." Seine Augen senken sich auf den Ring an meinem Finger. Den Ring, den er mir in der ersten Nacht gegeben hat, als der Club eröffnet wurde.

„Es ist nicht so, dass ..."

Bevor ich noch etwas sagen kann, sieht er mich wieder an. „Weil wir keinen Sex mehr haben, oder? Weil du mehr von mir willst, als ich geben kann, oder?"

Ich spanne meinen Kiefer an, während ich darüber nachdenke, was ich ihm sagen soll. Er hat recht, aber ich möchte das aus irgendeinem Grund nicht laut sagen. Als könnte es ihn verletzen und das ist das absolut Letzte, was ich ihm antun will.

Er hat seit jener Nacht nicht mehr so mit mir gesprochen. Und ich fühle mich ehrlich gesagt nicht wohl damit, dass er es jetzt tut. Also versuche ich, professionell zu bleiben, und ändere meine Taktik. „Weißt du was? Ich bleibe." Ich parke das Auto und steige aus. „Es ist gefährlich für mich, so verdammt müde zu fahren. Danke für die Einladung."

Er klettert aus dem niedrigen Fahrzeug. Die meisten Männer seiner Größe hätten Schwierigkeiten beim Ein- und Aussteigen, aber er lässt es einfach aussehen. Er kommt aus dem Auto zu mir. Seine Hand berührt meinen Rücken. „Braves Mädchen."

Mein Herz verkrampft sich in meiner Brust, als er so mit mir redet. Alles, was ich will, ist sein Mädchen zu sein. Das ist wirklich alles, was ich will. Niemand wäre so gut für ihn wie ich.

Verdammt sei seine gequälte Seele.

Sobald wir drinnen sind, dreht er sich zu mir um und drückt meinen Rücken gegen die geschlossene Tür. „Grant, bitte." Ich kann das nicht aushalten. Es ist einfach zu viel.

„Bitte, Bel. Bitte, komm mit mir ins Bett." Sein Herz klopft wild, als er mich zum ersten Mal seit jener Nacht bittet, bei ihm zu schlafen. Wir hatten viel Sex, als er und ich zusammen trainiert haben, aber er hat mich nie gebeten, bei ihm zu schlafen. Seine Stirn ruht auf meiner. „Nur heute Nacht. Ich will jetzt einfach nicht alleine sein. Ich muss einen Körper neben meinem spüren."

Und meiner ist dazu gut genug, nehme ich an.

Ich sage es nicht laut. Aber es tut weh, wie er die Dinge manchmal darstellt. „Okay."

Er seufzt lange, dann berühren seine Lippen meine und lassen raues Verlangen durch mich dringen. Es ist das erste Mal seit unserer Auseinandersetzung, dass er mich küsst. Ich möchte protestieren und ihm sagen, dass das nicht fair ist. Aber ich schmelze stattdessen dahin. Und als unsere Lippen sich trennen, sage ich: „Danke."

Er zieht an meiner Hand und führt mich in sein Schlafzimmer. Es ist kein Zimmer, in dem ich je gewesen bin. Das eine Mal, dass er mit mir eingeschlafen ist, war im Spielzimmer. Darin ist ein Bett und wir hatten eine ziemlich lange BDSM-Session, die uns beide erschöpfte.

In dem Moment, als er seine Schlafzimmertür öffnet, kann ich ihn im Zimmer riechen. Es ist schokoladenbraun mit petrolfarbenen Akzenten. Dekadent ist das einzige Wort, das ich verwenden kann, um die maskuline Stimmung zu beschreiben, die er in dem großen Raum geschaffen hat.

Ein riesiges Himmelbett befindet sich auf der anderen Seite des Zimmers. Die hölzernen Pfosten werden von kunstvollen Schnitzereien geziert. Vor einem großen Fernseher an der Wand befindet sich eine komplette Sitzgruppe.

Er nimmt etwas von einem hohen Tisch und in der Ecke neben dem Bett leuchtet ein Kamin auf. Leise Musik kommt plötzlich aus dem Nichts.

„Nett." Das ist alles, was ich sagen kann. Ich bin sehr beeindruckt, aber ich habe auch Angst. Ich habe Angst, dass etwas passieren könnte, das mein Herz noch mehr verletzen wird.

Er bleibt am Ende seines Bettes stehen und dreht sich zu mir um. Seine Hände bewegen sich auf die Rückseite meines Kleides und öffnen es. Es fällt zu meinen Füßen zu Boden und er zieht eine Spur von Küssen über meinen Hals, während er meinen BH öffnet und ihn mir abstreift.

Er bewegt sich meinen Körper hinunter, zieht mir mein Höschen aus und drückt seine warmen Lippen gegen meinen Venushügel. Ein Schauer durchläuft mich.

Ich dachte, er hätte gesagt, wir würden keinen Sex mehr haben.

Seine Hände bewegen sich mein Bein hoch, als er wieder aufsteht, und setzen ihren Weg fort, bis sie meine Brüste bedecken. Ich fühle ihr Zittern und lege meine Hände über seine. Er braucht mich. Er hat mir die Worte nicht gesagt, aber ich weiß es. Etwas am Umgang mit seinem Bruder fühlt sich schwach und bedürftig an. Dies ist eine Seite von ihm, die er selten zeigt. Obwohl ich nicht weitergehen sollte, kann ich nicht anders, als für ihn da zu sein – für seine gequälte Seele. Ich liebe ihn und diese Liebe reicht tiefer, als mir selbst bewusst war. „Es wird alles wieder gut, Grant."

„Nein, das wird es nicht." Sein Mund streicht über meinen und nimmt mir den Atem, während er seine Hände um meinen Körper wandern lässt und meinen Hintern umfasst. Er hebt mich hoch und ich schlinge meine Beine um ihn, als er mich zum Bett trägt und mich hinlegt.

Ich liege da, als er meinen Mund freigibt. Dann starrt er mich nur an. Nach und nach zieht er sich aus, während ich ihn beobachte, und er scheint seine Augen nicht von mir abwenden zu können.

Ich habe keine Ahnung, was zur Hölle das für uns bedeutet, wenn es überhaupt ein *Uns* gibt, und warte ab, was er als Nächstes tun wird. Ich kann mir nie sicher sein, was der Mann tun wird. Er könnte mich ficken, oder er könnte mich einfach zudecken und mich festhalten, während wir einschlafen. Ich werde zufrieden sein, wie auch immer es weitergeht. Gerade jetzt braucht er nur Trost – in welcher Form auch immer – und so dumm es auch sein mag, ich möchte diejenige sein, die ihn ihm spendet.

Als er völlig nackt ist und über mir steht, während er von dem goldenen Lichtschein des Feuers umgeben ist, sieht er aus wie ein Engel, der vom Himmel gesandt wurde. Ich kann mich nicht stoppen, „Mein Gott, du bist ein bemerkenswerter Mann, Grant Jamison."

„Ich bin nicht derjenige, der bemerkenswert ist, Isabel Sanchez. Das bist du. Du bist die wunderbarste Frau, die ich kenne. Und ich hasse dich dafür."

Nun, das habe ich nicht erwartet.

14

GRANT

Ich bedecke ihren Körper mit meinem und flüstere ihr ins Ohr: „Verdammt, Isabel. Verdammt seist du, dass du mich Dinge fühlen lässt, die ich nie fühlen wollte." Ihr Körper ist heiß unter meinem, als sie vollkommen still daliegt.

Ihr Herz klopft und ich kann jeden Schlag spüren, während unsere Oberkörper zusammengepresst sind und ihre weichen Brüste von meinen harten Muskeln zerquetscht werden. Ihre Hände bewegen sich durch meine Haare, als sie meinen Kopf zurückzieht, damit ich sie ansehe. „Ich liebe dich."

Zur Hölle mit ihr.

Zur Hölle mit ihr, weil sie das sagt und mich so verdammt schwach macht. Ich küsse sie so hart, dass unsere Zähne kollidieren. Dann schiebe ich ihre Beine auseinander und stoße meinen Schwanz ohne weiteres Vorspiel in sie.

Er sinkt tief in ihr heißes, pulsierendes Zentrum. Ich hasse es, wie wunderbar es sich anfühlt. Wie einladend ihr ganzer wunderschöner Körper für mich ist. Nur für mich.

Ich hasse alles.

Als ich mich hart und wütend in sie stürze, ziehe ich meinen Mund weg und starre sie finster an. „Wie machst du das? Wie kannst du mir so etwas sagen? Ich tue nichts, um Liebe von dir oder sonst irgendwem zu verdienen." Ich kann meine Stimme von den Emotionen zittern hören, die durch meinen ganzen Körper rollen, und ficke sie härter, um sie zu verjagen. „Doch du sagst mir weiterhin diese drei Worte. Wie kannst du mich lieben?"

Sie streichelt sanft meine Wange und lächelt. „Wie kann ich es nicht? Ich liebe dich, Grant."

Als ich in ihre dunkelbraunen Augen blicke, die sich in gläserne Quellen der Begierde, der Lust und sogar der Liebe verwandelt haben, kann ich fühlen, wie mein Herz sinkt und in den Abgrund rutscht, der Liebe heißt.

Und das kann ich nicht zulassen. Ich ziehe meinen Schwanz aus ihr, drehe sie um, ziehe sie auf ihre Knie und ramme meinen Schwanz wieder in sie. Sie stöhnt, drückt ihren runden, festen Hintern gegen mich und lässt mich tiefer gehen. Dann fällt sie mit dem Oberkörper auf das Bett und ich dringe noch weiter in sie ein.

Ich ficke sie hart und schnell, schlage ihren Hintern wieder und wieder und fühle, wie ihre Säfte fließen. „Du kleine Schlampe. Mit jedem Schlag wirst du nasser." Ich ziehe ihr Haar zurück, so dass sich ihr Nacken wölbt, als ich sie von der Matratze hochzerre. Ihr Zentrum verkrampft sich an meinem Schwanz und lässt mich wissen, dass sie das auch erregt. „Du kleine Hure. Du liebst es, wenn ich grob mit dir umgehe."

„Ja", stöhnt sie. „Ich bin deine Schlampe, deine Hure. Nur deine, Sir. Ich gehöre immer dir."

Sie gehört immer mir.

Ich will das gar nicht.

Oder doch?

Ich ziehe meinen Schwanz wieder aus ihr heraus, drehe sie auf den Rücken und halte ihren Körper an das Bett gepresst, während ich mich rittlings auf sie setze. „Aufmachen."

Sie öffnet ihren Mund und ich drücke meinen Schwanz hinein, während ich mich über sie beuge und mich am Kopfteil festhalte, um ihren süßen Mund mit den rubinroten Lippen zu ficken. Lippen, die mich kaum berühren müssen, um mich tausend Meilen weit weg zu bringen.

Alles an Isabel spricht mich an und verführt mich. Und ich hasse es.

Ich hasse alles.

Ich hasse es, wie sehr mein Schwanz in ihr sein muss. Ich hasse es, wie sehr mein Herz schmerzt, wenn sie nicht da ist. Ich hasse es, wie verdammt oft ich über sie nachdenke.

„Nimm es, du Schlampe. Nimm alles. Du willst mich? Du liebst mich? Wir werden sehen, wie lange du das noch kannst." Ich bewege mich schneller und schneller, während ich zusehe, wie sie mich mühelos vollständig in sich aufnimmt.

Sie bewegt ihre Hände über meine Bauchmuskeln und spielt mit ihnen. Dann geht sie tiefer und streichelt meinen Schwanz, wenn er ihren Mund verlässt, während ihre andere Hand gleichzeitig meine Eier berührt.

Mit einem scharfen Stöhnen fühle ich, wie sich mein Orgasmus durch mich bewegt und mein Samen sich in ihren Mund ergießt. Sie schluckt alles und stöhnt vor Vergnügen.

Wie zum Teufel sie Spaß daran haben kann, werde ich nie verstehen. Selbst wenn ich kein guter Dom bin, ist sie immer noch die perfekte Sub.

Aber der Orgasmus hat mich etwas beruhigt. Ich schaudere vor Erleichterung. Dann kommen Schuldgefühle in mir auf und schieben die Angst und den Hass beiseite. Zumindest vorläufig.

„Es tut mir leid, Baby. Es tut mir so leid." Ich rutschte von ihr weg und hole ihr eine Flasche Wasser aus dem Minikühlschrank. Ich ziehe Isabel hoch und halte die Flasche an ihre zitternden Lippen.

Sie nimmt einen langen Schluck und seufzt dann, als ich die Flasche wegziehe. „Du kannst mich nicht dazu bringen, dich zu hassen. Egal wie sehr du es versuchst, das kannst du nicht."

„Ich werde es schaffen." Ich stellte die Flasche auf den Nachttisch und kletterte unter die Decke. Dann ziehe ich sie in meine Arme und küsse ihren Kopf. „Ich werde dich dazu bringen, mich zu hassen. Du wirst schon sehen."

Isabel kuschelt sich an mich, küsst meine Brust und legt ihren Kopf darauf. „Ich liebe dich. Ich werde dich immer lieben. Gute Nacht, Grant."

Ich bin erschöpft. Völlig ausgelaugt. Ich kann nicht mehr gegen sie ankämpfen. Ich kann es nicht.

Aber diese gemeine Stimme in meinem Kopf, die weiß, dass es keine ewige Liebe gibt, spricht aus mir. „Du wirst mich eines Tages hassen. Du wirst zu dem Schluss kommen, dass ich dich nicht verdiene, und zwar deshalb, weil es so ist. Du solltest mich wegstoßen, anstatt mich immer noch näher an dich zu binden. Du solltest Nein sagen, wenn ich dich bitte, bei mir zu bleiben. Wenn du den kleinsten Rest Selbsterhaltungstrieb hättest, würdest du mir sagen, dass ich mich verpissen soll, und es ernst meinen."

Sie hebt den Kopf und sieht mir in die Augen. Endlich wirkt ihr Blick ein wenig aufgebracht, obwohl auch Geduld und Zuneigung darin liegen. „Sag mir verdammt nochmal, dass du mich auch liebst. Ich bin es langsam müde, darauf zu warten, dass du es sagst."

Liebe ich sie?

Wenn ich es nicht tue, warum schmerzt mein Herz bei dem Gedanken daran, sie zu verlieren? Wenn ich es nicht tue, warum sehnt sich mein Körper nach ihrem? Wenn ich es nicht tue, warum kann ich nicht aufhören, daran zu denken, wie wundervoll und perfekt sie ist?

Es war ein schrecklicher Monat ohne sie in meinen Armen. Jede Nacht gehe ich in ihr Büro, um mit ihr den Club zu verlassen, wenn wir schließen. Jede Nacht gehen wir mit den anderen Eigentümern essen und reden über die Dinge, die passiert sind. Und ich muss mich zurückhalten, wenn ich einfach nur ihre Hand halten will. Ich lasse meinen Mund jedes Mal fest geschlossen, wenn sie vor ihrem Haus aus dem Auto steigt anstatt vor meinem. Ich wollte sie jede Nacht nach Hause bringen, habe mir aber nicht erlaubt, sie zu fragen.

Dann taucht mein Bruder auf, bringt mich in das Haus aus meinen Albträumen und hier bin ich. Im Bett mit der Frau, die mich liebt und alles für mich tun würde. Und ich kann ihr nicht einmal drei kleine Worte geben, um ihr für alles zu danken, was sie für mich getan hat.

Aber diese Angst, diese nagende Vorstellung, dass Liebe eine Lüge ist, antwortet für mich: „Ich liebe dich nicht und werde es auch nie tun."

Was stimmt nicht mit ihr?

Was stimmt nicht mit mir?

15

ISABEL

in Jahr später
Es ist ein Jahr her, seit Grant mir seine Liebe verweigert
hat. Ein langes, höllisches Jahr. Er hat in dieser Zeit mit
anderen Frauen experimentiert, aber jeden Tag beendet er bei mir in
meinem Büro.

Ich meide den Mann nicht, obwohl ich es wahrscheinlich tun
sollte. Tatsache ist, dass er tiefsitzende Probleme hat. Er hat die
Bemühungen seiner Geschwister, ihre Mutter exhumieren zu lassen,
gestoppt. Sie hatten nicht annähernd genug Geld, um ihn aufzuhalten, als er Anwälte anheuerte, um die sterblichen Überreste seiner
Mutter dort zu belassen, wo sie waren.

Wenn ich mir erlaube, über sein Leben nachzudenken, schmerzt
mein Herz für seine arme, gequälte Seele. Ich gebe Grant keine
Schuld daran, wie er ist. Ich mache niemanden dafür verantwortlich.
Aber Gott, wie sehr wünschte ich mir, dass er sich von mir – oder
irgendjemandem – wirklich helfen lassen würde.

Ich habe Visitenkarten in seinem Haus und seinem Büro depo-
niert. Visitenkarten von Psychiatern, Therapeuten, Ärzten aller Art
und sogar spirituellen Beratern und Hellsehern. Aber er hat nie
einen von ihnen angerufen.

Ich sollte aufhören, es zu versuchen. Ich sollte aufhören, ihn zu lieben. Aber ich kann das anscheinend nicht. Egal wie sehr es schmerzt, wenn ich höre, dass er mit einer Frau in einem privaten Raum zusammen ist und weiß der Himmel was mit ihr tut. Aber ich liebe den Mann immer noch.

Vielleicht muss ich mir einen Therapeuten suchen.

Ich bin mir sicher, dass ich auch einen brauche. Vielleicht wird er zustimmen, zu einem Therapeuten zu gehen, wenn er denkt, dass er für mich dorthin geht und nicht für sich selbst.

Ein Klopfen an meiner Bürotür reißt mich aus meinen Gedanken und ich stehe auf, öffne die Tür und sehe einen großen, gutausse-henden Mann. Seine Augen mustern meinen Körper, während er mich anstarrt. „Hallo, ich bin Bartholomew Mason III. Du kannst mich Bart nennen."

„Kann ich das?" Ich trete zurück, um den Neuankömmling in mein Büro zu bitten, lasse die Tür offen und deute auf die Leder-stühle vor meinem Schreibtisch. „Du kannst mich Isabel nennen. Was kann ich heute Abend für dich tun, Bart?"

Er nimmt Platz und beobachtet jede Bewegung, die ich mache, während ich mich auf meinem Stuhl zurücklehne. „Ich würde gerne diesem schönen Club beitreten. Wie kann ich das machen?"

„Ich kann dir dabei helfen. Zuerst solltest du wissen, dass wir eine finanzielle Hintergrundprüfung durchführen." Ich ziehe das Formular hervor, das er ausfüllen muss, und schiebe es über meinen Schreibtisch zu ihm. „Unsere Gebühren sind ziemlich hoch und wir müssen sicherstellen, dass unsere Mitglieder sie bezahlen können, bevor wir sie hier irgendetwas tun lassen."

Seine große Hand bewegt sich über das Papier, als er es zu sich zieht und es sich ansieht, bevor er es zurück zu mir schiebt. „Das verstehe ich. Und wie lange dauert diese finanzielle Hintergrundprü-fung? Ich sehne mich danach, eine Sub zu finden, mit der ich spielen kann. Bist du verfügbar?" Seine Lippen bilden ein schiefes Grinsen, als seine dunklen Augen tanzen.

Lachend schüttle ich den Kopf. „Ich arbeite hier. Ich darf nicht einmal alleine ins Erdgeschoss gehen. Und ich kann diese Prüfung bis morgen um fünf Uhr durchführen."

„Schade." Er richtet seine Aufmerksamkeit auf das Formular, füllt es aus und gibt es mir zurück. „Bitte." Er stützt seine Ellbogen auf meinen Schreibtisch, verschränkt seine langen Finger ineinander und legt sein Kinn darauf. „Wie lange bist du schon hier, Isabel?"

„Von Anfang an." Ich zeige ihm meinen Finger mit dem Drachenring. „Die Eigentümer behandeln mich, als wäre ich eine von ihnen. Ich war wesentlich an der Planung dieses Etablissements beteiligt."

„Gehörst du schon einem Dom?" Seine Augen brennen sich in meine und er scheint nicht aufhören zu wollen, mich zu betrachten.

Er ist kein hässlicher Mann, ganz im Gegenteil. Er ist atemberaubend, aber er hat etwas Dunkles an sich. Ich habe es schon bei einigen unserer Mitglieder gesehen. Barts Gesichtszüge sind wie gemeißelt, hart und unversöhnlich.

Alles an dem Mann ist dunkel. Sein schulterlanges schwarzes Haar wird von einem Band zurückgehalten. Sein dunkler Bart ist makellos und betont seine hohen Wangenknochen. Die dunklen Augen runden seine dominante und etwas sinistere Erscheinung ab.

Der schwarze Smoking passt perfekt zu seinem muskulösen Körper. Er sieht verdammt gut aus, dieser Bart Mason. Und ich weiß, dass er von den Trainern vorsichtig behandelt werden muss, da sein Machismo überwältigend ist.

Seine Frage hallt in meinen Ohren wider. Gehöre ich einem Dom?

In meinem Herzen gehöre ich Grant. Egal, was er sagt. Aber ich kann das nicht antworten. „Nein, ich gehöre niemandem."

Seine Augenbrauen wölben sich überrascht. „Niemandem? Nicht einmal einem Freund?"

Ich schüttle den Kopf und lege das Papier weg. Ich kann erst morgen an der Hintergrundprüfung arbeiten. „Nein, nicht einmal das. Wenn du mit mir kommst, kann ich dich herumführen. Ich muss nur meine Assistentin Betty wissen lassen, dass ich nicht in meinem Büro sein werde." Ich stehe auf und trete hinter dem Schreibtisch hervor.

Bart steht ebenfalls auf und begibt sich einen Schritt hinter mich. Seine Hand berührt meinen Rücken und ein Schauer zieht durch mich. Aber es ist kein Schauer der guten Sorte.

Als wir über den Flur gehen, spähe ich in das Büro meiner Assistentin. „Oh, hallo, Isabel." Sie springt auf und kommt, um mich zu begrüßen. Ihre Augen werden sofort zu Bart hingezogen. „Und wen haben wir hier?"

„Das ist ..."

Ich verstumme, als Barts Hand meinen Rücken hochwandert und sich auf meine Schulter legt. „Ich bin Bart, Betty. Es ist mir eine Freude, dich kennenzulernen."

Betty streckt ihre Hand aus und er bewegt seine Hand von meiner Schulter, um ihre zu schütteln. „Freut mich, dich kennenzulernen." Sie zieht eine kleine Maske im Lone-Ranger-Stil aus der Tasche. Das Mädchen ist immer auf alles vorbereitet. „Wenn du mir erlaubst, dir das anzulegen, wird es dir dabei helfen, von niemandem hier erkannt zu werden." Sie sieht mich an. „Hast du ihm schon von den anderen erzählt?"

„Noch nicht." Ich beobachte seine Hand, die sich an mir vorbeischlängelt und die Maske entgegennimmt.

Er verblüfft mich, als er sie mir reicht. „Lege mir das an." Es ist ein Befehl, keine Bitte.

Ich nehme die Maske und werfe einen Blick auf Betty, deren Mund weit offensteht. Niemand redet so mit mir, aber dieser Mann ist sich dessen nicht bewusst.

Ich muss mich auf meine Zehenspitzen stellen, um sein Gesicht zu erreichen und ihm die Augenbinde anzulegen. Es mag ihm an Manieren mangeln, aber es mangelt ihm nicht an Körpergröße. „Unsere Mitglieder stellen sich als Mister und was auch immer der erste Buchstabe ihres Nachnamens ist vor. Also werde ich dich als Mr. M vorstellen." Als die Maske richtig sitzt, trete ich zurück und sehe Betty an. „Du bist für mein Büro zuständig, während ich weg bin, Betty."

„Kein Problem, Isabel. Ich war gerade im Erdgeschoss. Heute Nacht haben wir volles Haus." Sie zwinkert mir zu. „Mr. J. wird überrascht sein, dich da draußen zu sehen."

„Ja, das wird er." Ich drehe mich um, um ihr Büro zu verlassen.

„Aber es ist Teil meiner Arbeit, Interessenten herumzuführen."

Barts Hand bewegt sich zurück auf meinen Rücken und ich kann seinen warmen Atem an meinem Ohr spüren, als er sich zu mir herabbeugt. „Ist dieser Mr. J. verliebt in dich, Isabel?"

„Er ist mein Chef. Er mag es nicht, wenn ich mich in die Menge begebe. Er hält mich gerne auf einem Podest, einem Ort, an dem Männer keine Ahnung von mir haben." Ich gehe den langen Flur hinunter. Der Mann ist direkt neben mir und ich mache die Tür zum Hauptraum für ihn auf.

Ein Windstoß kühler Luft trifft mich, als die Tür sich öffnet und der Blick auf das frei wird, was wir zusammen aufgebaut haben. „Meine Güte. Nun, das ist genau das, was ich erwartet hatte." Seine Hand bewegt sich von mir, bevor er seine Handflächen aneinander-reibt. „Ich kann noch nicht spielen, oder?"

„Noch nicht, Sir." Ich mache einen Schritt vorwärts und seine Hand legt sich auf meinen Arm und hält mich zurück.

Ich sehe ihn an und stelle fest, dass seine Augenbrauen zusam-mengezogen sind, während er mich finster anstarrt. „Sir? Hast du meinen Namen so schnell vergessen?"

„Ganz und gar nicht. Es ist hier üblich, alle Männer *Sir* zu nennen. Du wirst deinen vollen Namen niemandem nennen. Noch nicht, Mr. M." Ich lächle ihn an, um ihn zu besänftigen, und hoffe, dass er mir keine Probleme machen wird.

Wir bekommen nicht mehr oft neue Mitglieder, da wir in den ersten Monaten nach der Eröffnung ziemlich viele Neuzugänge hatten. Ich habe bislang nur eine Handvoll Männer durch den Club geführt. Aber dieser ist bei weitem die größte Herausforderung.

„Ich verstehe." Er lässt mich los, aber seine Hand geht noch einmal auf meinen Rücken. „Hast du dich in dieser Szene versucht, obwohl du keinen Dom hast?"

„Natürlich habe ich das getan. Ich habe mit einem der Eigen-tümer zusammengearbeitet, um die Regeln zu verfassen, denen all unsere Mitglieder folgen müssen. Und ich habe die verschiedenen

Spielarten ausgiebig studiert. Ich musste das tun, es ist meine Aufgabe." Ich gehe durch die Menschenmenge, in der alle Masken tragen, und sehe das riesige Banner, das heute Nachmittag aufgestellt wurde. Ich weise Bart darauf hin. „Am Ende dieses Monats veranstalten wir einen Halloween-Ball. Künftig soll er jährlich stattfinden. In dieser Nacht wird es eine Sklavenauktion geben und viele unserer Paare werden Szenen zeigen. Es wird sicher viel Spaß machen."

„Es ist Jahre her, dass ich etwas an Halloween gemacht habe. Das klingt interessant. Ich habe auch viele Spielarten studiert. Was sind deine Favoriten?" Er nimmt meine Hand und hält mich erneut auf, damit ich ihn anschaue und eine Frage beantworte, die er mir nicht stellen sollte.

„Ich habe seit ungefähr einem Jahr nicht mehr gespielt. Das liegt hinter mir." Ich lächle ihn kurz an und gehe weiter, damit er meine Hand loslässt. „Möchtest du etwas trinken? Es geht aufs Haus."

„Nur wenn du dich mir anschließt." Mit einer flüssigen Bewegung ist sein Arm plötzlich um meine Taille geschlungen und er zieht mich an die Bar, wo wir uns setzen.

Mike, der Barkeeper, kommt direkt zu mir. „Hallo. Ich freue mich, dich hier zu sehen." Er lächelt mich an und nickt Bart zu. „Was hätten Sie gern, Sir?"

„Tom Collins. Für die Dame auch." Barts dunkle Augen streifen durch den Raum, als er sich auf seinem Stuhl umdreht und seinen Rücken gegen die Bar lehnt. „Das hier ist wirklich etwas Besonderes, Isabel. Wie etwas aus einem Traum."

Mike stellt unsere Getränke auf die Bar und zwinkert mir zu, als er in Barts Richtung nickt. Ich schüttle nur leicht den Kopf. Ich kann sehen, dass er denkt, dass der Mann scharf auf mich ist – ich weiß es auch, aber ich bin nicht verfügbar.

Ich nippe an meinem Drink und schaue auf die Menge, die ich so selten sehe. Männer im Smoking, Frauen in verschiedenen Stilrichtungen – von ausgefallenen Kleidern bis zu einem Hauch von Nichts. Einige sind an der Leine, andere sind auf Händen und Knien, während ihre Doms oder Meister Gespräche führen, als wären sie gar nicht da. „Ein Traum, sagst du? Ich denke, es ist mehr wie ein

Albtraum." Zuerst war ich in den Club verliebt. Aber seit ich in meinem Büro eingepfercht bin, macht es mir keinen Spaß mehr. Es ist viel Arbeit und wenig Vergnügen.

Barts Fingerspitzen streichen über meine Hand, während er sein Glas auf die Bar stellt. „Albträume können Spaß machen – so wie Gruselfilme auch. Du solltest mir erlauben, an dir zu trainieren, Isabel. Ich möchte der Beste werden und ich denke, dass ich das mit deiner Hilfe sein kann. Ich kann es in deinen Augen sehen – du sehnst dich danach, die Spannung des Seils um deine Handgelenke und Knöchel zu spüren. Du wirst voller Sehnsucht sein, wenn du den Schlag des Paddels auf deinem Hintern spürst."

Es stimmt, ich habe Sehnsüchte. Aber nur ein Mann kann mir diese Dinge auf eine Weise antun, dass ich sie mag. Ich schüttle den Kopf und sage: „Dafür bin ich nicht verfügbar. Ich kann dir helfen, eine Frau zu finden, die deine Vorlieben teilt. Das mache ich hier – ich helfe den Mitgliedern, kompatible Partner zu finden, mit denen sie diese Welt erkunden können. Mehr nicht."

„Warum sehe ich dann Verlangen in deinen Augen?", drängt er mich weiter.

Bevor ich eine Antwort darauf finden kann, fühle ich eine Hand auf meiner Schulter. Als ich aufblicke, sehe ich, wie Grant Bart anstarrt. „Hi, ich bin Mr. J., einer der Eigentümer. Ich glaube nicht, dass ich dich schon einmal hier gesehen habe, Mr. ...?"

„M", antwortet Bart, schaut mich dann an und wagt es, mit einem Finger über mein Kinn zu streichen.

Grants Hand auf meiner Schulter verkrampft sich. „Er würde gerne Mitglied in deinem Club werden, Mr. J." Ich lehne mich zurück, so dass Barts Finger von meinem Gesicht fällt. „Ich führe ihn herum. Gibt es heute noch irgendwelche Szenen?"

Grant greift an mir vorbei zu meinem Drink und nimmt einen Schluck davon. Es ist ziemlich offensichtlich, dass er sein Territorium markieren will.

Eifersucht ... Vielleicht ist das der Schlüssel dazu, dass Grant sich damit beschäftigt, wie er wirklich über mich denkt.

16

GRANT

Troy, Blyss und ich unterhalten uns, als die Lichter ausgehen. Alle werden still und sind begierig darauf zu sehen, was auf der Bühne passieren wird. Klassische Musik driftet geisterhaft durch den Raum.

Es ist Oktober und am Ende dieses Monats werden wir unseren ersten jährlichen Halloween-Ball feiern. Unsere Gäste werden alle Kostüme tragen und viele werden Szenen zeigen. Isabel und ich haben es uns letzten Monat ausgedacht und alle scheinen deswegen aufgeregt zu sein.

Während ich mir mit meinem Freund Troy und seiner Sub Blyss eine Szene ansehe, versuche ich, an nichts anderes zu denken, als an das, was auf der Bühne passiert. Blyss sitzt zwischen Troy und mir und lächelt, als sie sagt: „Das scheint so surreal zu sein."

Ich bin sicher, dass es der jungen Frau so vorkommt. Sie war noch Jungfrau, als sie hierherkam. Troy hat eine der begehrtesten Frauen ersteigert, die wir je hier hatten. Ich habe kein Wort zu ihm gesagt, aber ich kann sehen, dass sie eher eine Romanze als eine reine BDSM-Beziehung anstreben.

Troy hat mir gesagt, dass Blyss ihn gefragt hat, ob sie sich eine

Szene ausdenken können, um sie vor den anderen Clubmitgliedern zu spielen. Er ist dagegen und immer noch besorgt darüber, wie zerbrechlich sie ist, auch wenn sie ihm immer wieder versichert, dass sie stärker ist, als er denkt. Troy scheint bei der entzückenden jungen Frau kein Risiko eingehen zu wollen.

Das Scheinwerferlicht legt sich auf eine Kristallvase voller Flieder, die auf einem Tisch in der Mitte der Bühne steht. Ich stelle mein Glas Scotch ab und lehne mich zurück. Ich sehe zu Blyss und erzähle ihr und Troy etwas, das ich über die Frau gehört hatte, die in der Szene sein wird. „Die Sub, die dabei ist, hat mehrmals nach mir gefragt. Sie ist sprunghaft und geht von Dom zu Dom. Ich bin an ihr interessiert, nur um zu versuchen, sie zu zähmen und ihr endloses Herumwandern zu stoppen. Ich wüsste gern, ob du einschätzen kannst, ob das überhaupt möglich ist, Blyss."

„Ich kann es versuchen." Sie lächelt und tätschelt meine Hand. „Vielleicht ist sie die Richtige für dich. Du bist selbst auch sprunghaft. Vielleicht könntet ihr euch gegenseitig zähmen."

Troy korrigiert schnell seine Sub. „Blyss, es ist okay für einen Dom, sich so viele Subs zu nehmen, wie er will. Bezeichne Mr. J. nicht als sprunghaft."

„Ich entschuldige mich, Mr. J." Blyss bietet mir eine aufrichtige Entschuldigung an und wendet sich dann ihrem Dom zu. „Was dich betrifft, deine sprunghaften Tage sind vorbei."

Troy lacht, anstatt wütend auf sie zu sein. „Blyss, wir reden später darüber, wie du mit mir sprichst. Jetzt sei still und sieh dir die Show an."

Mit einem Nicken beugt sie respektvoll den Kopf. „Ja, Meister."

Nach einem Kuss auf die Seite ihres Kopfes flüstert Troy: „Braves Mädchen."

Ich weiß, dass ich auf die meisten Leute im Club sprunghaft wirke. Ich weiß, wie es aussieht. Tatsache ist, dass ich verschiedene Spielarten mit den Frauen in diesem Club praktiziert habe, aber mein Schwanz war nie in einer von ihnen – außer Isabel – seit der Club eröffnet wurde.

Nicht, dass ich mich für sie aufgespart hätte, weil ich das nicht getan habe. Dass keine der Frauen, mit denen ich gespielt habe, meinen Schwanz so hart macht, wie er in der Nähe von Isabel wird, bedeutet nicht, dass ich mich nach ihr verzehre.

Wenn ich ein ganzer Mann wäre, ein Mann ohne Dämonen, dann würde ich vielleicht versuchen, etwas mit der Frau anzufangen, die mich liebt. Ich fürchte, ich werde nie der Mensch werden, der sie verdient. Nichts hat sich im letzten Jahr in mir verändert und ich bezweifle, dass das jemals passieren wird.

Der Scheinwerfer erlischt und jetzt sehen wir jemanden auf der Bühne. Die Sub sitzt mit einem Buch auf ihrem Schoß da. Ein babyblaues Kleid, das aussieht, als wäre es aus den fünfziger Jahren, bedeckt ihren Körper. Ein weißes Paar Highheels und eine Perlenkette vervollständigen den Vintage-Look. Sie trägt sogar eine Lesebrille.

Rauch steigt von der Seite der Bühne auf. Die Sub ist sich dessen nicht bewusst. Das Geräusch einer knarrenden Tür kommt aus den Lautsprechern. Der Dom betritt die Bühne.

Mit seinem alten, abgenutzten Anzug verkörpert er die andere Hälfte des Paares. Er wirft seinen Hut auf den Tisch in die Nähe der Blumenvase. „Ist das Abendessen fertig, Süße?"

Die Sub schaut gedankenverloren von dem Buch auf und gibt keinen einzigen Hinweis darauf, dass sie weiß, dass es auf der anderen Seite des Zimmers brennt. „Ich habe keine Ahnung. Ich bin in diese Geschichte versunken gewesen."

Der Dom bemerkt den Rauch und ruft: „In der Küche brennt es!" Er rennt über die Bühne, während die Sub einfach sitzenbleibt.

Oh, das wird die törichte Sub noch bereuen.

Sie legt das Buch von ihrem Schoß auf den Tisch zu den Blumen und dem Hut, seufzt und wartet. Ich kämpfe gegen den Drang an, sie anzubrüllen, aufzustehen und ihrem Dom zu helfen.

Dann kommt der Dom zurück zu ihr, rotgesichtig und sichtbar wütend auf die arme, törichte Frau. „Das ist das vierte Mal in dieser Woche, dass dir das Abendessen angebrannt ist und unser Haus beinahe in Flammen aufgegangen wäre. Wir werden deinetwegen wieder kalte Sandwiches essen. Was soll ich mit dir machen, damit du dich daran erinnerst, was dein Job hier in diesem Haus ist?"

„Ich weiß es nicht." Endlich steht sie auf und schlingt ihre Arme um ihn. „Wir müssen keine Sandwiches essen, Sir. Wir können essen gehen. Wäre das nicht nett?"

Das wütende Grollen, das aus dem Mund des Doms kommt, sollte eine Warnung sein, dass es nicht gut für sie läuft. „Süße, du musst das Durcheinander in der Küche aufräumen. Nicht nur die verbrannten Reste des Essens im Ofen müssen beseitigt werden, du hast noch nicht einmal das Geschirr abgespült, das du beim Kochen verwendet hast. Und ich werde dein Verhalten nicht belohnen. Tatsächlich denke ich, dass du bestraft werden musst."

Jetzt hat sie es verstanden.

„Bestraft?", fragt sie, als hätte sie keine Ahnung gehabt, dass das passieren würde.

Er nimmt ihre Hand und führt sie zurück zum Stuhl. Sie versucht, von ihm wegzukommen, aber das lässt er nicht zu. „Süße, weißt du, dass das Essen, das du ruinierst, uns Geld kostet?"

Sie klimpert mit ihren Wimpern, um ihn zu dem zu verführen, was sie will. Ein Essen im Restaurant statt Spanking und Küchenreinigung. „Es ist nicht so teuer. Bitte bestrafe mich nicht, Sir."

Ihr Dom fällt nicht darauf herein. „Weißt du nicht, dass ich hart für unser Geld arbeite, Süße? Ich muss den ganzen Tag auf den Knien herumrutschen und Schuhe verkaufen. Und zum Dank für meine harte Arbeit nimmst du das Essen, das wir kaufen, und ruinierst es. Diese Woche allein hast du uns schon 50 Dollar gekostet. Das sind drei Arbeitstage für mich. Denkst du immer noch, dass du nicht bestraft werden musst, um dich daran zu erinnern, dass du unser Abendessen kochen sollst, anstatt zu lesen oder etwas anderes tun?"

Jetzt geht sie zum Betteln über. „Ich werde mich von jetzt an daran erinnern. Du musst mich nicht bestrafen. Ich verspreche, dass ich mich erinnern werde. Und ich werde jetzt die Küche putzen. Nein, ich bringe dir zuerst ein Sandwich und dann putze ich die Küche. Oh! Und wie wäre es mit einem schönen, großen Glas Scotch?

Ich werde es schnell holen, während du dich entspannst. Du hattest einen schrecklichen Tag, ich werde alles wiedergutmachen. Du wirst sehen. Lass mich einfach gehen und diese dumme Bestrafung vergessen."

Ihr Dom lässt sie nicht so schnell vom Haken. „Das nützt jetzt nichts mehr. Du hättest mich mit einem Drink an der Tür empfangen sollen. Du hättest mich auf die Wange küssen und zu diesem Stuhl führen sollen. Du hättest meine Schultern massieren sollen, um meine schmerzenden Muskeln zu lockern. Muskeln, die ich jetzt benutzen muss, um dir deine Strafe zu verabreichen." Mit einem Knurren zieht er sie mit dem Gesicht nach unten auf seinen Schoß.

Tretend und schreiend kämpft die Sub gegen ihn an. „Nein! Nein, Sir! Ich werde daran denken, all diese Dinge von jetzt an zu tun! Bitte!"

„Es ist zu spät." Er zerrt ihr Kleid hoch und ihr weißes Baumwollhöschen ist alles, was ihren Hintern bedeckt. Dann zieht er auch das Höschen herunter, so dass sie nackt ist.

Blyss flüstert: „Sie verdient es."

Troy stimmt ihr zu und küsst ihren Kopf, „Ja, das tut sie."

Der Dom schlägt zum ersten Mal zu, während seine Sub weint und ihn anbettelt aufzuhören. Er nimmt ihre übertriebene Reaktion nicht zur Kenntnis und schlägt sie immer wieder, bis sie nicht länger versucht, vor ihm zu fliehen, und endlich zur Vernunft kommt. „Es tut mir leid, wirklich. Es tut mir so leid, Sir."

Jetzt, da ihre Reaktion richtig ist, zieht der Dom ihr Höschen hoch und lässt sie auf seinem Schoß Platz nehmen. „Denkst du, ich mag es, dich zu bestrafen, Süße?" Er ist sanft zu ihr, streichelt ihre Haare und lehnt seine Stirn gegen ihre.

„Nein, Sir. Ich habe es verdient. Ich habe mich nicht darum gekümmert, was wichtig ist – dein Abendessen zu kochen und dafür zu sorgen, dass du nach einem anstrengenden Arbeitstag zu Hause willkommen geheißen wirst. Es tut mir leid. Es wird nicht wieder vorkommen."

Er ist zufrieden mit ihrer Antwort. „Braves Mädchen. Das ist mein Mädchen. Gibst du mir einen Kuss?"

Mit einem Nicken und einem Schniefen wischt sie ihre Tränen weg. Dann schlingt sie ihre Arme um den Hals ihres Doms und küsst ihn. Es ist ein Kuss, der einfach beginnt, aber schnell leidenschaftlich wird.

Sie dreht sich um, um sich rittlings auf ihn zu setzen, öffnet seine Hose und befreit seinen Schwanz daraus. Dann hebt sie ihren Rock hoch, schiebt ihr Höschen zur Seite und gleitet auf seine Erektion.

Blyss scheint ein bisschen geschockt zu sein, als sie murmelt: „Oh, wow!"

Die Sub reitet den Dom eine Weile, während sie sich küssen und einander berühren. Der Dom zieht seinen Mund von ihrem. „Geh auf deine Hände und Knie, Sub."

„Ja, Sir." Sie beeilt sich zu tun, was er ihr befohlen hat.

Ihr Dom zerrt ihr Kleid hoch und zieht ihr Höschen herunter, bevor er seinen Schwanz in sie steckt. Die Sub sieht uns an, während er sie fickt. „Du wirst von jetzt an ein braves Mädchen sein, oder?"

„Ja, Sir."

Er schlägt ihr auf den Hintern. Ihre Augen schließen sich, als sie sich auf die Unterlippe beißt. „Du wirst unser Abendessen nie wieder anbrennen lassen."

„Ich werde es nie wieder anbrennen lassen, Sir."

Er schlägt ihr wieder auf den Hintern. „Du wirst deinen Dom jeden Tag nach der Arbeit an der Tür begrüßen."

Sie stöhnt. „Ich werde meinen Dom jeden Tag, wenn er von der Arbeit kommt, mit einem frischen Glas Scotch an der Tür begrüßen."

Noch ein Klaps. „Und warum machst du diese Dinge für deinen Dom?"

„Weil mein Dom sich um mich kümmert und ich mich um ihn kümmern soll. In jeder Hinsicht, genauso wie er es für mich tut."

Ihr Dom fickt sie hart und schnell. „Das ist eine gute Sub. Magst du diesen fetten Schwanz?"

„Ich liebe deinen fetten Schwanz, Sir." Sie kaut auf ihrer Unterlippe, als sie auf das Publikum schaut. Ich bemerke, dass ihre Augen auf Troy gelandet sind. „Ich liebe es, deinen Schwanz in mir zu spüren. Ich will, dass du mich fickst."

Oh, Scheiße! Das sagt sie direkt zu Troy, die kleine Schlampe! Blyss ist sich dessen auch bewusst. „Verdammtes Miststück!" Sie steht auf, aber Troy packt sie. „Was zum Teufel soll das?" Ich schaue zurück, um zu sehen, was die schwachsinnige Sub macht, als sie sagt: „Ich will, dass du mich heute Nacht fickst. Ich will, dass du mich ans Bett fesselst und mich fickst, bis du nicht mehr kannst." Sie sieht immer noch Troy an.

„Ich werde ihr den Hintern versohlen! Warte nur!", knurrt Blyss.

Troy gibt sein Bestes, um sie zu beruhigen. „Blyss, es ist egal, was sie macht. Ich bin mit dir hier. Das kannst du sehen, oder?"

„Du willst sie nicht, oder?", fragt Blyss.

Er schüttelt den Kopf und sagt: „Ich will nur dich, Blyss Danner. Nur dich."

Die Scheinwerfer gehen aus und die Lichter im Raum leuchten auf. Ich sehe Blyss an, die von Troy festgehalten wird. „Die Sub auf der Bühne scheint dich zu mögen, Mr. M." Ich lächle Blyss an. „Sieht so aus, als wärst du ein wenig eifersüchtig, Blyss. Vielleicht solltest du lernen, das zu kontrollieren. Mr. M., du solltest etwas unternehmen, bevor es außer Kontrolle gerät."

„Mr. J., ich dachte du magst mich", schnieft Blyss.

„Das tue ich. Genau deshalb denke ich, dass diese hässliche kleine Eigenschaft im Keim erstickt werden sollte. Es ist nur Sex. Rein körperlich. Das Herz hat nichts damit zu tun. Also, was macht es schon, wenn eine andere Frau die Macht deines Doms spüren will?"

„Dieser Mann ist mehr als nur mein Dom, er ist meine große Liebe. Sobald du Liebe findest, Mr. J., wirst du deine Meinung schnell ändern."

Die Sub von der Bühne kommt an Troys Seite, obwohl er unerbittlich den Kopf schüttelt. Die Frau streicht mit einem Finger über seine Schultern. „Ich bin Delores."

Troy kann Blyss nicht länger im Zaum halten und sie packt die andere Frau an den Schultern. „Er gehört mir und du wirst ihn in Ruhe lassen!"

Die Frau mustert Blyss. „Du gehörst ihm, nicht umgekehrt, Sub."

Und wenn er mich kosten möchte, kann er das tun. Ich gehöre niemandem." Sie sieht Troy an. „Also, möchtest du eine Kostprobe?"

Blyss' Hand fliegt durch die Luft und ein Krachen ist zu hören, als sie das Gesicht der Frau trifft. „Du miese Schlampe!"

Troy und ich beeilen uns, die beiden auseinanderzubringen. Ich nehme die Sub aus der Szene an der Taille und ziehe sie an mich. „Ich habe sie." Ich zerre sie zurück, während ich über meine Schulter schaue, um zu sehen, wo ich diese Verrückte hinbringen kann.

„Wenn ich sie in die Finger bekomme, ist sie geliefert!", ruft Blyss, als Troy sie aus dem Raum führt.

„Frauen", ist alles, was ich zu dem Geschehenen sagen kann.

Jetzt, da Blyss verschwunden ist, bin ich erleichtert, dass sich der Vorfall nicht im Hauptraum ereignet und Chaos in der großen Menschenmenge dort verursacht hat.

Der Mann, der auf der Bühne den Dom gespielt hat, kommt mir endlich zu Hilfe. „Ich kümmere mich um sie, Boss."

Bevor ich die Schlampe loslasse, packe ich sie am Kinn, damit sie mich ansieht. „Du kannst entweder lernen, respektvoll zu anderen zu sein, oder du bist in meinem Club nicht mehr willkommen. Verstanden?"

Sie schaut mich an und dann senkt sie plötzlich die Augen, als ich mich weigere, den Blick abzuwenden. „Verstanden, Mr. J." Dann sieht sie mich wieder an. „Vielleicht könnte ich eine starke Hand gebrauchen, die mich führt."

Das ist etwas, das die Frau dringend braucht. Aber nachdem ich ihren dreisten Umgang mit Troy gesehen habe, habe ich keine Lust, irgendeine Art von Energie oder Macht mit ihr auszutauschen. „Ich werde nicht der Dom sein, der dich führt. Erinnere dich einfach daran, was ich gesagt habe. Reiß dich zusammen oder du bist draußen. Ich will keine Streitigkeiten mehr in meinem Club."

Ich gehe zum Hauptraum, um sicherzugehen, dass dort alles gut läuft. Sobald ich hereinkomme, kann ich erkennen, dass niemand sich irgendwelcher Schwierigkeiten bewusst ist, und schaue mich um.

Als meine Augen auf einen neuen Mann an der Bar treffen, sehe ich mir die Frau an, die neben ihm sitzt.

„Isabel?"

Was zum Teufel macht sie hier draußen? Und warum zur Hölle sieht der Mann sie so an?

Ich schlängle mich durch die Menge und lege meine Hand auf ihre Schulter, während ich den Mann, der sie ansieht, mustere. „Hi, ich bin Mr. J., einer der Eigentümer. Ich glaube nicht, dass ich dich schon einmal hier gesehen habe, Mr. ...?"

„M", antwortet der Mann, bevor er Isabel ansieht. Sein Finger streicht über ihr Kinn und mein Blut beginnt zu kochen.

Isabel lehnt sich ein wenig zurück und unterbricht damit den Kontakt mit der Fingerspitze des Idioten. „Er würde gerne Mitglied in deinem Club werden, Mr. J. Ich führe ihn herum. Gibt es heute noch irgendwelche Szenen?"

Ich nehme den Drink, den sie nicht haben sollte, wenn sie so nah bei einem Mann wie diesem ist. Ich kann ihn wie ein offenes Buch lesen. Ein dreckiges, gemeines Buch. „Ich glaube, es soll eine in der Lounge geben. Ich kümmere mich um ihn."

Seine höllisch dunklen Augen zielen auf meine. „Ich bevorzuge ihre Gesellschaft, wenn es dir nichts ausmacht."

Aber es macht mir etwas aus. Es macht mir verdammt viel aus.

Isabels Hand legt sich über meine. „Vielleicht könnte ich mich euch beiden anschließen und wir könnten es uns alle zusammen anschauen."

Ihre Worte treffen mich so hart wie ein Baseballschläger in die Brust. „Du willst dir eine Szene ansehen?" Ich weiß nicht, warum sie eine so starke Wirkung auf mich hat. Ich verstehe nichts von dem, was zwischen uns steht – seit unserem ersten Treffen. Ich weiß nur, dass ich will, dass sie jederzeit in Sicherheit ist. Und der Mann, der sie wieder anstarrt, scheint mir alles andere als sicher zu sein.

„Ich dachte, der Kunde hat immer recht", wagt er zu sagen.

Mit einem tiefen Atemzug nicke ich und nehme Isabels Hand in meine. „Natürlich. Kommt, lasst uns in die Lounge gehen und entdecken, was dort auf uns wartet."

Isabel lächelt mich an und nickt. „Gut. Das sollte Spaß machen."

Spaß? Ich denke, es wird qualvolle Folter sein, eine Szene mit ihr anzusehen, während dieses Arschloch sie mit seinem finsteren Blick anstarrt, den scheinbar nur ich durchschauen kann.

Aber ich werde sie nicht miteinander allein lassen.

Wir gehen los ...

17

ISABEL

E s ist schwer nicht zu lächeln, als Grant sich an meine Seite setzt und Bart sich strategisch auf der anderen Seite niederlässt. Die Lounge ist klein, intim und nur von Kerzen beleuchtet. Sanfte Musik dringt aus dem Lautsprechersystem und sagt mir, dass wir eine eher zurückhaltende Szene sehen werden als eine, die wild oder brutal ist.

Mein Glas ist immer noch in Grants Hand und er nippt an dem Tom Collins, den Bart für mich bestellt hat. Ich beschwere mich nicht. Es ist gut, nicht in meinem Büro zu sein und einige der Dinge zu genießen, die um mich herum vorgehen, anstatt in den vier Wänden festzusitzen, die mich von all dem Spaß fernhalten.

Aus dem Augenwinkel sehe ich, wie ein Mann in einem dunklen Anzug aufsteht und um den kleinen runden Tisch herumgeht, während er eine Frau mit langen goldenen Locken an der Hand hält. Als er spricht, merke ich daran, dass er ein verstecktes Mikrofon trägt, dass er Teil der Show ist. „Komm mit, Baby", sagt er zu seiner Begleiterin.

Pflichtbewusst folgt die Frau ihrem Dom, als sie ihm erlaubt, sie zur Vorderseite des Raumes zu führen. Der Raum ist klein genug, dass wir keine Bühne brauchen, um die Leute zu sehen, die vorn sind und uns eine kleine Show vorführen werden.

Sanftes blaues Scheinwerferlicht verleiht ihrer Haut einen subtilen Farbton, so dass es aussieht, als wären sie unter Wasser. Nach einer Geste auf den Boden geht die Sub in Position und wartet mit gesenktem Kopf, während der Mann im Kreis um sie herumgeht. „Meine Sub ist jetzt seit fast einem Jahr bei mir. Morgen ist unser einjähriges Jubiläum. Dank des Dungeon of Decorum konnten wir unsere Fantasien ausleben, ohne Angst davor zu haben, von der Gesellschaft dafür verurteilt zu werden."

Bart beugt sich zu mir und flüstert: „Genau deswegen bin ich auch hier."

Ich bemerke, wie Grant uns aus den Augenwinkeln ansieht, während er etwas trinkt, bevor er das Glas abstellt. Unter dem Tisch nimmt er meine Hand, legt sie auf seinen Oberschenkel und hält sie dort fest, so dass sonst niemand sehen kann, was wir machen.

Der Nervenkitzel, den ich bei dieser kleinen Berührung spüre, ist fast traurig, da ich mich seit langer Zeit seiner Berührung beraubt fühle. Grant und ich sind im letzten Jahr nur ein paar Mal miteinander ins Bett gegangen oder hatten schnellen Sex im Büro. Es geschieht nur, wenn er sich schwach fühlt und sich verzweifelt nach meiner Berührung sehnt. Danach hasst er sich selbst dafür.

Als ich meine Aufmerksamkeit wieder dem Mann vorne im Raum zuwende, höre ich ihn sagen: „Heute Abend wollen wir eine Szene spielen, die uns tatsächlich passiert ist, als wir eines Abends in der Stadt waren, nachdem wir zusammen gegessen hatten. Wir hoffen, dass ihr versteht, was ihr seht."

Er schnippt mit den Fingern. Seine Sub steht auf und er nimmt sie in seine Arme, hält sie fest und küsst sanft ihre Lippen. „Ich hatte heute eine wundervolle Zeit", sagt sie zu ihm.

„Ich auch." Er lässt sie los und nimmt ihre Hand. Sie machen ein paar Schritte, bevor sie strauchelt und fast auf die Knie fällt, bevor er sie auffängt.

Eine Frau geht plötzlich an ihnen vorbei. Sie bleibt stehen und sieht das Paar an, als der Dom sich bückt, um den Riemen an dem

Highheel seiner Sub festzuziehen. „Oh, Meister, ich kann das selbst tun", sagt die Sub.

Der Ausdruck auf dem Gesicht der Passantin sagt dem Publikum, dass sie sehr aufgebracht ist. Sie marschiert auf das Paar zu, während der Mann immer noch auf den Knien liegt und mit dem Schuh seiner Sub beschäftigt ist. „Was haben Sie eben gesagt?"

Die Sub sieht nach unten und ist unsicher, was sie sagen soll. Sie sieht verzweifelt aus. „Oh, es tut mir so leid, ich hatte keine Ahnung, dass jemand in der Nähe war. Ich hätte niemals ..."

„Entschuldigen Sie sich nicht bei ihm." Die Frau streckt die Hand aus, als der Dom wieder aufsteht. „Kommen Sie zu mir. Ich bringe Sie in Sicherheit."

„Sie ist völlig sicher bei mir", sagt der Dom lächelnd.

Das Gesicht der Frau ist angewidert. „Bei Ihnen? Ihrem *Meister*?" Sie mustert den Dom. „Erregt es Sie, Frauen zu erniedrigen? Macht es Sie an, wenn Sie arme, unschuldige Mädchen schlagen?"

Der Dom nimmt die Hand seiner Sub und versucht wegzugehen. Die Sub sieht ihn mit traurigen Augen an. „Sie ist im Unrecht. Höre nicht auf sie."

Leider folgt die Frau ihnen und verspottet den Dom. „Warum versuchen Sie nicht, mich zu schlagen, und sehen, was passiert, Meister? Warum kommen Sie nicht zurück und stellen sich einer richtigen Frau? Einer Frau, die sich nicht vor Ihnen verstecken wird, Sie Hurensohn." Ihr hässlicher Tonfall wird besorgt, als sie das Mädchen anspricht. „Meine Liebe, haben Sie eine Familie, die wissen sollte, was Ihnen passiert ist? Ich kann Ihnen helfen. Sagen Sie nur ein Wort und ich werde dieses Arschloch in kürzester Zeit verhaften lassen und Sie zu Ihrer Familie bringen. Ich bin sicher, dass sie Sie liebt. Ich kann Ihnen helfen. Sagen Sie mir einfach, dass Sie Hilfe brauchen, und ich erledige diesen Kerl."

Der Dom hält inne, genauso wie seine Sub. Sie wenden sich der Frau zu. „Madam, ich bin mir sicher, dass Sie es gut meinen. Dieser Frau steht es frei, mich zu verlassen, wenn sie das möchte. Sie hatte immer diese Freiheit und noch mehr. Ich versichere Ihnen, dass ihr nichts passiert, was sie nicht will." Er dreht sich zu der Sub um.

„Liebling, du weißt, dass du mich verlassen kannst und keine Konsequenzen zu befürchten hast, richtig?"

„Ja", antwortet die Sub schnell. „Ich will dich nicht verlassen." Sie sieht die Frau an. „Ich bin sicher, Sie meinen es gut, genau wie Jack gesagt hat, aber ich möchte ihn nicht verlassen, und er tut nichts mit mir, was ich nicht will. Danke für Ihre Fürsorge."

„Gehirnwäsche!", ruft die Frau. „Sie haben sie einer Gehirnwäsche unterzogen! Keine Frau will gefesselt und geschlagen werden. Keine Frau will von irgendeinem Mann verprügelt werden. Und kein Mann bei Verstand will diese Dinge einer Frau antun. Armes Mädchen, Sie wurden einer Gehirnwäsche unterzogen. Bitte kommen Sie mit und lassen Sie dieses Leben hinter sich."

Ein paar Leute kommen aus den dunklen Ecken des Raumes und bilden einen Halbkreis um das Paar. Sie alle fangen an, den Dom zu beschimpfen.

Mein Herz klopft bei diesem Anblick und der Gedanke, dass das dem armen Paar tatsächlich passiert ist, bringt mich fast zum Weinen. Grants Hand drückt meine, und ich weiß, dass er Wut auf die Leute empfinden muss, die so gemein zu dem Dom sind.

Als wäre der Dom ein bösartiger Mörder, bestraft ihn der kleine Mob mit harten Worten. Als ein Mann droht, ihn so zu verprügeln, wie er Frauen verprügelt, hat die Sub genug. „Halten Sie den Mund!" Ihre Brust hebt und senkt sich, als sie schwer atmet und genug von den Leuten hat, die auf diese Weise mit ihrem Dom sprechen. „Genug! Lassen Sie uns in Ruhe oder ich rufe die Polizei und Sie werden alle wegen Belästigung angeklagt. Ich bin Anwältin und kann Klage gegen Sie einreichen. Lassen Sie uns jetzt endlich allein!"

Die Menge verstummt. „Anwältin?", fragt die Frau, die alles begonnen hat, ungläubig.

„Ja, ich bin Anwältin und durchaus in der Lage, auf mich selbst aufzupassen. Sie alle sind hasserfüllte Menschen. Verschwinden Sie jetzt!"

Der kleine Mob zerstreut sich und ihr Dom sieht sie mit Bewunderung in den Augen an. Dann nimmt er ihre Hand und sie gehen in

die Schatten. Alle stehen auf und applaudieren ihrer herzzerrei-
ßenden Szene.

„Das war fantastisch", sage ich und wische mir eine Träne aus
dem Auge. „Ganz und gar nicht die Art von Szene, die wir hier
gewöhnt sind, aber wow, der Gedanke, dass das wirklich passiert ist
…"

Barts Hand bewegt sich über mein Knie, als er sich dicht an mich
lehnt. „Ich wurde auch schon auf diese Weise verspottet. Es ist lange
her, aber es ist passiert. Es war ein Gefühl, das ich nie wieder erleben
möchte."

Obwohl Grant meine Hand drückt, muss ich fragen: „Was ist
passiert?" Während ich auf seine Antwort warte, schiebe ich sanft
Barts Hand von meinem Knie. „Ich bin tabu, Sir", flüstere ich.

Mit einem Seufzer nickt Bart. „Schade." Er sieht an mir vorbei zu
Grant. „Vielleicht erzähle ich dir ein anderes Mal meine Geschichte.
Es ist ein bisschen schwierig, darüber zu sprechen, wenn so viele
Leuten dabei sind. Was sagst du dazu, mich zurück in dein Büro zu
bringen? Ich habe anscheinend mein Handy dort vergessen, als ich
meine finanziellen Informationen abrufen wollte. Es wird spät. Ich
muss vor Sonnenaufgang nach Hause."

„Natürlich", stimme ich zu. Grant lässt meine Hand los, als Bart
aufsteht und meinen Stuhl unter dem Tisch hervorzieht.

Grant erhebt sich ebenfalls. „Ich werde mit euch gehen."

Bart verdreht die Augen, als Grant sich neben mich stellt und uns
begleitet. Es macht mich glücklich, dass Grant besorgt darüber ist,
dass ich mit dem Mann allein bin. Es beweist, dass er sich mehr für
mich interessiert, als er zugibt, und ich liebe jeden kleinen Hinweis
darauf, den ich von dem undurchschaubaren Mann bekomme.

Nachdem Bart sein Handy geholt hat, begleiten wir ihn zur Tür
und wünschen ihm eine gute Nacht. Grant ist dabei stets an meiner
Seite. „Ich werde dich morgen anrufen, um dich wissen zu lassen,
was als Nächstes kommt, wenn die finanzielle Hintergrundprüfung
positiv verläuft."

„Ich freue mich darauf, deine Stimme zu hören, Isabel. Und bitte,
denk darüber nach, was ich dich gefragt habe. Vielleicht werden

deine Chefs für dich eine Ausnahme machen, wenn der Preis stimmt." Und damit steigt er in eine wartende schwarze Limousine und ist weg.

Das lässt mich bei Grant zurück, der mich mit einem finsteren Blick anschaut. „Und was hat er dich gefragt, Bel?"

Als ich mich umdrehe, um wieder hineinzugehen, verstecke ich das Lächeln auf meinem Gesicht. „Oh, er würde gerne mit mir trainieren. Das ist alles. Er will, dass ich seine Sub werde. Ich habe natürlich Nein gesagt."

„Natürlich", erwidert er leise. Sein Arm legt sich um meine Taille und zieht mich an ihn, als wir durch den leeren Flur in mein Büro zurückgehen. „Ich mag den Mann nicht, das solltest du wissen. Lass Betty seine Mitgliedschaft bearbeiten."

„Ich weiß nicht, ob er das tolerieren wird, Grant." Ich bin mir sicher, dass Bart damit nicht einverstanden sein wird.

„Es ist mir egal, was der Mann toleriert. Ich will nicht, dass du noch mehr Zeit mit dem Typen verbringen musst. Ich kann durch ihn hindurchsehen. Er ist ein finsterer Mann. Und du hast schon so jemanden in deinem Leben. Einer ist genug. Denkst du nicht?"

Mit einem Nicken muss ich Grant zustimmen. Ein finsterer Mann ist genug. Aber ich habe Grant nicht wirklich, oder?

18

GRANT

Als die Nacht vorbei ist und der Club geschlossen wird, führe ich Isabel aus dem Gebäude und sage: „Lass dein Auto hier. Ich möchte, dass du mit mir fährst."

„Okay", kommt ihre schnelle Antwort. Die Frau sagt nie Nein zu mir.

Sie sollte wirklich öfter Nein zu mir sagen.

Es ist nicht so, dass ich denke, dass sie schwach ist, weil ich das definitiv nicht glaube. Und es ist nicht so, dass ich sie nicht respektiere, weil ich es tue. Es ist nur so, dass sie ihre Zeit mit mir verschwendet.

Aber die Wahrheit ist, dass ich es nicht ertragen kann, sie mit jemand anderem zu sehen. Ich weiß, dass das nicht fair ihr gegenüber ist. Ich weiß, dass mich das zu einem Arschloch macht. Ich habe die Tatsache akzeptiert, dass ich eins bin.

Ich lege meinen Arm um ihre Schultern und ziehe sie an meine Seite, um sie vor dem kalten Wind zu schützen. „Der einzige Grund, warum ich dich nach Hause bringen will, ist, dass ich mir Sorgen mache, dass der Mann dich verfolgen könnte. Ich weiß, dass du in einem sicheren Haus mit Alarmanlage wohnst, aber ich fühle mich einfach unwohl. Du kannst bei mir übernachten. So lange ich es für nötig halte. Zumindest bis wir ihn auf einen kriminellen Hintergrund geprüft haben. Und das dauert normalerweise etwa eine Woche."

Sie legt ihre Hand auf meine Brust, um mich zu stoppen. „Willst du wirklich, dass ich eine ganze Woche bei dir bleibe, Grant? Es ist ein Jahr her, dass du und ich so zusammen gewesen sind. Oder Sex hatten. Bist du dir sicher?" Ihre Augen starren in meine.

Mein Schwanz und ich sind uns der Zeit bewusst, die vergangen ist, seit ich tief in ihr war, so wie ich es liebe. Und ich bin mir dieser Sache überhaupt nicht sicher. Aber ich bin mir sicher, dass der Typ mir unheimlich ist. Ich fange wieder an zu laufen. „Sieh mich nicht so an. Ich sorge mich um deine Sicherheit. Du weißt das. Und dieser Typ hat mir Schauer über den Rücken gejagt. Die Art, wie er dich angeschaut hat, wenn du abgelenkt warst, war nicht angenehm anzusehen. Da war Hunger in seinen dunklen, finsteren Augen. Hunger auf dich und nur dich. Um ihn herum waren viele hinreißende Frauen, doch er sah nur dich so an. Es gefällt mir nicht." Je mehr ich darüber nachdenke, desto unbehaglicher wird mir bei der Vorstellung, dass er unserem Club beitritt. Der Dungeon of Decorum soll schließlich ein sicherer Ort sein.

„Das habe ich gar nicht bemerkt." Ihr Körper zittert. „Aber ich denke, du übertreibst ein bisschen. Ich werde heute Nacht bei dir bleiben, aber mehr nicht. Ich bin ein großes Mädchen und kann auf mich selbst aufpassen. Du warst es, der mich zum Schießstand mitgenommen und mir beigebracht hat, wie man tötet, wenn du dich erinnerst."

Das Mädchen wählt ausgerechnet diesen Moment, um Nein zu mir zu sagen? Was zum Teufel soll das?

Ich öffne die Beifahrertür meines Maserati und helfe ihr, ins Auto zu steigen. Als ich um den Wagen herumlaufe, um auf die Fahrerseite zu gelangen, habe ich das Gefühl, beobachtet zu werden. Ich nutze einen Moment dazu, mich umzusehen, und sehe nichts, aber dann zucke ich zusammen, als eine Schar Amseln plötzlich die Flucht ergreift.

„Fuck!" Ich gleite in mein Auto. „Bitte finde morgen jemanden, der die verdammten Vogelnester aus dem Parkhaus entfernt, Bel."

Sie lacht, als sie ihr Handy herausnimmt und sich eine Notiz macht. „Sicher, Boss."

Ich fahre aus dem zweistöckigen Parkhaus nach Hause. „Hast du Hunger?"

„Du kennst mich, Grant. Ich kann immer essen." Sie legt ihr Handy weg und lächelt mich an, dann tätschelt sie ihren flachen Bauch. „Auch wenn ich es mir wahrscheinlich leisten könnte, ab und zu ein oder zwei Mahlzeiten auszulassen."

„Deswegen musst du dir keine Sorgen machen, Bel. Und das weißt du auch. Also, willst du einen Burger oder ein richtiges Essen in einem der Nachtcafés?" Ich warte darauf, dass sie antwortet, als noch mehr Vögel direkt vor meine Windschutzscheibe fliegen. „Was zum Teufel ist heute Nacht mit den verdammten Vögeln los? Wenn einer dieser Bastarde gegen meine Windschutzscheibe fliegt und sie beschädigt, werde ich sauer."

„Es ist merkwürdig, nicht wahr?", sagt sie, als sie aus dem Fenster schaut. „Vielleicht nähert sich eine Sturmfront und sie schlafen deshalb nicht um diese Zeit."

Ich fahre auf den Parkplatz eines Nachtcafés und treffe damit die Entscheidung für uns beide, da sie mir nicht gesagt hat, was sie will. Ich steige aus dem Auto und gehe mit ihr in das Café. „Wenn du einen Burger willst, haben sie das auch. Ich möchte ein Steak. Ein saftiges Steak."

Bel nimmt am Fenster Platz, blickt hinaus und seufzt. „Wir leben wie Vampire. Merkst du das? Ich war noch nie so blass in meinem ganzen Leben. Ich gehe nie in die Sonne, außer ein paar Stunden, bevor die Nacht hereinbricht." Ihre dunklen Augen treffen meine. „Ich denke, ich brauche Urlaub, Grant. Ungefähr eine Woche oder vielleicht sogar zwei. Ich möchte auf eine tropische Insel fliegen und den ganzen Tag in der Sonne liegen."

Erst jetzt sehe ich, dass sie ein bisschen blass ist. „Ich werde das für dich arrangieren. Einen komplett bezahlten Urlaub. Wo?"

„Tahiti? Aruba? Malediven? Wo auch immer du möchtest. Und es wäre schön, wenn du dich mir anschließen würdest." Sie hält meinen Blick.

„Ich soll eine sorgenfreie Zeit auf einer tropischen Insel verbringen?" Ich schmunzle über ihren Vorschlag. „Klingt das nach etwas, das ich machen würde?" Die Kellnerin stellt zwei Speisekarten auf den Tisch und zieht damit meine Aufmerksamkeit auf sich. „Wie wäre es mit zwei Tassen Kaffee für den Anfang?"

„Sicher. Ich bin gleich zurück." Sie eilt davon, um unsere Getränke zu holen.

Bel öffnet die Speisekarte und siehst sie sich an. „Nein, du auf einer tropischen Insel hört sich unwahrscheinlich an, aber auch wie etwas, das du hin und wieder tun solltest. Du arbeitest so hart für den Club und Global Cellular. Du musst Urlaub machen. Und mit wem kannst du das besser tun als mit mir?"

Sie hat recht. Normalerweise würde es niemanden geben, mit dem ich das besser machen könnte als mit ihr. Und warum sollte ich mir nicht zwei Wochen Zeit nehmen? Ich habe verdammt hart für den Club gearbeitet, zusätzlich zu meiner normalen Arbeit als CEO von Global Cellular.

„Ich nehme das Steak und einen Salat. Was ist mit dir?" Ich versuche, mir einen romantischen Urlaub mit Bel vorzustellen.

„Ich denke, ich nehme das karibische Hühnchen mit Ananasglasur. Ein kleiner Vorgeschmack auf die Tropen. Näher werde ich ihnen wahrscheinlich ohnehin nie kommen." Sie legt die Speisekarte weg und ich bemerke, wie müde sie aussieht.

„Ich bezahle zwei Tickets. Nimm eine Freundin oder eine Verwandte mit. Geh, Bel. Lass dich nicht davon abhalten, dass ich nicht mitkomme." Ich gebe der Kellnerin, die zurückgekehrt ist, unsere Speisekarten. „Ein kurz gebratenes Steak und Salat mit Ranch-Dressing für mich. Meine Freundin hier nimmt ein karibisches Hühnchen mit Ananasglasur. Und bringen Sie uns bitte zwei Gläser Wasser dazu."

Mit einem Seufzer sinkt Bel in den Sitz und nimmt ihr Handy heraus, um auf den Bildschirm zu sehen. „Ich habe heute Abend ein paar Anrufe von meiner Mutter verpasst. Ich muss sie morgen zurückrufen. Es ist zu spät, um sie heute Nacht noch zu kontaktieren." Ein weiterer schwerer Seufzer unterbricht ihre Worte. „Den ganzen Tag zu schlafen und erst aufzustehen, wenn es Zeit ist, mich auf die Arbeit vorzubereiten, macht es schwer, die meisten normalen Dinge zu tun, die ich früher gemacht habe. Wie etwa Mom anzurufen."

Sie braucht Urlaub. Ich muss sicherstellen, dass sie ihn bekommt.

„Ich wünschte, ich könnte meine Mutter anrufen." Die Worte kommen aus dem Nichts. Nun, nicht wirklich aus dem Nichts. Ich höre Mom immer öfter und sie ist jetzt regelmäßig in meinen Träumen, zusammen mit dem Haus, in dem ich aufgewachsen bin. Es ist, als ob sie und das Haus irgendwie aneinanderhängen. Nicht, dass ich glaube, übersinnliche Fähigkeiten zu haben. Wenn überhaupt habe ich eine Psychose.

Ihre Augen heben sich und treffen auf meine. „Ich wette, dass du das tust, Baby."

Ich schaue auf den Tisch und versuche herauszufinden, warum ich das gesagt habe. Ich habe nicht einmal an Mom gedacht. Ich dachte an nichts anderes als an Bel.

Meine Finger trommeln auf den Tisch, dann öffnet sich mein Mund wieder. „Ich sollte meine Familie besuchen."

Was zum Teufel passiert mit mir?

„Das solltest du. Ich komme mit dir, wenn du willst." Ihre Hand bewegt sich über den Tisch und sie legt ihre Finger auf meine, um dem Trommeln ein Ende zu machen. „Ich werde alles tun, um dir zu helfen, Grant."

„Als ob ich Hilfe brauche." Ich ziehe meine Hand weg und bin sauer auf sie, weil sie mich daran erinnert, dass ich jede Menge Probleme habe.

Ohne einen Seufzer oder auch nur einen dreckigen Blick legt Bel ihre Hand auf ihren Schoß und lächelt mich an. „Ja, als ob."

Wie macht sie das? Wie schafft sie es, meine Launen so leicht umzudrehen?

„Ich bin ein Idiot. Ich weiß." Meine Finger wandern über den

Tisch, sie begegnet ihnen auf halbem Weg und wir halten uns an den Händen. „Es tut mir leid."

Mit hochgezogenen Augenbrauen und einem schiefen Lächeln sagt sie: „Wow. Okay. Nun, das ist schön zu hören. Und ein Schritt in die richtige Richtung."

Obwohl ich es besser weiß, muss ich fragen: „Warum machst du das, Bel?"

Sie neigt ihren Kopf zur Seite. „Weil ich dich liebe, Grant Jamison. Deshalb mache ich die meisten Dinge."

„Du bist eine Närrin, weißt du." Ich drücke leicht ihre Hand.

„Ja, ich habe darüber nachgedacht, eine Therapie zu machen. Willst du mitkommen?" Sie lächelt noch einmal.

Das Mädchen würde sich in Therapie begeben, nur um mich ebenfalls dorthin zu bekommen. Selbstlos. Zuverlässig. Engelsgleich. Und eine Närrin.

Liebe lässt Menschen dumme Dinge tun. Sie beweist mir das nur noch mehr.

Unser Essen kommt und wir greifen zu. Wir sind beide viel hungriger, als wir zugeben würden. Fakt ist, dass der Club das Leben aller, die dort arbeiten, verändert hat.

Wir scheinen uns alle zu verändern. Zu wachsen und gleichzeitig Rückschritte zu machen. Es ist furchterregend.

Als ich zu Bel aufblicke, sehe ich, wie sie nach ihrer Serviette greift. „Du hast da ein bisschen Steaksoße. Lass sie mich für dich abwischen." Und mit diesem einen winzigen Akt der Freundlichkeit lässt sie mein Herz pulsieren – meinen Schwanz auch.

„Wenn wir nach Hause kommen, will ich dich, Bel. Ich will dich nackt in meinem Bett haben. Ich will jeden Zentimeter von dir schmecken. Und ich will mich tief in dir vergraben." Ich starre in ihre dunklen Augen und sehe, wie sich ein Feuer in ihnen entzündet.

„Wir werden sehen." Sie legt die Serviette neben ihren Teller und isst weiter.

Wir werden sehen?

Wann habe ich meine Wirkung auf sie verloren?

Ich habe das Gefühl, dass das, was ich gerade gesagt habe, ziemlich heiß war und trotzdem kaut sie immer noch an ihrem Hühnchen.

Verliere ich meinen Charme? Oder verliere ich gerade sie?

Und warum ist es plötzlich so heiß hier drin?

Ich lehne mich zurück, hole mein Handy hervor und schaue darauf. Ich bin völlig verblüfft darüber, wie sie sich verhält. Das sieht ihr nicht ähnlich. Ich habe ein *Nein* von ihr bekommen und jetzt ein *Wir werden sehen.*

Dieser neue Mann taucht im Club auf und will sie, und plötzlich ändert sich alles. Sie braucht plötzlich Urlaub. Und sie ist ein wenig distanziert, was sie vorher noch nie bei mir war.

„Also, dieser neue Typ. Was ist seine Geschichte?", frage ich auf der Suche nach Informationen.

„Ich weiß noch nicht viel über ihn. Seine Bankkonten sind im Ausland." Sie wischt sich den Mund ab und legt ihre Serviette auf ihren Teller, um zu zeigen, dass sie mit dem Essen fertig ist.

„Im Ausland?"

„Rumänien." Sie lacht leicht. „Transsylvanien, um genau zu sein. Komisch, er hat keinen Akzent. Er klingt nur irgendwie königlich. Und er stellt sich als Bartholomew Mason III. vor. Irgendwie pompös, aber in keiner Weise ein ausländischer Name. Vielleicht kann er dort steuerfrei seine Millionen bunkern. Wer weiß? Ihr reichen Leute und eure Steuertricks seid ein Mysterium für mich."

Ich bin nicht mysteriös. Ich bin nur irreparabel gebrochen. Aber dieser Mason ist jetzt auf meinem Radar und ich werde alles über den Mann herausfinden, der meine Isabel als seine Sub haben will.

Er wird verlieren. Es könnte einen kleinen Kampf brauchen, aber er wird gegen mich verlieren.

19

ISABEL

Ich kuschle mich in Grants Bett und warte darauf, dass er in sein Schlafzimmer kommt. Er sagte, dass er eine Überraschung für mich hat und ich hier auf ihn warten muss. Er hat nicht vorgehabt, mich einzuladen, als er heute in den Dungeon kam, also bin ich mir nicht sicher, was er für mich haben könnte.

Die Schlafzimmertür öffnet sich und er kommt in engen schwarzen Boxershorts herein. Das Grinsen auf seinem Gesicht habe ich noch nie zuvor gesehen und es bringt mich ebenfalls zum Lächeln, während ich mich im Bett aufsetze, um zu sehen, was die Überraschung ist. Ich wette, es ist etwas Verruchtes, als ich merke, wie seine Faust etwas umklammert.

„Bel, ich habe etwas für dich und möchte, dass du es benutzt, zumindest während der nächsten Woche. Ich weiß, du hast gesagt, du würdest nur heute Nacht bei mir bleiben, aber ich möchte wirklich, dass du länger bleibst. Also gebe ich dir etwas, damit du dich in diesem Haus nicht mehr wie ein Gast fühlst." Er streckt seine Hand aus und ich beuge mich vor, um zu sehen, was er mir gibt.

Ein Schlüssel fällt auf meine Handfläche. Ein Hausschlüssel.

„Soll ich diese Woche einen Schlüssel für dein Haus haben?"

Er nickt und ich kann sehen, dass er es für eine große Geste hält.

Obwohl ich denke, dass ein Schlüssel zu seinem Haus für eine kurze Zeit nichts Besonderes ist, sieht er das offensichtlich anders.

Sein Grinsen wird breiter, als er sich zu mir herabbeugt und mir ins Ohr flüstert: „Ich möchte, dass du die Freiheit hast, zu kommen und zu gehen, wie es dir gefällt. Für mindestens eine Woche."

Er denkt, dass er sexy ist, und ich denke, dass es mir reicht. Ich platziere den Schlüssel auf dem Nachttisch, lege sanft, aber fest meine Hand auf seine breite Brust und schiebe ihn zurück, um ihm einen harten Blick zuzuwerfen. „Ich kann sehen, dass du wegen dieser kleinen Geste ziemlich stolz auf dich bist. Ich bin nicht beeindruckt. Ich bin ziemlich sauer, dass du denkst, ich würde einen Freudentanz machen, weil du entschieden hast, mir für die Dauer einer Woche oder so einen Schlüssel zu deinem Haus zu geben."

Ich hasse es, dass sein Gesicht aussieht, als hätte ich ihn geschlagen. „Bel, ich wollte dir die beiden oberen Schubladen meiner Kommode und auch etwas Platz in meinem Schrank geben. Ich meine es ernst. Du bist mir wichtig und ich will dich hier bei mir haben, wo ich das Gefühl habe, dass du in Sicherheit bist. Dieser Typ hat wirklich ..."

Ich hebe meine Hand, um ihn zum Schweigen zu bringen. „Sag kein weiteres Wort über diesen Mann. Was immer du denkst, ist egal. Ich will keinen Schlüssel zu deinem Haus, nur weil du glaubst, dass ich in Gefahr bin. Wenn ich hierbleiben soll, dann weil du es wirklich willst. Nicht weil du Angst hast, dass mich ein anderer Mann für sich beanspruchen könnte."

Er steht wie erstarrt vor mir. Seine Augen wirken niedergeschlagen und er wendet sich von mir ab. „Ich weiß, dass ich egoistisch bin. Ich weiß, dass ich ein Arschloch bin. Ich weiß, dass ich dich nicht verdiene."

„Fang nicht schon wieder damit an, dass du mich nicht verdienst! Wer zur Hölle verdient mich dann?" Ich schlage die Decke zurück und steige aufgebracht aus dem Bett, um mir eine Aspirin gegen die Kopfschmerzen zu holen, die er verursacht hat.

Als ich davonstürmen will, packt er mich an meinem Arm und zieht mich zurück. Sein Mund erobert meinen, während seine Arme mich umfassen und mich festhalten. Ich kämpfe zuerst und schlage mit meinen Fäusten gegen seine Brust. Aber sein Mund wird nur hartnäckiger, sein Kuss lässt mich alles vergessen und ich schmelze gegen ihn.

Mein Gott, wie ich dieses Arschloch liebe ...

Ich bewege meine Hände durch sein dichtes, weiches Haar, lasse seine Zunge mit meiner spielen und erlaube ihm zu tun, was auch immer er will. Ich gehöre ihm. Ich denke, ich habe immer schon ihm gehört.

Er hebt mich hoch, trägt mich zurück zu seinem Bett und legt mich vorsichtig darauf, bevor er meinen Körper mit seinem bedeckt. Ich bin nackt und alles, was er anhat, sind seine hautengen Boxershorts, die sich sanft über mein pulsierendes Zentrum bewegen.

Ich wünschte, ich wüsste, wie ich diesen Mann erreichen kann. Ich wünschte, er könnte zugeben, wie er wirklich für mich empfindet. Ich wünschte, ich könnte ihn vergessen, wenn er das nicht kann.

Er lässt meinen Mund los, schiebt meine Haare aus meinem Gesicht und schaut mir in die Augen. „Es tut mir leid."

Mein Herz schlägt wild und ich weiß, dass es ihm wirklich leidtut. Aber ich weiß auch, dass er nicht aufhören kann, der zu sein, der er ist. Ein Mann, der so gebrochen ist, dass er nie sein kann, was ich brauche. Was ich verdiene.

„Ich weiß." Sein Bizeps wölbt sich und ich lege meine Hände darauf, als ich mich ihm entgegenwölbe. „Ziehe deine Unterwäsche aus."

Er kommt näher, beißt auf meine Unterlippe und zerrt daran. „Frauen, die versuchen, mich herumzukommandieren, bekommen in meinem Bett den Hintern versohlt."

Er lässt meine Lippe los und rollt sich von mir herunter. Ich lächle frech, als ich mich umdrehe, auf meine Hände und Knie gehe und ihm meinen Hintern zur Bestrafung präsentiere. „Worauf wartest du noch? Los, Boss."

Er geht hinter mir auf die Knie, streicht mit den Händen über meinen Hintern und ich bin sofort nass für ihn. Ich atme schwer, während ich auf seine harte Berührung warte. Ein weicher Schlag lässt ihn mich nur noch mehr wollen. „Oh, Grant ...“

„Du kleine Hure“, seine Stimme ist nicht mehr als ein Knurren. „Du magst es, wenn ich dir den Hintern versohle, oder?“

Es ist wahr. Ich liebe seine persönliche Variation von Folter – Körper und Geist und auch ein bisschen Seele. Aber sie ist so verdammt süß, dass sie mich an einen anderen Ort in eine andere Zeit versetzt. „Ich bin deine kleine Hure. Und ich liebe alles, was du mit mir tust.“

Zwei Finger gleiten in meinen Kanal und ich weiß, dass das nasse Verlangen, das er dort findet, ihn erfreut. „Wollüstige Schlampe.“ Er legt seine freie Hand auf meinen Hintern, verpasst mir drei schnelle Schläge und ich schreie mit purer Freude bei jedem davon.

Seine Finger ficken mich, während ich ihn anflehe: „Mehr. Bitte, Grant, mehr!“

Er dringt schnell und hart in mich ein, als er mir gibt, was ich brauche. Er schlägt mich immer wieder, bis ich zittere und vor Schmerz und unbestreitbarem Vergnügen weine. „Fuck, du kommst verdammt hart um meine Finger. Fuck, Baby.“ Er hört auf, mich zu schlagen und zieht seine Finger aus mir, nur um mich auf den Rücken zu werfen und sein Gesicht an meinem Zentrum zu vergraben.

Alles, was ich tun kann, ist die Bettlaken zu umklammern, während er mich leckt, als wäre ich das Köstlichste, was er je gegessen hat. Seine Zunge ist heiß, als sie in mich eindringt und die Säfte kostet, die er zum Fließen gebracht hat.

Meine Hüften wölben sich, um seinen hungrigen Mund zu treffen, während ich stöhne und ihn anbettle aufzuhören – die Empfindungen werden zu intensiv. Mein Orgasmus bringt mich fast um den Verstand, während mein Körper vor Verlangen zittert. Es ist verrückt, dass mein Mund schreit, dass er aufhören soll, aber mein Körper ihn anfleht weiterzumachen.

Als er seinen innigen Kuss beendet, hebt er den Kopf, um mich anzusehen. „Dieser Körper gehört mir. Niemand sonst darf in ihn eindringen. Niemals.“

Mein Herz rast, während ich bete, dass er mich endlich zu seinem Eigentum macht. „Nur du, Grant."

„Ich bin dein Meister. Dein Besitzer. Dein Herrscher." Er richtet seine Saphiraugen auf meine.

„Du bist mein Meister, mein Besitzer, mein Herrscher." Ich gebe ihm alles, was er will. Das werde ich immer tun. Ich weiß es und er auch.

Er steigt aus dem Bett, lässt seine Unterwäsche zu Boden fallen und holt Handschellen mit hellblauer Polsterung. Er fesselt meine rechte Hand an sein Bett, dann bewegt er sich um mich herum, nimmt einen weiteren Satz Handschellen aus dem anderen Nachttisch und fesselt auch meine linke Hand. Ich beobachte ihn, wie er von mir weggeht und mit zwei Lederriemen zurückkommt, die er benutzt, um meine Knöchel am Bett zu befestigen, so dass ich für ihn ausgestreckt daliege.

Meine Brust hebt und senkt sich, während ich ihn beobachte. Er bewegt sich so anmutig wie eine große Raubkatze. Ein Panther, der seine Beute beäugt und entscheidet, wie er sie verschlingen wird. „Willst du meinen Schwanz?"

„Ich will dich, Grant."

Seine Hand schlägt auf die Seite meines Hinterns. „Meister!"

„Ich will dich, Meister."

„Du willst meinen Schwanz. Du kannst meinen Schwanz haben. Aber du kannst mich nicht haben." Er richtet seine Augen auf meine und stellt sicher, dass ich weiß, wo ich bei ihm stehe.

Ich weiche nicht zurück. Ich bin an sein Bett gefesselt, aber mein Kopf ist immer noch mein eigener. „Ich will dich, Meister. Ich will alles von dir. Ich will deinen Körper und dein Herz."

Er stürzt sich wie ein Tier auf mich und ist so nah bei mir, dass sein heißer Atem in mein Gesicht bläst, während seine Zähne entblößt sind. „Du kannst meinen Schwanz haben, aber das ist alles, was du haben wirst, du kleine Schlampe. Wie kannst du es wagen, mehr zu verlangen?"

Ich schaue in seine Augen und schenke ihm ein entschlossenes Lächeln. „Wie kannst du es wagen, mich zurückzuweisen?"

Er greift zum Nachttisch und nimmt den Hausschlüssel in die Hand. „Wenn du meinen Schwanz in dir haben willst, musst du diesen Schlüssel annehmen. Du musst einwilligen, dass du mindestens eine Woche bei mir bleibst, vielleicht sogar länger."

Meine Beine bewegen sich und testen die Lederriemen, und meine Arme zerren an den Handschellen, die mich festhalten. Ich sehne mich danach, seinen langen, dicken Schwanz zu spüren, und mein Mund verrät mich. „Ich werde alles akzeptieren, Meister."

„Braves Mädchen." Seine Lippen streiften meine, als er den Schlüssel wieder weglegt.

Mit einem harten Stoß ist er in mir. Seine Hände halten meine Schultern auf der Matratze fest, während sein Oberkörper über mir schwebt. Ich staune darüber, wie sich seine Muskeln bei jedem harten Stoß zusammenziehen.

Die Venen in seinem Nacken pulsieren, als er so viel Kraft dabei einsetzt, seinen Schwanz in mich zu stoßen. Immer wieder benutzt er meinen Körper, um damit seinen Schwanz zu streicheln, bis er heißes Sperma in mich spritzt.

Mein Körper zittert, als er einen Orgasmus durch mich schickt, der mich dazu bringt, so laut zu stöhnen wie er auch.

Er legt sich auf mich, achtet aber darauf, dass sein Gewicht mich nicht erdrückt, und versucht, wieder zu Atem zu kommen. Als wir uns beruhigt haben, sieht er mich an, während feuchte Haarsträhnen an seinem Gesicht kleben. „Du verstehst, dass wir damit nicht in die Öffentlichkeit gehen können, oder?"

Ich starre ihn an und bin nicht sicher, wie ich mich fühlen oder was ich sagen soll. Dann klopft mein Herz einmal sehr hart in meiner Brust und mein Gehirn übernimmt die Kontrolle. „Nein, das verstehe ich nicht."

Er rollt sich von mir herunter und beginnt damit, mich zu befreien. Er lässt jedoch meine rechte Hand gefesselt, während er mich mit einem entschlossenen Blick ansieht. „Du gehörst mir, Bel. Du und ich wissen das beide. Aber ich habe einen Ruf aufrechtzuerhalten ..."

„Fick dich, Grant." Ich ziehe an den Handschellen und hätte ihn geschlagen, wenn ich meine Hand hätte benutzen können. Was er klugerweise verhindert hat.

„Hör auf damit, so mit mir zu reden", sagt er streng. „Du weißt, was dir das einbringt. Oder ist es das, was du willst? Noch ein Spanking oder etwas noch Schlimmeres?" Er entfernt sich von mir. „Ich spiele nicht mit dir. Ich weiß, dass du denkst, dass ich das tue, aber du irrst dich. Ich beende jede Nacht in deinem Büro. Du bist praktisch in all meinen Gedanken." Er dreht sich um, um mich anzusehen. Sein Gesicht ist eine Mischung aus Schmerz und Angst, die mir normalerweise das Herz zerreißt. Aber nicht dieses Mal. „Es ist nur zu deinem Besten. Du hast keine Ahnung, was die Leute sagen würden, wenn sie wüssten, dass du mit mir zusammen bist."

„Das kannst du nicht wirklich denken, Grant." Mir ist schwindelig. Er hat mir so viele Gründe dafür gegeben, dass wir nicht zusammen sein können, aber dieser ist neu.

Sagt er mir die Wahrheit?

„Ich denke es." Er setzt sich auf die Bettkante und breitete seine Handfläche auf meinem Bauch aus. „Ich habe Subs in private Räume gebracht und Dinge getan, die sie wollten, aber ich bin niemals mit meinem Schwanz in sie eingedrungen oder habe sie geküsst. Ich ficke sie einfach mit Dildos und lasse sie alle möglichen Schmerzen erleben, nach denen sie suchen. Ich hatte nur Sex mit dir, seit du und ich begonnen haben, miteinander zu schlafen."

Mein Bauch beginnt zu schmerzen, als er darüber spricht, was er mit anderen Frauen gemacht hat. „Willst du wissen, was ich getan habe, während du mit anderen Frauen in den privaten Räumen warst, Grant? Ich saß hinter meinem Schreibtisch, war in die vier Wänden meines Büros eingesperrt, und habe geweint, gebetet und mich in Unterwerfung geübt. Alles deinetwegen. Ich habe gelernt, alles zu ertragen, was du mir antust. Und jetzt, da ich denke, dass du endlich der Welt zeigen willst, dass ich dir gehöre, stelle ich fest, dass ich mich in dir getäuscht habe."

„Alle kennen mich als einen gnadenlosen Meister und einen Mann, der von Frau zu Frau geht. Was werden sie von dir halten, wenn ich dir ein Halsband umlege?" Seine Finger bewegen sich um meinen Hals, als wären sie das Band. „Oder wenn ich dich an der Leine herumführe? Das kann ich dir nicht antun. Ich werde es nicht tun. Bitte mich nicht darum."

Er hat mich so verwirrt. Ich war bereit, gegen seine normalen Ausreden anzukämpfen – dass er meine Liebe nicht verdient – aber ich habe keine Ahnung, wie ich hiermit umgehen soll. Meine Kopfschmerzen sind zurück und mein Arm tut weh. „Nimm die Handschelle ab. Ich muss pinkeln und brauche eine Aspirin."

Er löst meine Fesseln und ich stehe auf und gehe von ihm weg. Ich bin völlig unsicher, was ich tun werde.

Eines weiß ich aber sicher. Ich muss anfangen, mir selbst treu zu sein anstatt diesem Mann.

20

GRANT

rei Tage später
D Seit drei Nächten schläft Isabel in einem anderen Zimmer. Sie hat mich verlassen, nachdem ich ihr gesagt habe, dass wir das, was wir haben, geheim halten müssen. Seither spricht sie nur noch mit mir, wenn sie es muss, in diesem professionellen Tonfall, den ich nicht ausstehen kann.

In meinem Büro bei Cellular Global schaue ich aus dem Fenster und frage mich, was zur Hölle ich tun soll.

Ich habe in letzter Zeit auf der Suche nach Gründen nach Strohhalmen gegriffen, warum sie und ich mit unserer Beziehung nicht an die Öffentlichkeit gehen können. Es ist nur, weil ich nicht möchte, dass jemand zu mir kommt und mir dafür gratuliert, dass ich endlich jemanden gefunden habe. Mit ihr zusammen zu sein ist ein großer Schritt. Ich glaube nicht, dass ich mit der anderen Scheiße fertigwerden kann, die damit einhergehen würde. Aber das kann ich ihr unmöglich sagen.

Meine Aufmerksamkeit wird geweckt, als mein Handy klingelt und ich sehe, dass es eine Nummer ist, die ich nicht kenne. Ich nehme den Anruf an. „Grant Jamison."

„Leg nicht auf, Grant. Ich bin es, deine Schwester Jenny. Wir müssen reden. Und du solltest wissen, wenn du auflegst, werde ich in dein Büro kommen und es wird sehr unangenehm für dich werden."

Ich kneife mir in die Nasenwurzel, während ich versuche, einen Ausweg aus dem Gespräch mit meiner Schwester zu finden. Mir fällt keine einzige Ausrede ein. „Was brauchst du?"

„Ich muss dich treffen. Ich werde in dem Park sein, in dem wir gespielt haben, als wir Kinder waren. Sei in einer halben Stunde da oder ich komme zu dir und mache dir das Leben zur Hölle, bis du mich anhörst."

„Ich hoffe, es ist wichtig, Jenny. Ich bin sehr be..."

Sie unterbricht mich. „... beschäftigt. Ja, ich bin mir vollkommen bewusst, wie beschäftigt du bist, großer Bruder. Triff mich einfach im Park. Ich werde auf der Schaukel sitzen, auf der du mich ange-schoben hast, als ich ein Kind war. Bis gleich."

Ich stecke mein Handy in meine Tasche und mache mich auf den Weg. Ich habe keine Ahnung, was sie für so verdammt wichtig hält, aber ich denke, es ist viel besser, sie zu treffen und sie anzuhören, als dass sie mich verfolgt. Was sie zu meinem Club führen würde, von dem meine Familie besser nichts wissen sollte.

Die Fahrt zum Park dauert nicht ganz 30 Minuten und ich sehe Jenny schaukeln, während ich meinen Jaguar parke. Ihr blondes Haar bewegt sich in langen Wellen hinter ihr, während sie durch die Luft fliegt.

Der Anblick meiner Schwester löst etwas in mir aus. Es zwickt ein wenig und lässt mich den Verlust der Zeit und noch etwas anderes fühlen. Reue?

Ich frage mich, wieviel Reue ich bewältigen kann.

Ich trete hinter sie, setze mich auf die leere Schaukel neben ihr und warte darauf, dass sie aufhört zu schaukeln.

„Grant, du bist hier!" Sie springt von der Schaukel hoch in die Luft und landet auf den Füßen, wie ich es ihr beigebracht habe, als sie elf Jahre alt war. „Wow! Ich bin sicher gelandet. Ich wusste nicht, ob ich das noch kann, aber ich musste es tun."

Sie strahlt, und mein Herz zieht sich wieder zusammen und lässt mich wissen, dass ich immer das Lächeln meiner kleinen Schwester hätte sehen können. Ich kann nur mir selbst die Schuld für all die verschwendeten Jahre geben.

Mit ein wenig Applaus lasse ich sie wissen, was ich von dem Sprung halte. „Bravo, Jenny. Du hattest allerdings auch den besten Lehrer der Welt. Ich bin zumindest für einen Teil deines unglaublichen Talents zu beglückwünschen." Ich lache, als sie ihre Arme nach mir ausstreckt und auf mich zugeht.

„Steh auf und umarme deine Lieblingsschwester, du verrückter Mann."

Ich stehe auf und sie schlingt ihre Arme um mich. Zögernd lege ich meine Arme um sie und rieche den Vanilleduft ihres Shampoos. Er rührt mein Herz noch mehr.

Als Ältester war es immer meine Aufgabe, Moms kleiner Helfer zu sein. Ich habe alles vom Füttern bis zum Baden für meine jüngeren Geschwister gemacht. Es trifft mich hart, dass ich Mom im Stich gelassen habe, als ich von ihnen wegging.

Ich war nach der Tragödie kein guter Helfer.

„Du siehst aus, als ob es dir gutgeht, Jenny", sage ich, als ich sie loslasse und mich wieder auf die Schaukel setze.

Sie lässt sich auf der Schaukel nebenan nieder und dreht sie zur Seite, um mich anzuschauen. „Es sieht vielleicht so aus, aber mir geht es überhaupt nicht gut. Mein Mann und ich haben Probleme. Und ich habe viel Zeit im Haus von Mom und Dad verbracht." Sie blickt mich vielsagend an. „Um *aufzuräumen*." Sie legt ihre Hände auf ihren Schoß und betrachtet sie anstatt mich. „Er kauft mir das bislang ab. Nicht, dass es ihn interessiert, ob ich in der Nähe bin oder nicht."

Der Beschützerinstinkt des älteren Bruders erwacht automatisch. „Soll ich mit dem Arschloch sprechen?"

Sie schüttelt den Kopf und schaut mich mit glänzenden Augen an. „Deswegen bin ich nicht hier. Ich brauche meinen großen Bruder nicht dazu, meinem Mann zu drohen, damit er mich anständig behandelt. Ich brauche meinen großen Bruder für andere Dinge."

Mit einem Seufzer versuche ich mein Bestes, um meinen Egoismus beiseite zu schieben, damit ich meiner Schwester, die aussieht, als ob etwas auf ihren schmalen Schultern lastet, helfen kann. „Rede schon. Ich sehe, was ich tun kann."

Sie nickt und fährt fort: „Zuerst möchte ich nicht, dass du über das, was ich sagen werde, lachst. Sei unvoreingenommen. Versprich mir das, Grant."

Wie bei unserem alten Ritual strecke ich meinen kleinen Finger aus. „Ich verspreche, dass ich über kein Wort, das du sagst, lachen werde, Jenny."

Sie wickelt ihren kleinen Finger um meinen und es ist wieder wie in alten Zeiten. Irgendwie.

„Grant, seit ich oft alleine in dem Haus bin, in dem wir alle aufgewachsen sind, habe ich Dinge erlebt. Unheimliche Dinge." Ihr Blick schweift zur Seite, als hätte sie gerade etwas aus dem Augenwinkel gesehen.

„Unheimliche Dinge? In Moms und Dads Haus?" Ich schüttle den Kopf, denn dieses Haus ist schon viel zu lange in meinen Träumen – oder eher Albträumen. Und jetzt erlebt sie auch unheimliche Dinge? Es ist alles mehr als nur Zufall und ich kann die Elektrizität in der Luft fühlen. „Was zum Beispiel, Jenny?"

„Dunkle Schatten, die manchmal umherschwirren. Und es werden Dinge bewegt. Ich habe einen Schwamm auf den Küchentisch gelegt und eine Sekunde den Raum verlassen. Als ich zurückkam, war er weg. Als wäre er völlig verschwunden." Sie kaut nervös auf ihrer Unterlippe. „Später fand ich ihn an dem seltsamsten Ort."

„Wo hast du ihn gefunden?", frage ich und denke, dass sie wahrscheinlich nicht bemerkt hat, dass sie ihn irgendwie bei sich trug, anstatt ihn wirklich auf den Tisch zu legen. Ihre Gedanken müssen mit ihren Eheproblemen beschäftigt gewesen sein.

Sie schluckt und ich kann sehen, dass es ihr sehr unangenehm ist, mir das zu erzählen oder darüber nachzudenken. „Er war in Moms Schrank in ihrem Schlafzimmer. Nicht, dass ich ihren Schrank durchwühlt hätte oder so. Ich hörte etwas im Obergeschoss – ein hämmerndes Geräusch. Ich eilte dorthin und stellte fest, dass die Tür zu ihrem Schlafzimmer weit offenstand. Ich wusste, dass sie vorher geschlossen gewesen war. Also habe ich einen Baseballschläger aus deinem alten Zimmer geholt und mich auf den Weg gemacht, um herauszufinden, ob ich einen Eindringling habe."

„Und was hast du gefunden, Jenny?", frage ich, während ich ihr Gesicht ansehe, das blass geworden ist.

Sie schüttelt den Kopf und fährt fort: „Grant, ich ging in ihr Schlafzimmer und sah Moms Schranktür weit offenstehen. Die von Dad war geschlossen und nichts in dem Raum war anders als sonst. Ich ging los, um die Schranktür zu schließen, und sah den hell-grünen Schwamm auf einem von Moms Schuhen liegen."

„Unmöglich", flüstere ich. „Was hast du dann getan?"

„Ich habe geschrien, als hätte ich statt eines billigen Schwamms ein Monster in diesem Schrank gesehen, und bin weggerannt." Sie lacht leise. „Ich bin direkt nach Hause gefahren, um meinen Mann dazu zu bringen, mit mir zurückzukehren, weil ich in meiner Panik die verdammte Haustür offen gelassen hatte."

„Und als ihr zurückgegangen seid?", frage ich sie.

Sie schüttelt den Kopf und sieht erschüttert aus. „Als ich allein zurückging – weil er nicht mit mir kommen wollte – war die Tür zu und verschlossen. Und als ich hineinging, war jedes Licht im Haus an. Also rief ich Jake an und bat ihn, vorbeizukommen. Er tat es und wir gingen durch das ganze Haus, fanden aber nichts. Also schalteten wir alle Lichter wieder aus, schlossen alle Türen ab und gingen."

„Bist du danach noch einmal dorthin zurückgegangen?" Ich muss fragen, weil ich weiß, dass ich es nicht getan hätte.

„Wie ich schon sagte, meine Ehe ist schwierig, also bin ich zurückgegangen." Ihre Augen sind glasig von Tränen. „Grant, Mom ist da und will mit dir reden. Ich weiß nicht, woher ich das überhaupt weiß. Aber ich weiß es. Ich glaube es mit all meiner Seele. Sie möchte, dass du in ihr Haus kommst, damit sie dir etwas sagen kann. Etwas Wichtiges. Ich habe gehört, wie sie bei drei verschiedenen Gelegenheiten deinen Namen gerufen hat. Als würde sie nach dir rufen, als würde sie versuchen, dich zu finden."

Das kann nicht passieren. Ich kann es nicht tun. Ich kann es nicht.

So viele Albträume, so viele schlechte Gefühle wegen dieses

Hauses. Und sie will, dass ich dorthin gehe und was mache? Eine Art Séance durchführen?

Mein Schweigen spornt meine Schwester an. „Grant, ich weiß, dass du Angst hast."

Angst?

Habe ich Angst?

„Ich glaube, du verstehst mein Schweigen falsch." Ich sehe sie an, statt auf den Boden zu sehen. „Ich hatte viele schlechte Gefühle wegen dieses Hauses. Ich habe keine Angst, ich fühle mich einfach nicht wohl bei dem Gedanken, dorthin zu gehen und zu versuchen, mit unserer toten Mutter zu kommunizieren."

Mit einem Kopfschütteln erzählt Jenny mir etwas anderes. „Grant, ich habe das überwältigende Gefühl, dass Dad unschuldig ist. Ich kann es nicht abschütteln. Und mir ist klar, dass du das nicht weißt, aber ich war zuerst gegen Dad. Dieses Gefühl ist neu für mich. Bitte hilf Dad, Grant. Ich denke, du bist der Einzige, der das kann."

Bin ich der Einzige, der Dad helfen kann?

Will ich das überhaupt?

Mein Vater und ich standen uns einmal nahe. Es war diese Nähe, die mich so großen Schmerz empfinden ließ, wenn ich daran dachte, dass er meiner Mutter wehgetan hatte. Der Frau, die er so sehr geliebt hatte.

„Jenny, ich höre seit Moms Tod ab und zu ihre Stimme. Ich habe es jedes Mal verdrängt. Ich bin mir nicht sicher, ob ich mit ihr kommunizieren kann." Ich trete gegen ein paar Steine auf dem Boden und denke, dass es sinnlos wäre, zum Haus zu gehen.

Jennys Hand berührt meine. „Grant, bitte. Im Haus könnte es einfacher für dich sein. Und wir werden alle da sein, um dich zu unterstützen. Wir brauchen dich. Mom braucht dich. Dad braucht dich – du bist der Schlüssel, um alles wieder in Ordnung zu bringen. Bitte, großer Bruder. Bitte lass unsere Familie nicht sterben. Lass dein versteinertes Herz nicht unsere Familie für immer zerstören. Bitte."

Blinzelnd bin ich verblüfft darüber, dass sie sagt, mein Herz sei versteinert. Ich meine, ich wusste, dass es distanziert ist. Aber versteinert?

Das lässt mich so unmenschlich klingen. Wie ein Monster, das sein Leben führt, ohne sich um andere zu kümmern. Ich sorge mich um andere. Nicht wahr?

Meine Angst, dass Isabel von diesem Mann verletzt wird, lässt mich sie in meinem Haus festhalten, obwohl sie wütend auf mich ist. Obwohl sie mir die kalte Schulter zeigt, sorge ich mich um sie und werde sie noch nicht gehen lassen.

Weil sie mir etwas bedeutet.

Mein Herz regt sich, als Wände, die ich im Lauf der Jahre errichtet habe, zu schwanken beginnen. Hat mein Schmerz meinen Vater jahrelang im Gefängnis sitzen lassen, wenn er dort nie auch nur eine Nacht hätte verbringen sollen?

Hat mein Schmerz mich dazu gebracht, Isabel zu verletzen?

Hat mein Schmerz mich blind gegenüber dem Schmerz derer gemacht, die mich lieben?

Mein Gott, was habe ich all diese Jahre getan?

Der Schmerz in meiner Brust bewegt sich durch meinen Körper, während die Wände um mein Herz einstürzen und etwas anderes mich erfüllt. Zum ersten Mal, seit wir aus Südafrika nach Hause gekommen sind, schlägt mein Herz für jemand anderen. Mein Verstand wirft Dinge weg, von denen ich mir eingeredet habe, dass sie notwendig waren, damit ich nicht wahnsinnig werde.

„Willst du, dass ich für unsere Mutter auf Geisterjagd gehe, Jenny?", frage ich grinsend.

„Ja, Grant. Ich weiß, dass es verrückt klingt."

„Ich habe in all den Jahren verrücktere Dinge gedacht als das. Etwa, dass ihr ohne mich besser dran seid. Dass ich nie wieder ein ganzer Mann sein werde. Dass Liebe nicht echt ist." Ich verstumme, als sich ein Kloß in meiner Kehle bildet und mich davon abhält, mehr zu sagen.

Jenny steht auf, kommt zu mir und legt ihre Arme um mich. „Liebe ist echt. Du bist ein ganzer Mann. Und ohne dich ist keiner von uns besser dran, Grant Jamison. Komm zurück zu uns und zurück zu deinem Leben. Es ist Zeit. Mom lebt nicht mehr, aber ich spüre, wie ihr Geist in diesem Haus ein und aus geht. Es gibt etwas, wozu sie dich braucht. Nur du kannst es tun."

Nur ich kann es tun. Nur ich kann herausfinden, ob mein Vater unschuldig ist. Nur ich kann mit Mom reden. Eine Sache, die mir immer klarer wird. So viele Jahre habe ich versucht, alles abzuschütteln, und gedacht, dass ich verrückt werde. Das ist vorbei. Vielleicht ist alles, was ich unterdrückt habe, vorbei.

Jenny unterbricht meine Gedanken, als sie sagt: „Es gibt keine bessere Zeit als die Gegenwart, um neu anzufangen, Grant. Kannst du uns alle heute Abend im Haus treffen? Ich werde alle Zutaten mitbringen, um Spaghetti mit Fleischbällchen zu kochen."

Ich überlege und komme zu dem Schluss, dass sie recht hat. Es gibt keine bessere Zeit als die Gegenwart. „Ich werde da sein und eine Frau mitbringen, die sehr wichtig für mich ist – was ich ihr allerdings noch nicht gezeigt habe. Ich denke, es ist Zeit, sie nicht länger von meinem Herzen fernzuhalten. Es ist Zeit für eine drastische Veränderung. Wir sehen uns beim Abendessen, Jenny."

Das Lächeln und der dankbare Ausdruck auf dem Gesicht meiner kleinen Schwester lassen mein Herz schneller schlagen.

Es ist Zeit für Veränderung, und ich habe mich nie lebendiger gefühlt.

Wie kann das Kommunizieren mit dem Geist meiner Mutter mir das Gefühl geben, so lebendig zu sein?

21

ISABEL

Ich stehe in der Küche, als Grant hereinkommt, und merke sofort, dass etwas nicht stimmt. Er sieht nicht wie er selbst aus. Er packt mich, zieht mich an seinen Körper und umarmt mich fest. Ich kann seinen Körper zittern fühlen, während er mich festhält, als wäre ich sein Lebensretter. „Baby, es tut mir so leid. Bitte verzeih mir. Bitte."

Ich weiß, dass ich kalt zu ihm war. Ich habe sein Schlafzimmer in jener Nacht verlassen und das Zimmer auf der anderen Seite des Flurs genommen. Seit drei Tagen und Nächten zeige ich ihm die kalte Schulter. Ich wohne bei ihm, so wie er es verlangt hat, aber es war für uns beide nicht angenehm.

Ich dachte, er würde mir irgendwann sagen, dass ich gehen soll. Aber jeden Abend, wenn der Club schließt, kommt er in mein Büro, holt mich dort ab, nimmt mich mit nach Hause und verzichtet auf die Frühstückstreffen mit den anderen Eigentümern. Die Fahrten verlaufen schweigend und wir trennen uns, sobald wir das Haus betreten. Trotzdem bringt er mich jede Nacht nach Hause.

Und jetzt das ...

„Grant, verstehst du, warum ich sauer auf dich bin?" Ich muss das fragen, denn ich werde nicht aufgeben, nur weil er es nicht mehr aushält. Ich muss wissen, dass er versteht, was er getan hat, um mich so wütend zu machen.

Er löst seinen Griff und lehnt seine Stirn an meine. „Ich weiß, was ich getan habe, Bel. Und ich weiß, dass du mir nicht den Grund glaubst, warum ich uns geheim gehalten habe. Der wahre Grund dafür ist, dass ich nicht die Aufmerksamkeit anderer Leute will. Du weißt schon, Leute, die mir dafür gratulieren, endlich jemanden gefunden zu haben, und die versuchen, in mein Privatleben einzudringen. Ich kann damit umgehen, ich weiß, dass ich es kann. Aber so viele Dinge ändern sich gerade, dass ich ein bisschen Zeit brauchen werde, bevor ich bereit bin, mit all dem fertigzuwerden. Zumindest im Club." Seine Lippen streichen über meine und Hitze durchströmt mich. „Ich werde der Mann werden, der dich verdient – das ist es, was ich dir sagen will."

Ich bin verblüfft. Nicht glücklich oder traurig, nur verblüfft.

„Und in der Zwischenzeit haben wir eine private Beziehung?", muss ich fragen. Bei Grant weiß man nie.

„Ja. Ich möchte, dass du bei mir bleibst. Nicht in dem Zimmer auf der anderen Seite des Flurs. Ich will dich jede Nacht in meinem Bett haben. Es tut mir leid, Bel. Ich werde große Veränderungen vornehmen. Ich mache alles für dich, Baby. Alles davon ist für dich." Seine Hände rutschen über meine Arme und ergreifen meine Hände, als er einen Schritt zurückmacht. „Also, bist du damit einverstanden?"

Bin ich das?

Soll ich einwilligen? „Kann ich darüber nachdenken?"

„Natürlich. Aber können wir diese Kälte vertreiben?" Er nimmt meine Hand, als er sich auf einen Stuhl setzt. Dann zieht er mich auf seinen Schoß. Er fährt sich mit der Hand durch die Haare und küsste meine Wange. „Bitte, Baby."

Mein Herz schmilzt dahin. Ich weiß nicht, wie zur Hölle ich damit einverstanden sein kann, was er will, aber ich bin es tief in meinem Inneren. „Wir können die Kälte vertreiben. Vorläufig. Aber ich sage eins – wenn ich nicht sehe, dass du wirkliche Veränderungen vornimmst und echte Fortschritte machst, dann ist es vorbei. Alles. Für immer. Verstehst du mich?"

Mit einem Nicken küsst er wieder meine Wange. „Ich verstehe das, Bel."

„Alles klar. Es sieht so aus, als würden wir uns wieder vertragen. Zeit für Versöhnungssex", necke ich ihn, während ich seinen Bart streichle und auf seinem Schoß herumhüpfe.

„Können wir das ein paar Minuten verschieben? Ich habe noch etwas anderes, worüber ich mit dir reden möchte." Sein Gesichtsausdruck wird ernst und ich bin fasziniert. Er hat noch nie lieber geredet als Sex gehabt.

Es muss wichtig sein. „Sicher."

„Meine Schwester Jenny hat sich mit mir getroffen. Was sie mir erzählt hat, ist unglaublich." Er erschaudert.

Ich schlinge meine Arme um ihn. „Ist es so schlimm, Grant?"

„Schlimm?" Er schüttelt den Kopf. „Nein, nicht schlimm. Einfach unglaublich. Und sie will, dass ich zu Moms und Dads altem Haus komme, um herauszufinden, ob ich sehe, was sie gesehen hat."

„Und was ist das?", frage ich. Ich bin völlig verwirrt.

„Moms Geist." Er sieht mich nur an und wartet ab, ob ich lache oder nicht.

„Oh. Nun, weißt du, es ist nicht unvorstellbar, dass sie eure Mutter in ihrem alten Zuhause gesehen hat. Manchmal kann unser Verstand uns Streiche spielen und alte Dinge heraufbeschwören, die wir schon oft gesehen haben – so dass deine Schwester eure Mutter in einem Teil des Hauses zu sehen glaubt, in dem sie sie früher oft gesehen hat."

Grant nickt und fährt fort: „Meine Schwestern und mein Bruder haben eine Weile bei unseren Eltern gelebt. Du weißt das. Während dieser Zeit hat niemand etwas gesehen. Aber letztes Jahr sind alle in eigene Wohnungen gezogen. Jenny ist jeden Monat zum Haus gegangen, um zu putzen, und bei dieser Gelegenheit sah sie zum ersten Mal Moms Geist in Form eines Schattens. Sie hat ihre Anwesenheit gespürt."

Obwohl das unglaublich klingt, frage ich: „Versucht deine Mutter, mit ihr zu kommunizieren?"

„Das ist es ja." Er lächelt mich an und sieht aufgeregt aus. „Mom hat nur ein Wort kommuniziert."

„Und hat Jenny dir dieses Wort mitgeteilt?" Ich bewege meine Hand über seinen Arm und nehme seine Hand in meine.

Er nickt. „Sie hat meinen Namen in der Stimme meiner Mutter gehört. Sie hat ihn dreimal bei drei verschiedenen Gelegenheiten gehört. Sie denkt, Mom könnte mir mehr zu sagen haben, wenn ich dorthin gehe. Und ich möchte, dass du mit mir kommst."

„Und wann würdest du das gerne machen?", frage ich und weiß, dass wir jede Nacht arbeiten außer sonntags.

„Heute Abend. Ich möchte, dass du dich krank meldest. Ich kann mir freinehmen, wann immer ich will. Was sagst du? Willst du heute Abend mit mir auf Geistjagd gehen?" Sein Lächeln ist hell und ich kann mich nicht erinnern, ihn jemals mit diesem Ausdruck auf seinem Gesicht gesehen zu haben. Er ist aufgeregt, das ist klar.

Mit einem Nicken antworte ich: „Ich werde mit dir kommen."

Er seufzt und ich fühle, wie sein Körper erleichtert zusammensinkt. Ich lache, als er mich umarmt. „Danke, Bel. Du hast keine Ahnung, wie sehr ich dich brauche."

„Und du hast keine Ahnung, wie sehr ich dich brauche", lasse ich ihn wissen. „Ich liebe dich, Grant Jamison. Mit allem, was ich habe, liebe ich dich."

Er lehnt sich zurück und zwinkert mir zu. „Und bald werde ich diese Liebe verdienen. Ich werde dir die Worte nicht sagen, bis ich der Mann bin, der für dich am besten ist."

„Nun, das ist besser als das, was du mir normalerweise über Liebe erzählst. Ich nehme es." Mit einem Lachen steige ich von seinem Schoß und ergreife seine Hand, damit er aufsteht. „Jetzt zum Versöhnungssex. Ich habe in den letzten drei Tagen deine starken Hände auf meinem Körper vermisst."

„Und sie haben es vermisst, dich zu spüren." Er grinst, als er mich in seinen starken Armen hochhebt und in sein Schlafzimmer trägt.

Ich lege meinen Kopf an seine Schulter und muss mich fragen, ob ich zu nachgiebig bin.

Sollte ich mehr von ihm verlangen?

22

GRANT

Als ich das Haus meiner Eltern erreiche, läuft mir ein Schauer über den Rücken, sobald ich die Autos in der Einfahrt sehe. Jenny ist hier und da sind noch zwei weitere Autos. Wahrscheinlich Becca und Jake. „Die ganze Familie ist hier, wie es scheint."

Das Lächeln auf Bels Gesicht sagt mir, dass sie sich sehr darauf freut, meinen Bruder und meine Schwestern kennenzulernen. „Großartig!"

„Ja, großartig." Wir steigen aus dem Auto. Ich nehme Bels Hand, wir gehen zur Tür und ich öffne sie.

„Seht nur, wer hier ist", sagt Becca, als sie in meine Richtung nickt. „Ich schätze, du kommst nur nach Hause, wenn Mom es dir sagt."

Ich kann den Schmerz in ihren Augen sehen. Den Schmerz, den meine Vernachlässigung verursacht hat. Ich weiß nicht, wo ich anfangen soll, all meine Fehler wiedergutzumachen. Ich weiß nicht, ob das überhaupt möglich ist. „Becca ..."

Sie wirft ihre blonden Locken über ihre Schulter, als sie mich unterbricht. „Das kannst du dir sparen, großer Bruder. Ich will nichts von dem hören, was du zu sagen hast. Ich bin hier, um zu sehen, ob Mom zu dir kommt. Das ist der einzige Grund, warum ich hier bin."

Isabel greift nach meiner Hand, als sie mich leicht anlächelt. „Das ist also Becca? Deine jüngste Schwester, richtig?"

„Ja, ich bin seine jüngste Schwester. Und wer bist du?", fragt Becca, als sie Bel in die Augen sieht.

Bel lässt meine Hand los und hält sie Becca hin. „Ich bin Isabel Sanchez, Becca. Es ist schön, dich endlich kennenzulernen."

Zögernd schüttelt Becca Bels Hand und schaut mich an. „Also hast du es geschafft, eine Beziehung mit jemandem einzugehen. Aber du hast dich nicht darum gekümmert, die Beziehung zu deiner eigenen Familie aufrechtzuerhalten."

Bel lacht leise. „Oh, denke nicht, dass er mir viel mehr gegeben hat als euch." Ihr Lächeln verblasst und sie redet weiter über mich, als wäre ich nicht da. „Der Tod eurer Mutter hat ihn tief getroffen. Aber ich kann dir eines sagen – er macht jetzt Fortschritte. Vielleicht würde es dabei helfen, diese Familie wieder zu normalisieren, wenn du ihm gegenüber gnädig bist." Bel legt ihren Arm um meine Schwester und flüstert ihr etwas ins Ohr, das sie beide zum Lachen bringt.

Ich kann spüren, wie die Anspannung im Raum etwas nachlässt. Bel ist ein kleines Wunder. Das sehe ich jetzt noch deutlicher als je zuvor.

Jake und Jenny kommen aus der Küche ins Wohnzimmer. „Hey", sagt Jake. Eine kühle Begrüßung, aber zumindest nicht so schlimm wie bei Becca.

„Hey, Jake." Ich gehe hinüber und schüttle seine Hand. „Ich versuche mein Bestes, um wieder der Mann zu werden, der ich war, bevor das alles passiert ist. Ich erwarte nicht, dass einer von euch mir verzeiht. Was ich getan habe, ist unverzeihlich. Aber ich hätte gerne die Chance, von vorn zu beginnen. Wenn ihr mich lasst. Ich verstehe es, wenn ihr das nicht wollt."

Jenny tritt neben mich, legt ihren Arm um meine Schultern und küsst mich auf die Wange. „Du hast deine Chance, großer Bruder." Sie sieht zu Becca, als sie mir ins Ohr flüstert: „Sie ist immer noch ein bisschen unreif. Sie wird dir vergeben, du wirst schon sehen."

Während ich meine jüngste Schwester anschaue, hoffe ich, dass Jenny recht hat. Jetzt, da ich mit allen zusammen bin, spüre ich, wieviel Zeit ich verschwendet habe, indem ich mich von ihnen fernhielt.

Dies ist der erste Schritt zur Veränderung. Meine Familie ist wieder vereint. Jetzt mache ich mich daran, zu einem respektablen Mann für Isabel zu werden.

Jake geht zurück in die Küche. „Wir haben Spaghetti gekocht. Kommt schon, lasst uns essen."

Es ist merkwürdig, wie man jahrelang wegbleiben kann, und die Dinge trotzdem innerhalb weniger Minuten wieder so sind wie zuvor. Als wie einander lachend Geschichten am alten Esstisch erzählen, scheint alles wieder in Ordnung zu kommen.

Jenny grinst, als sie Bel eine Geschichte über mich erzählt. „Und dann ist er durch sein Zimmerfenster geklettert. Dad wartete mit einem Gürtel in der Hand auf ihn. Grant war ein großer Kerl, selbst als er gerade erst 16 war, aber Dad hat ihm drei Schläge mit diesem Gürtel verpasst und ich hatte Grant noch nie so ungläubig schauen gesehen. Es war verdammt lustig."

„Ich dachte, er wäre verrückt", füge ich hinzu. „Und dann hat er mir mein Auto weggenommen und es verkauft. Es ist wohl unnötig zu sagen, dass meine wilden Teenagerjahre damit so gut wie vorbei waren."

Bels Hand ruht auf meinem Bein und sie drückt es ein wenig, als sie flüstert: „Du hast den Verlust mehr als wettgemacht."

Mit einem Nicken stimme ich ihr zu. Ich habe die wilden Jahre nachgeholt, die ich damals verloren habe.

Ich strecke mich und stehe auf, um den Tisch abzuräumen und den Geschirrspüler zu befüllen. Bel springt auf, um mir zu helfen, und die anderen folgen ihr. In kürzester Zeit haben wir fünf die Küche aufgeräumt und gehen auf die hintere Veranda, um frische Luft zu schnappen.

Das alte eiserne Sitz-Set ist immer noch genau dort, wo ich es das letzte Mal gesehen habe. Das letzte Mal, als ich im Garten war. Die Sterne sind herausgekommen und wir sitzen alle schweigend da, während wir in den Nachthimmel blicken.

Jenny sitzt zu einer Seite neben mir und Bel zu der anderen, als ich fühle, wie meine Hand ergriffen wird. „Ich bin froh, dass du zu Hause bist, Grant."

„Es ist gut, hier zu sein." Ich schließe meine Augen, als ich mir auch Mom und Dad hier vorstelle. Der Schmerz in meinem Herzen quält mich. Es ist ein Schmerz, den ich lange nicht gefühlt habe. Aber jetzt werde ich ihn zulassen. Ich muss den Schmerz und den Verlust spüren. Ich weiß, dass das der Schlüssel dazu ist, über diese Sache hinwegzukommen, die mich so lange davon abgehalten hat, wirklich zu leben.

Ich kneife mir in die Nasenwurzel und versuche, die Tränen zurückzuhalten, aber ich kann es nicht mehr. Sie beginnen langsam über meine Wangen zu fließen, zuerst langsam, dann schluchze ich laut.

Bevor ich weiß, wie mir geschieht, werden Arme um mich geschlungen, so viele Arme. Und wir alle weinen um das, was wir verloren haben. Ich habe so lange dagegen angekämpft. Es scheint, als könnte ich ewig weinen.

Jemand fängt an, Taschentücher zu verteilen, und ich putze mir die Nase und schnappe mir noch eins, um mir die Augen abzuwischen. Und dann sehe ich, wie Bel mit einer Schachtel Taschentücher in ihren Händen dasteht und uns alle mit Tränen in den Augen beobachtet.

Ich gehe zu Bel und umarme sie fest. „Danke. Danke, dass du mit mir gekommen bist. Danke, dass du einen Mann in mir zum Vorschein gebracht hast, der das Leben richtig leben will. Danke, Isabel Sanchez, dass du bist, wer du bist, und danke, dass du den Idioten, der ich war, liebst." Ich wiege sie in meinen Armen, als sie und ich zusammen weinen.

Es ist seltsam, wie viel leichter ich mich fühle. Ich helfe ihr, ihre Tränen zu trocknen und stelle fest, dass mein Bruder und meine Schwestern weitere Tränen zurückhalten, während sie uns beobachten. Jenny seufzt: „Du hast Liebe gefunden, Grant. Ich freue mich so für dich."

Ich wickle meinen Arm um Bel und lächle sie an. „Ich habe Liebe gefunden. Jetzt muss ich nur noch beweisen, dass ich sie verdiene."

„Du verdienst sie, Grant", kommt Bels schnelle Antwort.

Ich sage nichts, aber ich weiß, dass ich sie noch nicht verdient habe. Ich muss noch einige Änderungen vornehmen. Aber ich werde das viel schneller tun, als Bel erwartet.

„Sollen wir wieder reingehen, das Licht ausmachen und sehen, ob Mom zu uns kommt?", frage ich alle.

Jake nickt. Aber als wir das Haus wieder betreten, sind wir alle erstaunt über das, was wir sehen. Jede Schranktür in der Küche ist offen. „Sie ist hier, oder?", fragt Becca und ruft dann: „Mom?"

Bel sieht etwas blass aus, als sie zu mir aufblickt. „Wow."

„Hast du Angst?", frage ich sie. „Es ist nur meine Mutter. Du brauchst keine Angst vor ihr zu haben."

Aber gerade als ich das sage, gehen die Lichter aus. „Oh, verdammt", sagt Jenny.

Etwas im Wohnzimmer stürzt zu Boden, und wir ziehen alle unsere Handys heraus und benutzen die Taschenlampen-App, um zu sehen, was passiert ist. Bel ist an meiner Seite, als wir in den anderen Raum gehen.

Das Erste, was mir auffällt, ist das zerbrochene Glas, das auf dem grünen Teppich liegt. Jake zeigt darauf. „Es ist ein Bild von Mom und Dad. Schaut, es ist in zwei Teile zerschnitten worden, so dass sie voneinander getrennt sind."

Ich gehe zu dem Bild und hebe die Hälfte mit Dad auf, während Jenny die Hälfte mit Mom nimmt. Etwas fällt uns auf, als wir auf Moms Bild schauen. Da ist ein schwarzer Bereich, wo ihr Bauch sein sollte.

„Das ist seltsam. Es sieht so aus, als wäre das Foto verbrannt", sagt Jenny. „Aber das ist unmöglich."

Ein weiteres Krachen ist zu hören, und wir drehen uns alle um und sehen, dass ein weiteres Bild vom Flur im Obergeschoss die

Treppe hinuntergeworfen wurde, so dass Glassplitter in den Lichtern unserer Handys funkeln.

Jake eilt hinüber, um das Bild aufzuheben. Es zeigt nur Mom. Sie steht mit ausgestreckter Hand vor einem Weihnachtsbaum und deutet darauf. Und genau dort, wo ihr Bauch sein sollte, ist ein weiterer schwarzer Fleck.

Ich schüttle verwirrt den Kopf. „Was zur Hölle bedeutet das?"

Jenny sieht mich an. „Mom war nicht sie selbst in den letzten Monaten, bevor sie auf die Reise gingen. Ich sah sie manchmal ihren Bauch halten. Sie war auch sehr schwach und blass. Ich denke, sie versucht uns zu sagen, dass gesundheitlich etwas nicht mit ihr stimmte."

Ich kann fühlen, wie Kälte mich umgibt. „Denkst du, Dad hat ihr das Handgelenk aufgeschnitten, weil sie ihn darum gebeten hat?"

Ein Zischen an meinem Ohr erschreckt mich und ich bekomme eine Gänsehaut. „Unschuldig."

„Habt ihr das gehört?", frage ich, als ich einen Schritt zurückgehe.

Alle schütteln den Kopf und Bel fragt: „Was denn?"

Die Haare in der Nähe meines Ohrs bewegen sich, als ich das Zischen wieder höre. „Unschuldig."

„Ernsthaft, hört ihr das nicht?" Ich drehe mich im Kreis, um zu sehen, ob einer von ihnen mir einen Streich spielt. Aber niemand ist mir so nah. „Es ist eine zischende Stimme und sie sagt das Wort *unschuldig.*"

„Unschuldig?", fragt Bel. „Vielleicht versucht sie dir zu sagen, dass jemand unschuldig angeklagt wurde."

„Wie Dad", sagt Jake. „Vielleicht hat Dad ihr nicht das Handgelenk aufgeschnitten. Vielleicht hat sie das selbst getan."

Bel klammert sich an meinem Arm fest. „Vielleicht solltest du ihre Leiche untersuchen lassen, Grant. Dann könnte sich ein Spezialist die Wunde ansehen. Du musst etwas unternehmen. Was, wenn dein Vater grundlos im Gefängnis sitzt?"

„Er hat gestanden, dass er es getan hat." Ich sehe meinen Bruder und meine Schwestern an. „Wie könnte es Dad helfen, sie zu exhumieren?"

Jenny schüttelt den Kopf. „Ich weiß es nicht. Ich weiß nur, dass ich es auch für eine gute Idee halte. Wir könnten herausfinden, ob etwas mit ihr nicht in Ordnung war, und einen Spezialisten beauftragen, den Schnitt an ihrem Handgelenk zu untersuchen. Wenn bestätigt wird, dass sie sich die Wunde selbst zugefügt hat, können wir versuchen, Dad aus dem Gefängnis zu holen, und ihn an einen Ort bringen, wo man ihm helfen kann."

„Er ist nicht mehr derselbe Mann", lasse ich sie wissen. „Er ist ein Schatten seines früheren Selbst. Fast unerkennbar. Ich bin mir nicht sicher, ob irgendjemand ihm helfen könnte."

„Du musst es versuchen", sagt Bel.

Alle sehen mich an. Als ob ich der Einzige bin, der diesen Plan umsetzen kann. Die Last liegt schwer auf meinen Schultern. Normalerweise wäre sie zu schwer, um sie zu tragen, und ich würde weggehen.

Vielleicht sollte ich genau das tun.

Eine Hand schließt sich um meine und ich sehe, wie Bel sie festhält und ihre großen Augen auf mich gerichtet sind. „Sag deiner Mutter, dass du alles für deinen Vater tun wirst. Das ist, was sie will. Sie möchte, dass du ihm hilfst."

Mein Herz klopft so schnell, als wäre ich eine Meile gerannt. Obwohl ich mir nicht vorstellen kann, dass mein Vater jemals wieder derselbe sein wird, sage ich, was meine Mutter hören will. „Ich werde alles tun, um Dad zu helfen, Mom. Ich verspreche es."

Die Lichter gehen wieder an und die Kälte verlässt die Luft. Mom hat ihren Willen durchgesetzt, aber wie zum Teufel soll ich das schaffen, was ich versprochen habe?

23

ISABEL

A ls ich das Haus verlasse, verschwindet meine Gänsehaut. „Das war verrückt, Grant." Ich schlüpfe auf den Beifahrersitz seines Jaguars und schnalle mich an.

Der Ausdruck, den er auf seinem Gesicht trägt, lässt wenig Zweifel daran, dass er sich fragt, wie zur Hölle er das tun soll, was er dem Geist seiner Mutter versprochen hat. Seine Hände halten das Lenkrad so fest, dass seine Fingerknöchel weiß sind. „Verrückt ... ja."

Ich lege meine Hand über seine. Seine Augen werden zu unseren verbundenen Händen gezogen, bevor er langsam den Kopf dreht, um meinen Augen zu begegnen. „Grant, du kannst die Ziele erreichen, die du dir selbst gesetzt hast. Und ich bin hier, um dich zu unterstützen. Ich kann die richtigen Leute finden, die dir helfen. Kein Grund, so grimmig zu schauen. Wir schaffen das."

„Ach ja?" Seine Augen schließen sich, dann senkt er den Kopf und lässt ihn auf dem Lenkrad ruhen. „Ich weiß einfach nicht, ob ich Dad wieder so machen kann, wie er einmal war."

„Baby, dein Vater wird nie wieder derselbe Mann sein wie damals, bevor seine Frau starb. Er hat ein Stück von sich verloren, das niemals ersetzt werden kann. Aber du kannst ihm die psychologische Hilfe besorgen, die er braucht. Falls sich beweisen lässt, dass er unschuldig ist." Ich ziehe meine Hand von seiner und nicke ihm zu. „Komm schon, lass uns nach Hause gehen."

Er startet das Auto und fährt in die Richtung seines Hauses, aber er ist zu still. Es macht mir Sorgen, dass er versucht, sich in seine Schale zurückzuziehen, in der er sich versteckt, seit ich ihn kenne. Aber ich weiß nicht, was ich sagen soll, um ihn daraus zu befreien.

Als wir an einer roten Ampel halten, bemerke ich ein Auto, das neben uns stoppt. Die Fenster von Grants Auto sind so dunkel getönt, dass ich weiß, dass der Mann nicht hineinsehen kann, aber das hindert ihn nicht daran zu starren.

Es ist, als ob er mir direkt in die Augen sieht. Und er kommt mir bekannt vor. Dann bewegt sich sein Mund und ich glaube, dass er meinen Namen sagt.

Blinzelnd versuche ich, das Gesicht mit einem Namen zu verbinden. Grant fährt weiter und lässt das andere Auto zurück. Plötzlich fällt mir der Name wieder ein. „Mason. Bart Mason."

„Was?" Grant wirft mir einen Seitenblick zu, während er sich durch den Verkehr bewegt.

„Ich glaube, ich habe gerade Bart Mason gesehen, und denke, dass er meinen Namen gesagt hat. Aber das ist unmöglich, oder?" Ich schüttle den Kopf und schaue zurück, um zu sehen, ob das Auto, in dem er war, noch da ist.

„Niemand kann durch diese Fenster sehen. Ich meine, man kann Formen erkennen, aber nicht die Personen selbst." Er schlängelt sich zwischen ein paar Autos durch und gibt Gas, als wir den Highway erreichen.

Grant liebt Geschwindigkeit. Er besitzt kein einziges Auto, das kein Sportwagen ist. Man kann sich also meine Überraschung vorstellen, als wir die Straße hinunterfahren und sich neben uns ein Auto nähert, das mit unserer Geschwindigkeit mithalten kann. Ich keuche. „Er ist es, Grant! Sieh nur."

Bart Mason ist direkt neben uns und fährt etwas, das so schnell wie Grants Jaguar ist, aber ich kann nicht erkennen, um was für ein Auto es sich handelt. Was ich erkennen kann, ist die Tatsache, dass Bart mich direkt anschaut.

„Fuck!", ruft Grant, als er das Lenkrad fester umfasst. „Nun, wir können jetzt nicht nach Hause gehen. Ich will nicht, dass dieses Arschloch weiß, wo wir wohnen."

„Wir können die nächste Ausfahrt nehmen und in den Club gehen. Sollen wir das tun?" Ich winke Bart zu und er winkt zurück. „Wie zum Teufel kann er mich sehen?"

Grant wird etwas langsamer und lässt Bart mit seiner höheren Geschwindigkeit weiterasen. Dann wechselt Grant die Spur und nimmt die Abfahrt, die Bart verpasst hat – falls er uns folgen wollte. „Gut, er fährt nicht zum Club. Hast du herausgefunden, ob seine Hintergrundprüfung sauber zurückgekommen ist?"

„Betty kümmert sich um ihn, genau wie du wolltest. Ich weiß nichts über den Mann oder seinen Status im Club." Ich sehe zu, wie Grant den Club ansteuert, obwohl wir Bart abgehängt haben. „Ich glaube nicht, dass wir noch dort hinmüssen, Grant. Er ist offensichtlich irgendwo anders hingefahren. Wir können nach Hause gehen."

Ich sehe ihn an und erst jetzt bemerke ich, dass sein Gesicht rot ist und er schwer atmet. „Nach Hause gehen? Ich denke nicht. Ich will in den Club gehen und alles über den Mann herausfinden."

Seufzend lehne ich meinen Kopf an die Nackenstütze. Ich hatte gehofft, mich zu Hause ins Bett zu legen und mit dem Mann, der gerade so große Fortschritte gemacht hat, eine ganz normale Nacht zu verbringen.

Aber mein Wunsch erfüllt sich nicht wegen seiner Obsession mit Bart Mason. Und jetzt muss ich vielleicht auch noch erklären, warum ich in den Club gehe, obwohl ich mir freigenommen habe.

Im Parkhaus steigt Grant mit so großer Eile aus, dass er mich allein zurücklässt. Ich laufe hinter ihm her und bin froh, dass ich Jeans und Turnschuhe für sein kleines Familientreffen getragen habe. „Grant, kannst du dich bitte beruhigen? Um Gottes willen, du benimmst dich wie ein Verrückter."

Grant stoppt so schnell, dass ich noch drei weitere Schritte mache, bevor ich es überhaupt bemerke. Ich drehe mich um, um ihn vor Wut zittern zu sehen. „Du verstehst das nicht. Ich weiß nicht, wie du es nicht verstehen kannst, Bel. Der Typ will dich – er will Dinge mit dir tun, die nur ich tun darf. Und er hat kein Recht dazu. Etwas stimmt nicht mit ihm. Ich kann nicht begreifen, wie du so blind dafür sein kannst. Es ist so offensichtlich, aber du kannst es nicht erkennen."

„Ich gebe zu, dass er dunkel ist. Aber verdammt, das sind viele Männer, die hierherkommen. Das ist eine Art Aushängeschild für diese Art von Ort – er soll den Menschen eine Möglichkeit geben, ihre dunkle Seite zu zeigen." Ich strecke die Hand aus. „Kannst du dich bitte beruhigen? Ich werde dir helfen, alles über ihn herauszu-finden. Und du weißt, dass ich mich niemandem außer dir hingebe. Das verspreche ich dir."

Er atmet tief durch und beruhigt sich. „Wenn ich dir etwas sage, versprichst du mir, nicht zu denken, dass ich verrückt bin? Ich meine, du hast gesehen, was bei meinen Eltern passiert ist. Ich habe es nie realisiert, bis Mom zu mir kam und ich der Einzige war, der ihre Stimme hören konnte, aber ich denke, ich habe etwas, was die meisten Leute nicht haben. Eine Gabe. Und ich wusste in dem Moment, als ich in die Augen dieses Mannes sah, dass er etwas versteckte. Etwas sehr Unheimliches."

Okay, er will nicht, dass ich denke, dass er verrückt ist, aber er sagt mir etwas, das ihn absolut verrückt klingen lässt. Aber er ist mein Mann, obwohl wir das technisch gesehen immer noch geheim halten. „Okay, Baby. Lass uns nachsehen, was wir über den Kerl herausfinden können."

Mit meiner Unterstützung beruhigt er sich und wir gehen durch den Hintereingang, wo sich die Büros befinden. Gerade als wir eintre-ten, sieht einer der anderen Eigentümer, Tad Johnson, Grant und lächelt. „Du hast dich also doch noch entschieden, uns heute Abend die Ehre zu erweisen. Wir haben uns alle schon gewundert, wo du bleibst, Mr. J."

Grant wirft mir einen Seitenblick zu. „Erledige das, worum ich dich gebeten habe."

Ich gehe den Flur entlang zu Bettys Büro, um zu sehen, was sie über Bart Mason herausgefunden hat, und lasse Grant bei Tad zurück. Als ich an einem der anderen Eigentümer, Frank Devine, vorbeikomme, lächle ich ihn an. „Hallo, Mr. D. Wie läuft der Abend für dich?"

Er mustert mich und bemerkt meine informelle Kleidung. „Hast du gerade Baseball gespielt, Isabel?"

Wenn er nur wüsste, woher ich gerade komme, würde er die Männer in den weißen Kitteln rufen, um mich abzuholen und ins Irrenhaus zu bringen. „Ich habe den Abend freigenommen, aber Mr. J. hat mich gebeten, unseren neuesten Anwärter auf eine Mitgliedschaft zu überprüfen."

Eine dunkle Augenbraue wölbt sich. „Diesen Mason?"

„Genau den." Ich fange an wegzugehen.

Aber was er sagt, lässt mich innehalten. „Er war vorhin hier. Ich bin überrascht, dass Betty dich nicht angerufen hat. Er wurde im Club aufgenommen und hat seine Gebühren für das gesamte nächste Jahr im Voraus bezahlt. Und er hat ein Angebot gemacht, das von einer enormen Summe begleitet wird, die auf ein Treuhandkonto eingezahlt wurde. Ein Konto, bei dem du als Zahlungsempfängerin genannt wirst."

„Und warum sollte das so sein?" Ich bin total verwirrt und weiß, dass ich auch so aussehe, während ich meine Hände auf meine Hüften lege.

„Weil er will, dass du das ganze Jahr über seine Sub bist." Sein Arm legt sich um meine Schultern. „Die Summe, die er dir dafür zahlen wird, ist außergewöhnlich. Du wirst Milliardärin sein, wenn dein Jahr bei ihm vorbei ist."

„Was?" Ich zittere. Mir ist schwindelig. Ich kann das nicht tun. Ich kann es einfach nicht.

„Milliardärin, Isabel", wiederholt er und drückt meine Schultern. „Und er wird dir erlauben, deinen Job bei uns zu behalten. Ich habe ihm gesagt, dass du einen Fünfjahresvertrag hast, der nicht gebrochen werden kann. Er sagte, du könntest deinen Job behalten. Er wird sowieso hierherkommen, um dich zu sehen. Aber er sagte auch, dass er mindestens dreimal in diesem Jahr auf einen zweiwöchigen Urlaub zu zweit mit dir gehen will. Er hat als Zielort ausgerechnet

Transsylvanien erwähnt. Lustig, nicht wahr? Jetzt, da Halloween vor der Tür steht."

„Ich kann sein Angebot nicht annehmen." Ich schlinge meine Arme um mich, als mir kalt wird.

„Du solltest wirklich darüber nachdenken. Es ist nicht so, als wüsstest du nicht, wie man eine Sub ist. Du bist fantastisch darin. Ein echtes Naturtalent." Er entlässt mich aus seinem Griff und macht einen Schritt zurück. „Mein Rat an dich ist, ernsthaft darüber nachzudenken. Du hast niemanden in deinem Leben. Warum solltest du dir nicht etwas Geld dazuverdienen? Genug Geld, um dein Leben für immer zu verändern."

Weil ich Grant liebe, deshalb.

Mit einem Nicken gehe ich zu Bettys Büro. Aber das Gewicht dessen, was er mir gesagt hat, lastet wie ein Ziegelstein auf meiner Brust.

Niemand wird verstehen, warum ich etwas ablehne, das so lebensverändernd ist. Sie werden alle denken, dass ich verrückt bin.

Warum will der Mann ausgerechnet mich?

24

GRANT

Zwei Tage später

Als Tad und ich unsere Unterhaltung darüber beenden, später in der Woche zusammenzukommen, um die Pläne für den Halloween-Ball fertigzustellen, sehe ich einen jungen Mann, der unserem Club bei der Eröffnung beigetreten ist. Owen lächelt mich mit einem hübschen kleinen Ding am Arm an. „Bist du das, Mr. S.?"

„Ja." Owen lässt die Hand des Mädchens los, um meine zu schütteln. „Asia, das ist einer der Gründer dieses renommierten Clubs. Du kannst ihn Mr. J. nennen."

Ich nehme ihre Hand und küsse sie. „Asia, es ist mir eine Freude, dich kennenzulernen. Ich habe gehört, dass du mit diesem Mann hier einen Vertrag abschließen wirst."

„Ja, Sir." Sie sieht von Owen zu mir. „Du bist also einer der Gründer des Dungeon of Decorum?"

Ich schiebe meine Hand durch meine Haare und lächle stolz. „Ich bin der erste Gründervater."

Asias Gesichtsausdruck lässt mich wissen, dass sie neugierig ist. „Was hat dich dazu gebracht, einen Club wie diesen zu gründen?"

Ich bin ein bisschen überrascht von ihrer Frage, und dem

Ausdruck auf Owens Gesicht nach zu urteilen ist er es auch. „Ich hatte ein Bedürfnis, das nicht erfüllt wurde. Es ist nicht leicht, Partnerinnen für das zu finden, was wir tun. Man kann nicht einfach in eine Bar gehen, eine Frau mit nach Hause nehmen, sie fesseln und dann verprügeln, bis sie in einen anderen Bewusstseinszustand gelangt."

„Nein, ich denke, das kann man nicht." Asia nickt und sieht dann zu Owen. „Du wirst mich nicht fesseln, oder?"

Er grinst sie an. „Das ist nichts für mich. Es ist zu zeitaufwendig für meinen Geschmack. Du wirst herausfinden, was ich mag, und ich habe deine Liste akzeptabler Fetische gelesen – es wird dir gut bei mir gehen, das verspreche ich dir."

Ich kann nicht anders, als das Zögern zu bemerken, das ihr Gesicht erfüllt. Ich frage mich, ob sie mit dem Herzen dabei ist oder Vorbehalte gegenüber all dem hat. „Asia, das ist etwas, das du machen willst, oder? Ich meine, wir wollen hier im Club sicherstellen, dass alle Mitglieder, Männer und Frauen, das tun, was sie wollen. Hast du überhaupt richtig über BDSM nachgedacht?"

Sie schüttelt den Kopf und ich runzle die Stirn. Sie hätte zumindest darüber nachdenken sollen. „Nein, Sir. Ich dachte, es wäre das Beste, wenn mein Dom mir das beibringt, von dem er will, dass ich es weiß."

Er neigt sich zu ihr herab und flüstert: „Großartige Antwort. Ich bin froh, dass du so denkst."

Ich bin immer noch nicht überzeugt davon, dass sie all dem gewachsen ist. Ich lege meine Hand auf ihre Schulter und sehe ihr in die Augen. Ich möchte sicher sein, dass sie will, was sie bekommen wird. „Wir wollen nicht, dass du etwas tust, bei dem du dich nicht wohlfühlst. Wenn du das Gefühl hast, überfordert zu sein, dann lass es deinen Dom wissen. Er ist nicht darauf aus, dir etwas anzutun." Ich schaue auf Owen, um sicherzugehen, dass er weiß, dass er eine Frau hat, die nicht die Norm für diesen Club ist. „Sie ist keine typische Sub. Sei vorsichtig mit ihr." Ich gebe Asia wieder meine Aufmerksamkeit. „Wenn du absolut sicher bist, dass du das willst ..."

Ihr Lächeln ist süß. Unschuldig süß. „Das ist es. Ich fühle mich bei ihm sicher, Mr. J., und Isabel hat mir gesagt, dass ich nur einen

Anruf tätigen muss, wenn ich jemals aus dem Vertrag aussteigen will. Ich mache mir überhaupt keine Sorgen. Ich möchte das mit ihm machen. Vielen Dank für deine Fürsorge, Sir."

Owen strahlt, weil sie gerade all die Dinge gesagt hat, die er hören will. „Da hast du es, Mr. J., sie ist bereit und willig. Und ich werde sie sehr gut behandeln, dessen kannst du dir sicher sein."

Mit einem Klaps auf seinen Rücken schicke ich die beiden zu Isabel, um ihren Vertrag zu machen. Es scheint, dass sie Betty für eine Weile eine Pause gönnt, weil sie schon hier ist. Bel lächelt und begrüßt Owen und Asia. „Ihr zwei seht aus, als ob ihr euch schon gut versteht."

Mit einem Nicken zu dem Paar lasse ich die beiden in ihrer Obhut und beobachte, wie sie die Ledersitze vor Bels Schreibtisch aus Kirschholz einnehmen. Ich lächle Bel an und spreche leise mit ihr. „Hast du die Informationen bekommen, die wir brauchen?"

Ihre Augen schießen nach links und ich kann sie wie ein offenes Buch lesen. „Ähm, wir müssen darüber reden. Sobald ich mit diesen beiden fertig bin, werde ich in dein Büro kommen."

„Ich brauche einen Drink. Ich gehe an die Bar in der Lounge, um mir einen zu holen, bevor ich in mein Büro gehe. Bis dann." Ich lasse sie ihren Job machen und gehe in den kleinen Lounge-Bereich, um dort etwas zu trinken.

Mike, der Barkeeper, nickt mir zu, als ich an die Bar komme. „Ein Scotch auf Eis? Kommt sofort, Boss."

Ich nicke und sehe mich um, was vor sich geht. Eine Handvoll Leute sitzen an kleinen Tischen und unterhalten sich. Ihre Stimmen dringen durch den fast leeren Raum. Und dann höre ich einen Namen, der meine Aufmerksamkeit erregt.

Isabel.

Ich lausche angestrengt und höre, wie einer der Männer einen erstaunlichen Geldbetrag nennt. Und sagt, dass sie eine Närrin wäre, ihn abzulehnen.

Mike stellt meinen Drink vor mich und ich nehme ihn und halte den Barkeeper auf, bevor er wieder geht. „Mike, was habe ich eben über eine Isabel gehört? Geht es um unsere Isabel?"

„Genau." Mike lehnt sich an die Bar, wirft das weiße Handtuch, das er immer dabeihat, über seine Schulter und grinst. „Kennst du den Mann, den Isabel neulich herumgeführt hat?"

„Ja." Ich muss einen Schluck von meinem Scotch trinken und bete, dass er die Hitze kühlt, die durch mich fließt.

Er lächelt mich an, als wäre das eine gute Sache, und fährt fort: „Nun, er hat ein Angebot für sie abgegeben."

„Ein Angebot?" Ich sehe schon Rot. „Er müsste Mitglied sein, um das zu tun. Ist seine Mitgliedschaft schon bewilligt worden?"

„Ja, er bietet ihr über eine Milliarde Dollar an, wenn sie einen Jahresvertrag als seine Sub unterschreibt. Jeder spekuliert, ob Isabel das Angebot annehmen wird oder nicht. Sie ist Single und frei von Verpflichtungen, warum zur Hölle also nicht? Wir fragen uns alle, wie lange wir sie noch hierhaben werden. Nicht, dass sie oft hier draußen ist, aber alle lieben sie." Er geht zu einem anderen Mann, um ihn zu bedienen, während ich mich hinsetze und mich über das, was ich gerade gehört habe, ärgere.

Eine Milliarde Dollar ist eine lächerlich hohe Summe für irgendetwas, geschweige denn für eine Sub. Wer zum Teufel macht so ein Angebot, ohne dass die Frau nach einem Sub-Vertrag sucht?

Ich meine, Bel ist in keiner Auktion. Verdammt, sie ist nicht einmal als potenzielle Sub für irgendjemanden gelistet. Die Frau ist tabu und ich dachte, jeder würde das verstehen.

Und es versteht auch jeder, außer diesem Arschloch, das eben erst unserem Club beigetreten ist.

Eine Hand bewegt sich an meiner Schulter entlang und ich drehe mich um und sehe eine Frau mit einer schwarzen Maske und einem Lederbustier. Kein Band umschließt ihren Hals, was bedeutet, dass sie für jeden offen ist. Und ich denke, sie ist hinter mir her.

Es ist Zeit, hier zu verschwinden. „Tut mir leid. Die Arbeit ruft."

„Arbeit?" Sie leckt ihre prallen rubinroten Lippen, als sie versucht, einen Finger über meinen Mund zu ziehen.

„Ja, Arbeit." Ich nehme ihre Hand und halte sie fest, damit sie mich nicht berühren kann. „Und einen Dom ohne seine Erlaubnis zu berühren, kann dich in Schwierigkeiten bringen. Dies ist kein Ort, an dem Frauen so etwas tun sollten."

„Nur zu, bestrafe mich." Sie kommt mir näher, während ich mich zurücklehne, um ihr auszuweichen.

Aber ihre Hand ist schnell, als sie mich am Hinterkopf packt und zu sich zieht. Ich bemerke, dass sie erstaunlich stark ist, kurz bevor unsere Lippen kollidieren. Ihre Zunge stößt in meinen Mund und sie bewegt ihren Körper so schnell, dass ich keine Zeit habe, sie aufzuhalten.

Sie reibt ihren Unterleib an mir, während sie mich festhält. Ich bin wütender als je zuvor und stoße sie weg. Sie trifft meine Augen mit einem Lächeln, als sie seufzt. „Ich glaube, ich habe meine Grenzen überschritten, Daddy. Es ist an der Zeit, mir eine Lektion zu erteilen."

Ich packe sie an den Handgelenken, ziehe sie hinter mir her und laufe zum Flur, um sie in einen privaten Raum zu bringen und ihr zu zeigen, mit wem sie sich gerade angelegt hat. Meine Schritte verlangsamen sich, als ich merke, was ich tue.

Ich habe versprochen, das nicht mehr zu tun. Ich habe Isabel versprochen, dass ich damit aufhöre. Dass ich der Mann werde, den sie verdient. „Du hast Glück, Schlampe." Ich lasse ihr Handgelenk los und drehe mich um. Als ich aufblicke, bemerke ich Isabel, die einzige Person, die hier Jeans und T-Shirt trägt. Sie läuft so schnell vor mir weg, wie ihre kleinen Füße sie tragen.

Ich eile ihr nach, aber sie verschwindet hinter der nächsten Ecke. Als ich dorthin gelange, sehe ich sie wegrennen und glaube nicht, dass sie den Mann vor sich sieht. Den Mann, der sie mit einem trockenen Grinsen im Gesicht beobachtet.

Den Mann, der seine Arme ausstreckt und sie packt. Sie sieht zu ihm auf und stellt fest, dass sie Bart Mason in die Arme gelaufen ist. Sie dreht sich um und sieht mich ihr folgen. Sie sagt etwas zu dem Idioten, der ihr den Weg versperrt hat. Dann eilen die beiden davon.

Ich halte fast inne – ich bin schockiert darüber, dass sie mir das antut.

Aber ich kann nicht aufhören. Ich kann nicht zulassen, dass er sie irgendwo hinbringt. Ich weiß, dass er ihr Schaden zufügen wird. Ich weiß es mit jeder Faser meines Wesens.

Ich beeile mich, aber sie halten ihren Vorsprung, rennen aus der Tür und verschwinden in die Nacht. Verzweifelt, zu ihr zu gelangen, renne ich noch schneller.

Ich stoße die Tür des Personaleingangs auf. Nichts ist dahinter. Keine Seele und kein Ton.

Der Wind treibt Blätter durch die Luft. Das Geräusch von Absätzen, die auf den Bürgersteig hämmern, lässt mich um die Seite des Gebäudes herumlaufen, und ich sehe, dass die kleine Schlampe, die mich geküsst hat, gerade geht.

Irgendetwas sagt mir, dass sie zu Mason gehört, und ich folge ihr mit ausreichend Abstand, damit sie keine Ahnung hat, dass ich hier bin. Ich verstecke mich hinter einem Baum, als ein langes schwarzes Auto vor dem Bürgersteig anhält und sie hineinsteigt.

Es ist dieselbe Art von Auto, in dem Bart Mason in der ersten Nacht, als er in meinen Club kam, aufgetaucht ist. Sie muss für ihn arbeiten. Ich wurde von dem verdammten Bastard in die Falle gelockt.

Irgendwie weiß Bart Mason, dass Bel und ich etwas miteinander haben. Ich meine, er hat uns zusammen im Auto gesehen und weiß, dass ich sie beschütze, aber er weiß noch mehr als das. Er weiß, dass sie mir gehört, und es ist ihm egal. Er will sie für sich.

Nun, auf ihn wartet der Kampf seines Lebens. Ich hoffe, er ist bereit.

Ich drehe mich um und gehe direkt in mein Büro, um die Adresse des Mistkerls zu bekommen. All unsere Mitglieder müssen uns eine Adresse geben, die von unserem Sicherheitsteam bestätigt wird.

Es ist eine der Formalitäten, die wir uns ausgedacht haben, nachdem ein Mann in einem privaten Raum eine Sub angegriffen hat, die dorthin geschickt worden war, um auf ihren Dom zu warten. Die Behörden brauchten eine Weile, um ihn aufzuspüren, da die Adresse, die er uns gegeben hatte, falsch war. Also verifizieren wir jetzt jede einzelne Adresse. Und Mr. Mason wird bald Besuch von einem sehr wütenden Mann bekommen ...

25

ISABEL

I ch sitze in Bart Masons Maserati und kann nicht aufhören zu zittern.

Wie konnte Grant mir das antun?

Ich hatte Glück, dass Bart genau im richtigen Moment aufgetaucht ist und ich Grant entkommen bin, bevor er mich umstimmen konnte. Der Mann bringt mich immer völlig durcheinander und benutzt seine Worte und Berührungen, um mich verrückt nach ihm zu machen.

„Also habt ihr beide eine Beziehung?"

Ich drehe meinen Kopf, um Bart anzusehen, und bin nicht sicher, was ich dazu sagen soll. Es ist ein Geheimnis. Aber er muss sich fragen, warum ich ihn gebeten habe, mich verdammt nochmal aus dem Club wegzubringen. Und warum zum Teufel Grant hinter mir her war.

„Nicht wirklich." Das ist alles, was ich sagen kann. Und vielleicht haben wir eigentlich gar keine Beziehung. Vielleicht will Grant mich nur nebenher haben, damit er weiterhin tun kann, was er immer schon getan hat.

Ich weiß nur, dass ich dem Mann nicht vertrauen kann.

„Gut. Ich nehme nicht an, dass man dir erzählt hat, was ich getan habe. Ich meine, du hast noch kein Wort darüber gesagt." Seine Hand verlässt das Lenkrad, streicht über meinen Arm und bleibt auf meiner Schulter liegen.

Ich sehe seine Hand auf mir und bemerke die Kälte, die bis zu meinen Knochen dringt. „Oh, das ist nur deshalb so, weil ich nicht verfügbar bin. Ich weiß nicht, warum Betty dich einen Vertrag machen und Geld auf ein Treuhandkonto für mich einzahlen lassen hat, aber ich werde das morgen regeln, wenn ich wieder arbeite. Ich bin die Sub keines Mannes."

Außer einem Mann und vielleicht bin ich nicht einmal mehr seine Sub.

Nein, nicht vielleicht. Ganz sicher nicht.

Ich musste es mit eigenen Augen sehen, aber jetzt, da ich es gesehen habe, bin ich mit Grant Jamison völlig fertig.

„Nun, vielleicht möchtest du heute Abend mit mir zusammen sein. Wie zwei Leute, die sich kennenlernen. Mein Koch macht ein köstliches Steak. Was sagst du, Bella?" Seine Hand streicht über meine Schulter und dann über meine Wange.

Seine Hände sind so verdammt kalt, dass ich kaum glauben kann, dass seine Zähne nicht klappern. Aber er hat mich einen Namen genannt, der nicht meiner ist. „Ich heiße Isabel, nicht Bella. Bitte nenne mich nicht so." Es ist einfach zu nahe an Bel. So darf mich nur Grant nennen, und ich möchte jetzt nicht an ihn denken.

„Also nicht Bella." Sein kalter Finger streichelt meinen Nacken. „Wie wäre es mit Baby oder Liebling?"

„Wie wäre es mit Isabel?" Ich schiebe sanft seine Hand von mir. „Und ich will nicht von Fremden berührt werden. Ich bin nicht wie die Frauen, die in den Club kommen. Ich bleibe in meinem Büro verschanzt. Ich bin keine typische Sub. Und ich habe auch keinen Sex mit vielen verschiedenen Männern."

„Ist das so?" Er lächelt, als er seine Hand wieder auf das Lenkrad legt. „Also, essen wir ein Steak bei mir?"

Wenn ich zu mir nach Hause gehe, wird Grant mich finden. Ich kann auch nicht in Grants Haus gehen. Ich habe keine Wahl, wenn ich außerhalb von Grants Reichweite bleiben möchte, zumindest bis morgen. Ich weiß, dass ich jetzt nur seine Lügen glauben, ihm noch eine Chance geben und wie eine Idiotin in seine starken Arme zurücksinken würde.

„Okay. Steak klingt gut." Ich bin nicht im Geringsten hungrig. Mein Magen rumort und ich glaube, mir wird schlecht. Aber ich kann nicht zulassen, dass Grant mich findet. Und bei Bart wird er mich nie finden.

„Ein netter Rotwein und ein gutes Essen bei einem prasselnden Feuer klingt gut, nicht wahr, mein Liebling?" Seine Augen wandern über mich, als er an einer Ampel anhält.

Mein Liebling?

„Bart, warum hast du mich ins Visier genommen?"

„Ich weiß es nicht. Ich habe es einfach getan. Du bist bemerkenswert. Dieses Etablissement, in dem du arbeitest, hat dich kein bisschen beschädigt. Du bist der Person treu geblieben, die du wirklich bist. Das ist etwas, das ich bewundere." Er lässt ein Lächeln aufblitzen, das mich ein wenig erschreckt, als ich zum ersten Mal bemerke, dass seine Eckzähne scharfe Spitzen haben.

Ich schnappe leise nach Luft, blinzle und sehe dann, dass seine Zähne überhaupt nicht scharf sind. Gott, was passiert mit mir? Habe ich Wahnvorstellungen?

„Du solltest wissen, dass das nicht meine Entscheidung war. Als wir den Club eröffnet haben, war ich im Gästebereich. Mir wurde gesagt, dass ich nach dieser Nacht in meinem Büro bleiben sollte. Die Eigentümer wollen, dass ich als tabu betrachtet werde." Ich rutsche auf meinem Sitz herum, als ich anfange, das Gewicht seines Blickes zu spüren.

„Die Eigentümer oder nur einer von ihnen?" Er fährt so schnell an der Ampel weiter, dass mein Kopf gegen die Nackenstütze gedrückt wird.

Das macht mir keine Angst. Grant fährt die ganze Zeit so. Was mir Angst macht, ist Barts Kenntnis darüber, dass Grant und ich etwas miteinander haben, obwohl ich es abgestritten habe. „Nein, alle wollten das. Sie haben es verlangt. Wenn sie nicht gewesen wären, weiß ich nicht, was für Dinge ich getan hätte." Es ist eine Lüge, aber er muss nicht die Wahrheit wissen.

Seine Geschwindigkeit erscheint unwirklich, als wir an Autos vorbeirasen und alles, was ich sehen kann, eine Lichterkette ist, während wir den Highway hinunterfahren. Schneller und schneller werden wir, und mein Körper spürt eine Trägheit, die mich auf dem Sitz erfasst. Ich versuche, etwas zu sagen. Ich versuche, ihm zu sagen, dass er verdammt nochmal langsamer fahren soll, aber mein Mund ist so fest geschlossen, dass ich kein einziges Wort sagen kann.

Und dann halten wir an. Ich merke, dass ich nicht mehr atme und schnappe nach Luft.

Sein Grinsen ist seltsam unheimlich, als er mich ansieht. „Wir sind zu Hause."

Meine Tür wird von jemandem geöffnet, und ich drehe mich um und stelle fest, dass es eine große, wunderschöne Frau ist. „Willkommen in der Mason-Festung, Miss Sanchez."

Ich mustere die Frau und versuche herauszufinden, woher sie meinen Namen kennt. Sie trägt eine Dienstmädchenuniform. Typisches kurzes schwarzes Kleid, weiße Schürze und hochhackige schwarze Pumps. Ihr blondes Haar ist auf ihrem Kopf hochgesteckt und wird von einem kleinen Dienstmädchenhut gekrönt. „Und woher kennen Sie meinen Namen, wenn ich fragen darf?" Ich nehme ihre ausgestreckte Hand und erlaube ihr, mir aus dem tiefliegenden Auto zu helfen.

„Der Meister hat uns gesagt, dass wir Sie erwarten sollen. Bitte kommen Sie mit. Ich bereite Sie für das Abendessen mit dem Meister vor." Sie nimmt mich am Arm, sanft, aber bestimmt, damit ich mit ihr gehe.

Ich schaue über meine Schulter und sehe Bart nirgendwo.

Für einen Mann, der neu in der BDSM-Unterwelt ist, führt er das Leben eines eingefleischten Anhängers dieses Lebensstils.

Die Festung passt perfekt dazu. Ich kann nicht glauben, dass ich noch nie von ihr gehört habe. Sie ist riesig, das kann ich sogar in der Dunkelheit der Nacht sehen. Dunkle Steinwände sind so hoch, wie ich vom Boden aus sehen kann. Die Flügeltüren öffnen sich scheinbar ohne fremde Hilfe, als ob die Festung selbst mich in ihre Mauern einlädt.

Das Dienstmädchen führt mich durch das Schloss, bis ich hoffnungslos verwirrt bin – ich würde mich auf jeden Fall verlaufen, wenn ich wieder herauskommen müsste. Sie öffnet eine kunstvoll geschnitzte Holztür, die alt aussieht, und dreht sich zu mir um. „Ihre Kleidung wurde auf Ihr Bett gelegt. Ziehen Sie sich an. Jemand wird bald hier sein, um Sie abzuholen. Es gibt im Raum alles, was Sie brauchen. Fühlen Sie sich wie zu Hause, Miss Sanchez. Es ist mir eine Freude, Ihnen zu dienen." Mit einer tiefen Verbeugung schiebt sie mich leicht an und ich werde in den Raum gedrängt.

Ich schließe die Tür hinter mir, höre ein Klicken und meine Nerven sind zum Zerreißen gespannt, als ich feststelle, dass die Tür verschlossen ist. Ich renne zum Fenster und sehe, dass ich ganz oben im Schloss bin, obwohl wir keine einzige Treppe genommen haben.

Als ich mich umdrehe, finde ich an der Wand Lampen, die den Raum in ein schwaches Licht tauchen, das wenig tut, als den Ort noch beängstigender erscheinen zu lassen. Ich sehe, dass Kleidung auf dem Bett liegt.

Das Kleid ist lang und wird mir bis zu den Knöcheln reichen. Außerdem ist es durchsichtig. Ein weißes Höschen und ein passender BH sind offenbar alles, was ich darunter tragen soll.

Zitternd streife ich Jeans und T-Shirt ab, um mich umzuziehen. Irgendetwas sagt mir, dass ich alles mitmachen sollte. Wenn ich mich nicht wehre, wird Bart mich vielleicht nicht dazu zwingen, etwas zu tun, das ich nicht will.

Vielleicht.

Gerade als ich das Kleid über meinen Kopf ziehe, öffnet sich die Tür. Eine andere große, wunderschöne Frau steht dort. Sie ist kein Dienstmädchen, denn sie trägt ein eng anliegendes goldenes Kleid, das bis zum Boden reicht. Ich kann ihre Füße nicht sehen, aber sie muss wirklich hohe Absätze anhaben, da sie unglaublich groß ist.

Ein Wort ist alles, was ich bekomme: „Komm."

„Ähm, es gab keine Schuhe, die ich anziehen konnte." Ich sehe mich um, ob ich sie übersehen habe.

„Komm jetzt." Ihr langer Finger bewegt sich langsam und fordert mich auf, mit ihr zu kommen.

„Okay, dann gehe ich barfuß." Ich laufe über den kalten Boden und fühle, wie er in meine Knochen sinkt.

„Folge mir", sagt sie, als sie sich umdreht, um wegzugehen.

Natürlich tue ich, was sie sagt. Ich bin an diesem Ort verloren. Es würde mir nur schaden, wenn ich versuche wegzulaufen. Außerdem habe ich keine Ahnung, wo ich bin.

Ich weiß, dass ich Angst haben sollte. Ich weiß das und trotzdem bin ich ruhig. Es ist die Art von Ruhe, die unheimlich sein sollte, aber ich kann nicht einmal dieses Gefühl heraufbeschwören. Wenn ich es nicht besser wüsste, würde ich denken, dass es Bart gelungen war, mir etwas zu verabreichen, aber er hat mir nichts zu essen oder zu trinken gegeben. Ich habe keine Ahnung, wie ich plötzlich so ruhig sein kann.

Ein anderes Labyrinth führt mich in ein Zimmer, wo ich in einem riesigen Steinkamin ein wütendes Feuer sehe. Ein langer Tisch steht in der Mitte des Raumes, der nur von dem Feuer beleuchtet wird. Die schweren Holzmöbel sind in orangefarbenes Licht getaucht. Und plötzlich bin ich ganz alleine in dem großen Speisesaal.

Ich gehe zum Tisch und sehe, dass zwei Gläser mit Rotwein gefüllt sind. Zwei Plätze sind gedeckt. Einer am Ende des Tisches und einer direkt rechts davon.

Ich wette, Bart will am Kopfende sitzen, also nehme ich den anderen Platz. Der Wein zieht meine Aufmerksamkeit auf sich. Er ist so dunkel, dass er fast schwarz ist. Als ich mich umsehe, frage ich mich, ob Bart sauer wäre, wenn ich einen kleinen Schluck trinke, bevor er hier ist.

Als ich niemanden sehe und niemanden kommen höre, nehme ich das Glas und lege es an meine Lippen. Nur ein kleiner Schluck, nicht mehr.

Die lauwarme Flüssigkeit berührt meine Lippen und bewegt sich durch sie, dann über meine Zunge. Ein salziger, süßer Geschmack verleitet mich dazu, mehr als einen Schluck zu nehmen. Es ist wie Ambrosia für mich. Etwas, von dem ich nie wusste, dass ich es wollte, aber jetzt fühle ich einen tiefen Hunger danach in mir wachsen. Ohne es zu wollen, trinke ich das ganze Glas leer, stelle es ab und wische mir mit dem Handrücken über den Mund, während ich auf das Glas blicke und mir wünsche, es wäre wieder voll.

„Da ist ja mein Liebling."

„Ich bin hier." Als ich mich zu Bart umdrehe, sehe ich ihm zu, wie er in den Raum kommt, als würde er ein paar Zentimeter über dem Boden schweben, anstatt darauf zu laufen. Ein langer schwarzer Umhang fließt hinter ihm her, als er sich auf mich zubewegt.

Seine Augen wandern zu dem leeren Weinglas und dann zu mir, als er sich auf den Stuhl am Kopfende des Tisches setzt. „Hat es dir geschmeckt?"

Ich nicke, als ich in seine Augen blicke. Sie sind dunkel wie die Nacht und ein Feuer lodert in ihnen. Ich weiß nicht, ob sich das Feuer im Kamin darin spiegelt oder ob seine Augen wirklich brennen, aber irgendwie ist es wunderschön. „Ich liebe es. Was ist es und wo kann ich einen lebenslangen Vorrat davon bekommen?"

Seine langen Finger trommeln auf den Tisch und erregen meine Aufmerksamkeit. Ich sehe, dass seine Nägel lang, spitz und schwarz lackiert sind.

Seltsam, dass mir das nicht schon früher aufgefallen ist.

„Nur ich kann dir dieses Getränk geben, mein Liebling. Aber ich gebe dir alles, was du willst. Keine Sorge." Er legt seine Hand über mein leeres Glas und mir klappt die Kinnlade herunter, als es sich wieder füllt.

Zuerst bin ich fasziniert, dann begreife ich es. „Magie?"

„So ähnlich." Als er seine Hand von dem Glas nimmt, sehne ich mich danach, mehr von seinem verlockenden Inhalt zu trinken. Aber ich beherrsche mich und warte darauf, dass er einen Schluck nimmt.

Ich sehe zu, wie sich seine große Hand um sein Weinglas legt und er es an seine Lippen zieht, aber er nippt nur daran. Die rote, dicke Flüssigkeit klebt an seinen Lippen und er leckt sie mit seiner Zunge ab.

Ich beiße mir auf die Unterlippe und sehne mich danach, den

Wein von seinen Lippen zu lecken. Ich verzehre mich nach dem Wein, der seine Zunge bedeckt.

Ich will ihn. Ich will ihn. Ich will ihn.

Meine Augen liegen fest auf seinen Lippen, bis jemand hereinkommt und meine Aufmerksamkeit auf sich zieht. „Ah, das Abendessen," sagt Bart, während uns eine weitere große, schöne Frau ein Tablett bringt. Zwei Silberhauben bedecken die Teller, die sie vor uns stellt. Erst vor Bart, dann vor mich.

Wortlos geht sie und ich lächle Bart an. „Stellst du nur wunderschöne, überdurchschnittlich große Frauen ein?"

„Einstellen?" Er zieht die Silberhaube von seinem Teller und stellt sie daneben. „Ich bezahle sie nicht. Sie kümmern sich um mich, weil sie es wollen."

Verblüfft frage ich: „Wenn dich hier so viele Frauen bedienen, warum bist du dem Dungeon of Decorum beigetreten?"

Er ergreift ein scharfes Messer mit einem geschnitzten Knochengriff und nickt in Richtung meines Tellers. „Willst du nicht nachsehen, ob dein Steak nach deinem Geschmack gebraten wurde?"

Ich kann sehen, dass er meiner Frage ausweicht, und nehme die Silberhaube ab. Das Steak ist roh und umgeben von Blut in dessen Mitte sich außerdem schneeweißes Kartoffelpüree befindet. Es sieht mehr als unheimlich aus. „Gebraten? Ich würde das nicht gebraten nennen."

Er schneidet ein Stück seines Steaks ab und hält es mir hin. „Probiere das."

Ein Bluttropfen löst sich und landet auf meinem Teller. Ich will es nicht wirklich in den Mund nehmen, aber er beugt sich nach vorne und sieht mir in die Augen, während er meine Lippen mit dem warmen Fleisch berührt.

Mein Mund öffnet sich und er legt es auf meine Zunge. Sofort schmilzt es in meinem Mund und ich stöhne, weil es sich so gut anfühlt. „Oh, du hast recht, Bart."

Ich ergreife meine Gabel und mein Messer und verschlinge mein Steak, als hätte ich zwei Wochen nichts gegessen. Selbst das Kartoffelpüree schmeckt umhüllt von dem Blut absolut köstlich. Innerhalb von Minuten ist mein Teller leer und ich beäuge das volle Glas Wein. Ich warte, bis Bart seine Mahlzeit beendet hat, dann nehme ich das Glas und leere es genauso wie das erste.

Seine Augen funkeln. „Dein Appetit ist so groß wie meiner." Er trinkt sein Glas leer, erhebt sich und bietet mir seinen Arm an. „Komm, lass uns spazieren gehen."

Während ich aufstehe, bemerke ich, wie er meinen fast nackten Körper betrachtet. Er holt scharf Luft, als ich seinen Arm ergreife. „Ist das hier dein reguläres Zuhause, Bart?"

„Ja, das ist es, mein Liebling." Er geht neben mir her und anders als zuvor berühren seine Füße dieses Mal den Boden.

„Bist du ein Magier?" Ich muss es fragen, denn so viele Dinge an ihm und diesem Ort scheinen unwirklich zu sein, und es ist der einzige logische Grund dafür, der mir einfällt.

„Nein, ich bin kein Magier." Er hält inne und dreht mich um. Ich stelle fest, dass wir auf einem Balkon sind und der Wind um uns herumweht.

„Wie machst du das?" Ich sehe den Nachthimmel, aber keinen Mond, obwohl ich sicher bin, dass vorhin noch ein Vollmond am Himmel stand. „Bart, wo sind wir?"

„Du bist zu Hause, Isabel. Endlich bist du zu Hause, wo du immer hingehört hast." Er lächelt und ich sehe wieder seine scharfen Fangzähne. Dieses Mal läuft mir ein eiskalter, dunkler Schauer über den Rücken und erreicht schließlich meine Seele.

„Bart, ich gehöre Grant. Du musst mich zurückbringen." Ich mache einen Schritt zurück ins Nichts und beginne zu fallen. Die dunklen Steine des Schlosses rauschen an mir vorbei.

Ich schreie und weiß voller Entsetzen, dass mein Ende nah ist, aber ein paar Zentimeter über dem Boden wird mein freier Fall gestoppt und ich schwebe wieder nach oben. Als ich aufschaue, steht Bart immer noch auf dem Balkon und beobachtet, wie ich zu ihm zurückgebracht werde.

Er umfasst meine Hände und zieht mich an sich. „Wem gehörst du, mein Liebling?"

Die Worte stecken in meiner Kehle, während ich mich bemühe

zu sagen, dass ich Grant gehöre. Nichts kommt heraus und ich umklammere meine Kehle, als würde ich ersticken. Bis ich das denke, was Bart wohl hören will.

Plötzlich ist der Druck weg. Ich huste und flüstere die Worte, die er zu hören verlangt. „Dir, Meister. Ich gehöre dir."

Seine langen Finger streichen über meine Arme, während er lächelt. „Ja, das tust du, Isabel. Du gehörst mir. Nur mir. Und das ist jetzt dein Zuhause. Dein einziges Zuhause."

Er muss mit mir spielen. „Kann ich es verlassen, um zur Arbeit zu gehen?"

Bei seinem langsamen Kopfschütteln weiß ich, dass ich in Schwierigkeiten stecke. Grant hatte recht. Dieser Typ ist böse und ich habe einen schrecklichen Fehler gemacht.

26

GRANT

Als ich vor der 1515 Sparrow Lane parke, sehe ich das lange schwarze Auto, das Bart gehört, in der Einfahrt eines bescheidenen Hauses. Nicht das, was man von einem Mann erwarten würde, der Milliarden besitzt. Es ist zwei Uhr morgens und im Haus ist es dunkel.

Ich steige aus dem Auto und gehe zur Haustür, halte aber inne, als ich etwas von der Seite des Hauses zu mir rennen höre. Ich schaue hinüber und stelle fest, dass es ein Schäferhund ist, dessen Blick auf mich gerichtet ist.

„Es ist okay, Junge." Ich strecke langsam meine Hände aus, um ihm zu zeigen, dass ich ihm nichts tue. Aber er rast auf mich zu und ich weiß, dass ich besser verschwinden sollte.

Ich drehe mich um, renne zu meinem Auto und erreiche es gerade noch rechtzeitig, um den scharfen Zähnen des großen Tieres zu entgehen. Es ist merkwürdig, dass er kein einziges Mal bellt, während seine Augen an mir kleben.

Ich schaue auf den Beifahrersitz, wo Bel ihre Handtasche und ihr Handy gelassen hat, als wir in den Club gegangen sind, und wünschte mir, ich könnte sie anrufen und sicherstellen, dass es ihr gutgeht.

Ich weiß, dass sie sauer auf mich ist wegen dem, was sie gesehen hat. Wer wäre das nicht?

Aber ausgerechnet mit diesem Mann mitzugehen ... ich verstehe es nicht.

Aus dem Augenwinkel sehe ich ein glühendes grünes Licht hinter dem Haus und der Hund verlässt mein Auto, um es zu überprüfen.

Ist das meine Chance, zur Haustür zu kommen?

Aber es ist nicht der Hund, der mich dieses Mal aufhält. Stattdessen bleibe ich stehen, als ein Blitz aus dem grünen Licht in das Haus einschlägt und es in Flammen aufgehen lässt. In fassungsloser Stille beobachte ich, wie das Haus ein riesiger Feuerball wird.

Ist sie da drin?

Nachbarn beginnen, nach draußen zu kommen, da der Lärm der Explosion viele von ihnen aufgeweckt hat. Eine ältere Dame klopft an mein Fenster, also lasse ich es herunter. „Ein Blitz hat das Haus getroffen. Wissen Sie zufällig, ob jemand da drin ist?" Mein Herz sagt mir, dass Bel nicht im Haus ist. Ich weiß, dass sie es nicht sein kann. Ich würde es fühlen, wenn es so wäre.

„Ich sah ein Auto herfahren, aber der Mann, der am Steuer saß, ist in seinen Privatwagen umgestiegen und gegangen. Niemand sonst ist aus dem Auto gestiegen, also glaube ich nicht, dass jemand zu Hause ist." Sie rückt ihre schwarze lockige Perücke gerade, als der Hund auf mich zu gerannt kommt. „Jasper, benimm dich."

„Kennen Sie den Hund?", frage ich, als er zu ihr kommt und sich zu ihren Füßen setzt.

„Ja, das arme Ding ist die ganze Zeit allein hier. Ich habe den Mann, der das Haus besitzt, nur einmal gesehen, als er es gekauft hat." Sie streichelt den Kopf des Hundes. „Nun, Junge, es sieht so aus, als würdest du mit mir nach Hause gehen, bis dein Besitzer auftaucht, um zu sehen, was mit seinem Haus passiert ist."

Ich bemerke, dass der Hund bei ihr brav ist, aber mich stets im Auge behält. Ich bin sicher, dass ich Hundefutter wäre, wenn ich versuchen würde, aus meinem Auto zu steigen. „Wie lange wohnt der Mann schon hier?"

„Oh, nicht lange. Ungefähr eine Woche. Und er hat noch nichts von seinen Sachen in das Haus gebracht, was irgendwie seltsam ist, finden Sie nicht?" Sie winkt einem anderen Nachbarn zu und ruft: „Es ist vom Blitz getroffen worden, hat dieser Herr mir gesagt. Hat jemand die Feuerwehr gerufen?"

„Ja, ich", ruft ein alter Mann zu ihr zurück.

Erst dann bemerke ich, dass jeder, der hier lebt, schon älter ist. Warum sollte er in dieser Gegend ein Haus kaufen? Und warum hat er seine Sachen noch nicht hergebracht?

Nichts passt zusammen und ich werde noch nervöser als bei meiner Ankunft. „Ich werde jetzt besser gehen. Bye." Ich rolle das Fenster hoch, fahre langsam weg und verlasse den einzigen Ort, von dem ich dachte, dass ich Bart Mason dort finden würde.

Ich bin völlig durcheinander, als ich ziellos herumfahre, bis ich zu meinem Elternhaus komme. Niemand ist hier. Sie sind alle gegangen, und ich steige aus dem Wagen und gehe hinein.

Es ist dunkel und der Geruch von italienischem Essen hängt immer noch in der Luft. Ich gehe zur Couch und lasse mich darauf fallen. Ich lege einen Arm über meine Augen und bekämpfe den Drang zu weinen.

Alles geht zur Hölle und ich fühle mich hilflos, es aufzuhalten. Es ist wie eine Achterbahn, aus der ich einfach nur aussteigen will.

Nur wenige Stunden zuvor hatte ich Spaß mit meiner Familie, und Isabel und ich waren auf dem Weg zu einer gemeinsamen Zukunft. Und jetzt bin ich allein und habe Angst davor, was dieser Mann ihr antun wird.

„Bitte lass sie einfach irgendwo in einem Hotel sein."

Ich war bei ihr zu Hause und natürlich war sie nicht dort. Ich war auch bei mir zu Hause, um zu sehen, ob sie dorthin gegangen ist, um ihre Sachen zu holen, aber sie hat es nicht getan. Sie hat überhaupt nichts mitgenommen. Nur die Kleider, die sie trägt. Kein Geld, keine Bankkarten, nichts. Sie ist seiner Gnade ausgeliefert und ich weiß, dass er keine hat.

Bart Mason hat Isabel gewollt, seit er sie zum ersten Mal gesehen hat. Und jetzt hat er sie. Allein.

Es ist alles so verdächtig. Er kauft ein Haus in der Stadt, in dem er vorgibt zu leben, obwohl er es offensichtlich nicht tut. Und es scheint, als wäre er direkt nach dem Kauf des Hauses in den Club gekommen. Wusste er von unserer Regel, die Adressen unserer Mitglieder zu überprüfen? Wusste er, dass er diese Prüfung bestehen musste, um Zugang zu unserem Club zu erhalten? Oder war er die ganze Zeit nur in unserem Club, um zu Isabel zu gelangen?

Hat er ihr Gesicht auf unserer Website gesehen und sich in sie verliebt?

Es gibt ein Bild von ihr auf der Willkommensseite. Kann er es gesehen und die Entscheidung getroffen haben, sie zu verfolgen?

Alles passt zu perfekt zusammen. Er hat sichergestellt, dass es so gekommen ist. Das weiß ich jetzt.

Ich weiß, dass er diese Frau geschickt hat, um mich zu küssen und zu ködern. Ich weiß, er hat dafür gesorgt, dass Bel es sehen würde, und er hat sich auf ihrem Weg nach draußen positioniert, um ihr zu helfen, von mir wegzukommen.

Und ich weiß, dass das völlig paranoid klingt, aber das ist mir egal.

Das Geräusch knarrender Schritte lässt mich meine Augen öffnen. „Mom?"

Ich setze mich auf und drehe mich um, um in die Richtung zu schauen, aus der das Geräusch kam, sehe jedoch nichts. Aber die Luft ist eiskalt geworden und ich kann meinen Atem sehen, wenn ich ausatme.

Sie ist hier, ich weiß es. „Mom, ich brauche deine Hilfe. Du willst, dass ich Dad helfe, und ich will, dass du Isabel hilfst, der Frau, die du hier mit mir gesehen hast. Ich habe den Verdacht, dass der Mann, der sie mir genommen hat, nicht von dieser Welt ist. Ich habe das Gefühl, dass nur du ihr helfen kannst, Mom. Sie ist bei einem großen Mann mit dunklen Haaren und Augen. Ich weiß nicht, wo er sie hinge-bracht hat, aber ich fürchte, es ist ein Ort, den sie nicht verlassen kann."

Ein Licht flackert in der Küche und ich stehe auf und gehe hinein. Es ist dunkel hier und ich kann nichts sehen, höre aber etwas Schweres auf den hölzernen Esstisch fallen. Ich drücke den Licht-

schalter und sehe, dass es die Zuckerdose war, die auf der Arbeits-
platte stand. Jetzt liegt sie auf der Seite und der Zucker ist
ausgelaufen.

Ich gehe hinüber, um mir das Chaos anzusehen, und stelle fest,
dass etwas im Zucker steht. *Böse.*

Meine Knie knicken ein bei der Erkenntnis, dass Mom weiß, wer
Bel hat. Ich ziehe einen Stuhl hervor und setze mich, bevor ich
umfalle. „Ich weiß, Mom. Kannst du zu ihr gelangen und ihr dabei
helfen, von ihm wegzukommen?"

Die Hintertür öffnet sich und knallt zu, und die Kälte verlässt die
Luft. Ich bin schockiert. Ich kann nichts fühlen.

Alles, was ich tun kann, ist zu hoffen, dass der Geist meiner
Mutter dieses Haus verlassen hat, um meiner Isabel zu helfen. Und
wenn sie zu mir zurückkommt, werde ich sie heiraten. Zur Hölle mit
all der anderen Scheiße, die ich gedacht habe.

Wenn ich sicherstellen will, dass sie respektiert wird und nicht
unter meiner wilden Vergangenheit leidet, muss ich die Frau heiraten. Was ist respektabler als das?

Meine Augen sind wieder auf das in den Zucker geschriebene
Wort gerichtet, und ich lasse meinen Kopf in meine Hände fallen
und weine. Ich kann nicht anders. Ich kann es nicht mehr aushalten.

Wenn ich sie verliere ...

„Nein, denke nicht einmal daran, Grant Jamison. Du wirst sie
nicht verlieren. Mom wird sie finden und in Sicherheit bringen. Du
musst daran glauben. Du darfst die Hoffnung nicht verlieren." Und
während ich diese Worte zu mir selbst sage, denke ich darüber nach,
was ich noch tun muss.

Ich muss nach Hause, nur für den Fall, dass sie zurückkommt. Ich
muss schlafen, weil ich morgen viel zu tun habe. Zum Beispiel die
Leiche meiner Mutter aus ihrem Grab in die Hände von Menschen
geben, die uns sagen können, was zur Hölle passiert ist und ob eine
andere Person diese tödliche Wunde an ihrem Handgelenk hätte
verursachen können. Und ich muss zu meinem Vater gehen und mit
ihm reden.

· · ·

ZWITSCHERNDE VÖGEL WECKEN MICH AUF, als die ersten Lichtstrahlen durch mein Fenster strömen. Ich habe es letzte Nacht offen gelassen. Ich kann nicht erklären, warum – ich hatte einfach das Gefühl, dass es so sein musste. Damit Bel vielleicht ins Haus kommt oder so. Albern, ich weiß.

Ich dusche schnell und ziehe Jeans, ein T-Shirt und meine Laufschuhe an. Vor mir liegt ein höllisch anstrengender Tag. Mit meinem BMW mache ich mich auf den Weg zu meinem ersten Halt. Einem Café. Ich brauche dringen Koffein, um klar denken zu können.

Ein Blaubeermuffin hilft auch, also bestelle ich einen und gehe dann zum Club. Es ist mir in den Sinn gekommen, dass ich Barts Telefonnummer hätte aufschreiben sollen. Ich werde ihn anrufen und ihm mitteilen, dass ich zur Polizei gehe, wenn ich bis heute Mittag nichts von Isabel gehört habe.

Das sollte ihn dazu bringen, das Richtige zu tun. Aber ich rechne nicht wirklich damit, das muss ich zugeben.

Der Club ist völlig leer, als ich ihn betrete und in mein Büro gehe. Während ich darauf warte, dass mein Computer hochfährt, nippe ich an meinem Kaffee und esse den Muffin.

Sobald er läuft, gehe ich in den Mitgliederbereich und finde Bart Masons Datei. Ich drucke sein Profilbild aus, damit ich es den Cops geben kann, wenn er nicht tut, was ich sage. Dann speichere ich seine Telefonnummer in meinem Handy und mache den Computer aus, bevor ich gehe.

Auf dem Weg zu meinem Auto rufe ich ihn an. „Diese Nummer ist nicht mehr in Betrieb", sagt mir eine Roboterstimme.

„Scheiße!"

Ich werde schneller, steige in mein Auto und fahre direkt zur Polizeiwache. Jetzt weiß ich, dass etwas nicht stimmt. Mit dem zerstörten Haus und dem deaktivierten Telefon, zusammen mit Isabels Tasche und Handy und ihrem Verschwinden denke ich, dass ich genug habe, um Anzeige zu erstatten.

Ich fahre auf den Parkplatz, steige aus und mache große Schritte in Richtung des Gebäudes, um diese Anzeige so schnell wie möglich zu erstatten. Sobald ich eintrete, sehe ich hinter einer Glasscheibe eine Frau in Uniform.

Sie öffnet sie, als ich auf sie zugehe, und lächelt mich an. „Was kann ich für Sie tun, Sir?"

„Ich möchte Anzeige erstatten. Jemand wurde entführt." Ich merke, dass ich zittere und sie kann es auch sehen.

Ich höre ein summendes Geräusch, dann sagt sie: „Kommen Sie nach hinten, Sir. Ich werde einen unserer Detectives holen, damit er Ihnen weiterhilft."

Endlich habe ich das Gefühl, dass ich vorankomme. Den Geist meiner Mutter um Hilfe zu bitten, fühlt sich einfach nicht ausreichend an.

Die Frau führt mich durch einen Flur in ein kleines Zimmer. „Danke für Ihre Hilfe. Ich fange schon an, den Verstand deswegen zu verlieren."

„Setzen Sie sich." Sie geht zu einem kleinen Kühlschrank, holt eine Flasche Wasser heraus und gibt sie mir. „Ich bin sicher, Detective Jones kann Ihnen helfen."

Sie verlässt mich. Ich trinke die Flasche Wasser halb leer und versuche, meinen Körper vom Zittern abzuhalten. Ich hatte noch nie so viel Angst in meinem ganzen Leben. Ich darf sie nicht verlieren.

Ein kleiner Mann mit ergrautem Haar kommt in den Raum. Er trägt einen gelben Notizblock. „Guten Morgen. Sie sind früh dran, nicht wahr? Brauchen Sie einen Kaffee?"

„Nein, ich brauche nur Ihre Hilfe. Meine Freundin wird vermisst. Ich weiß, wer sie hat. Er hat sie letzte Nacht mitgenommen ..."

Er hält eine Hand hoch und stoppt mich. „Warten Sie. Okay. Das Wichtigste zuerst. Ihr Name?"

„Grant Jamison."

„Und der Name der vermissten Person?"

„Isabel Sanchez."

„Und wer hat sie Ihrer Meinung nach gegen ihren Willen mitgenommen?"

„Bart Mason." Ich ziehe sein Foto aus meiner Tasche, falte es auseinander und lege es auf seinen Schreibtisch. „Dieser Mann hier."

Er sieht sich das Bild an und blickt dann zu mir. „Und was lässt Sie denken, dass sie gegen ihren Willen mitgenommen wurde?"

„Nun, das ist der heikle Teil. Sie ist tatsächlich aus eigenem Antrieb mit ihm gegangen. Sie war sauer auf mich und er war zufällig die erste Person, der sie begegnete." Ich lege meine Hände auf den Schreibtisch, als ich sehe, dass er denkt, dass ich ein eifersüchtiger Freund bin, der eine Falschanzeige erstattet. „Hören Sie, Sir. Ich weiß, wie das klingt. Wirklich. Aber dieser Typ ist seit einer Woche hinter ihr her. Und es passieren Dinge, die nicht sein sollten. Zum Beispiel ist sein Haus letzte Nacht niedergebrannt und ich habe herausgefunden, dass er überhaupt nicht darin gewohnt hat."

„Und wie haben Sie das herausgefunden?" Er macht sich jede Menge Notizen. „Haben Sie zufällig die Adresse?"

„1515 Sparrow Lane. Und ich war dort, als es passierte. Ich war dort, um nach Isabel zu suchen. Ein Blitz traf das Haus, aber da war dieses seltsame grüne Leuchten. Und da war dieser Hund, den er dort hatte. Ein Schäferhund. Wie auch immer, eine alte Frau kam zusammen mit vielen anderen älteren Leuten heraus, um zu sehen, was vor sich ging, und sie erzählte mir, dass er das Haus erst vor einer Woche gekauft hat und es leerzustehen scheint. Er hat nur einen Fahrer. Das Auto, in dem er ihn herumfährt, wird gelegentlich dort geparkt ..."

Ich rede so schnell, dass er seine Hand wieder hochhalten muss. „Langsam, Mr. Jamison. Okay, also ist das Haus abgebrannt. Lassen Sie mich schnell bei der Feuerwehr anrufen, um zu erfahren, ob es Leichen im Haus gibt." Er nimmt den Telefonhörer auf seinem Schreibtisch ab. Er hat ein Telefon im alten Stil, von dem ich keine Ahnung hatte, dass es noch jemand benutzt. „Ja, ich rufe wegen eines Hausbrandes an, der sich letzte Nacht ereignet hat. 1515 Sparrow Lane. Wissen Sie zufällig, ob jemand im Haus gefunden wurde?"

Er nickt, während er zuhört. Dann legte er den Hörer auf. Erwartungsvoll sehe ich ihn an. „Nun?"

„Niemand wurde gefunden. Das Haus war völlig leer." Er schaut zu mir hoch, nachdem er das aufgeschrieben hat. „Haben Sie zufällig eine Telefonnummer von Isabel und Mr. Mason?"

„Isabel hat ihr Handy nicht bei sich. Ihre Handtasche mit ihrem Handy ist immer noch in meinem Auto. Und ich habe seine Nummer, aber sie ist nicht mehr gültig." Ich ziehe mein Handy heraus, zeige ihm die Nummer und rufe sie an, damit er es selbst hören kann.

Er nickt wieder und macht sich Notizen. „Ich weiß, dass Sie es wahrscheinlich schon getan haben, aber ich muss fragen. Waren Sie in ihrem Haus, um nachzusehen, ob sie dort ist?"

„Ja, und sie war nicht dort. Alles, was sie dabeihat, sind die Kleider, die sie trägt. Sonst nichts. Ich finde es extrem merkwürdig, dass das Telefon des Mannes abgeschaltet wurde und sein Haus leerstand und jetzt niedergebrannt ist. Sie nicht?" Ich lehne mich zurück und hoffe, dass er es auch seltsam findet.

„Nun, wir haben ein kleines Problem, Mr. Jamison. Sie wird noch nicht lange genug vermisst, um eine offizielle Untersuchung einzuleiten. Wahrscheinlich wird sie sich beruhigen und heute oder morgen wieder nach Hause kommen. Wir müssen ihr eine Chance geben, das zu tun."

Fuck!

Ich wusste es. Ich wusste, dass mir niemand helfen würde. Scheiße!

„Sie erwarten also, dass ich Geduld habe und warte? Das kann ich nicht." Ich stehe auf und gehe durch den winzigen Raum. „Es gibt noch etwas, das Sie wissen sollten. Der Mann steht auf BDSM."

Mit einem Grinsen sagt er: „Das ist kein Verbrechen, Mr. Jamison."

„Das weiß ich. Ich meine nur, dass ich fürchte, dass er sie verletzen wird. Er wollte sie zu seiner Sub machen und sie hat abgelehnt. Ich fürchte, er hat die ganze Sache inszeniert, die sie direkt in seine bösen Arme geführt hat." Ich verstumme und schiebe mir die Hände durch die Haare, während ich mich völlig entnervt fühle.

„Böse?" Das Lächeln des Mannes dient nur dazu, mich wütend zu machen. „Ein bisschen nah an Halloween, oder? Vielleicht ist Ihre Fantasie mit Ihnen durchgegangen. Vielleicht wollte Ihre Freundin einfach von Ihnen wegkommen. Schon mal daran gedacht? Vielleicht wollte sie das Angebot des Mannes annehmen. Und soweit ich mich mit diesem Lebensstil auskenne, wird der Mann ihr alles geben, was sie braucht. Sie braucht weder Kleidung noch Geld oder ihr Handy."

„So ist es nicht." Und während ich das sage, merke ich, dass ich wertvolle Zeit verschwende. „Ich muss gehen. Ich werde in ein oder zwei Tagen zurückkommen."

„Lassen Sie uns zwei Tage abwarten." Er legt seine Notizen weg und steht auf, um mich zur Tür zu begleiten. „Und machen Sie sich keine Sorgen. Ich bin mir sicher, dass der Mann die SSC-Regeln beachtet, denen die Leute folgen, die BDSM praktizieren."

Ich bin fertig damit, dem Mann etwas zu erklären. Er kann nichts tun. Das begreife ich jetzt. „Hoffentlich werden Sie mich in zwei Tagen nicht wiedersehen, Detective Jones."

„Hoffentlich, Mr. Jamison. Versuchen Sie, einen schönen Tag zu haben." Er öffnet die Tür, um mich rauszulassen, und ich beeile mich, in mein Auto zu steigen.

Jetzt muss ich zur Gerichtsmedizin, um dafür zu sorgen, dass die Leiche meiner Mutter exhumiert wird.

27

GRANT

inen Tag später

Ich sitze im Besucherbereich des Gefängnisses, in dem mein Vater seine Strafe verbüßt, und warte darauf, dass er kommt. Ich habe keine Ahnung, wie er das aufnehmen wird, was ich ihm zu sagen habe. Ich habe keine Ahnung, ob es ihn überhaupt verändern wird. Aber ich muss es versuchen. Ich habe schließlich Versprechungen gemacht.

Ich sehe orangefarbene Häftlingskleidung, als die Tür aufgeht und mein Vater hereinschlurft, um mich zu treffen. Mein Herz schlägt hart in meiner Brust, als ich zu ihm eile und meine Arme um ihn lege. „Dad, ich liebe dich. Ich habe dich so sehr vermisst."

Ein Kloß hat sich in meiner Kehle gebildet und eine Träne rinnt über meine Wange.

Ich lasse ihn los und wir gingen zu dem Picknicktisch, an dem ich gewartet habe. Der Wärter hält sich zurück und gibt uns etwas Privatsphäre. Ich lehne meine Unterarme auf den Tisch und halte meine Hände umklammert, während er mich ansieht. „Dad, Mom hat mit mir kommuniziert. Sie hat mir gesagt, dass du unschuldig bist."

Tränen fließen ihm aus den Augen über das Gesicht.

Seine Lippen sind trocken und seine Kiefer angespannt, als er den Mund öffnet. „Warum?" Seine Stimme ist schwach und rau, weil sie so lange nicht benutzt wurde.

Ich sehe ihn lange an, dann laufen auch mir die Tränen über das Gesicht. Ich kann nicht glauben, dass das passiert. Der Mann hat seit Jahren nicht mehr gesprochen. Und ich kann nicht glauben, dass ich so verdammt lange damit gewartet hatte, das zu tun. „Du hast etwas gesagt."

Mit einem Nicken sagt er: „Ja. Warum?"

„Sie kam, um mich zu bitten, dir zu helfen. Sie hat mir gesagt, dass du unschuldig bist, und ich möchte das auch von dir hören. Ihre Leiche wird gerade exhumiert und der Gerichtsmediziner wird eine Autopsie durchführen, um festzustellen, ob sie krank war. Wir haben Grund zu der Annahme, dass sie Probleme mit dem Magen hatte. Weißt du irgendetwas darüber, Dad?" Ich spreche leise und lege meine Hand auf seine. „Sie möchte, dass wir dir helfen. Du kennst, Mom. Was sie will, bekommt sie auch."

„Krebs", lässt er mich wissen. Dann streicht er mit der Hand über seinen Bauch. „Hier. An der Gebärmutter."

Mit einem Nicken senke ich meinen Blick, als ich noch trauriger über den Tod meiner Mutter werde. „Ich hasse es, dass sie uns nicht gesagt hat, dass sie leidet. Und ich hasse es, dass ihr mir nichts davon erzählt habt. Ich hätte sie zu den besten Ärzten der Welt gebracht. Sie wäre vielleicht gerettet worden, wenn ihr es mir gesagt hättet."

„Zu spät." Er scheint nach den richtigen Worten zu suchen. Es ist so lange her, dass er etwas gesagt hat. Es ist wohl zu erwarten, dass es ihm schwerfällt. „Wir haben keine Zeit mehr."

„Nun, das liegt in der Vergangenheit und wir können nichts mehr daran ändern. Aber wir können die Zukunft ändern." Ich nehme seine Hände und sehe ihm in die Augen. „Hast du ihr ins Handgelenk geschnitten, Dad? Warst du es, der ihr Leben beendet hat? Oder hat sie sich das selbst angetan?"

Seine Augen huschen hin und her, während er scheinbar konzentriert an diese Zeit denkt. „Sie war es", flüstert er schließlich. „Ich konnte es nicht für sie tun."

Endlich gesteht er die Wahrheit.

Ich seufze schwer. „Ich besorge einen Anwalt, um dich hier raus-
zuholen. Und dann hole ich dir die psychologische Hilfe, die du von
Anfang an gebraucht hättest."

„Ich kann nicht nach Hause gehen", platzt er heraus. „Ich kann
das Haus nicht betreten. Ich kann es nicht."

Vielleicht bin ich gerade über den wahren Grund gestolpert,
warum er die Schuld für etwas auf sich genommen hat, das er nicht
getan hat. Er wollte nicht ohne seine Frau, seine wahre Liebe, zu dem
Haus zurückkehren, das sie so viele Jahre geteilt hatten.

„Keine Sorge. Du wohnst bei mir", versichere ich ihm. Auf keinen
Fall werde ich ihn nach all den Jahren, die wir verloren haben, alleinlassen. „Ich werde eine Krankenschwester einstellen, die sich um
dich kümmert, und du wirst die besten Psychiater bekommen, die
Geld kaufen kann. Du musst dir keine Sorgen wegen irgendetwas
machen, Dad. Ich werde für dich sorgen. Ich habe es Mom versprochen und werde dieses Versprechen halten." Er drückt sanft meine
Hände. „Ich werde dich so schnell wie möglich von hier wegbringen,
Dad."

Ich lasse seine Hände los, stehe auf und gehe um den Tisch
herum. Dad steht auch auf und ich umarme ihn noch einmal, bevor
ich ihn hier in diesem Gefängnis zurücklassen muss. Einem Ort, an
den er nie gehört hat.

„Grant, sei nicht böse auf mich, wenn ich nicht zu meinem alten
Ich zurückkehre."

Ich drehe mich wieder um, um ihn anzusehen, und sehe, dass
ihm frische Tränen über die Wangen fallen. „Dad, ich weiß, dass du
nicht der Mann sein kannst, der du bei Mom warst. Aber ich weiß,
dass du *jemand* sein kannst. Du hast vier Kinder, die dich lieben. Du
hast eine Familie, Dad. Hier zu verrotten hilft niemandem. Und Mom
wird es ohnehin nicht länger zulassen. Ich komme bald zurück und
hole dich hier raus. Ich verspreche es dir. Ich liebe dich Dad."

„Ich liebe dich auch, mein Sohn." Seine Augen schimmern vor
Tränen und seine Unterlippe zittert, als er verzweifelt versucht, ein
Schluchzen zurückzuhalten.

Mit einem Klaps auf den Rücken versuche ich, ihn zu beruhigen:

„Dad, bald ist alles vorbei. All der Schmerz, all die Seelenqualen, die wir uns selbst angetan haben, sind fast vorbei. Ich werde dich so schnell wie möglich befreien. Halte durch. Halte an der Liebe fest, die deine Kinder und deine tote Frau für dich empfinden. Die Zukunft ist strahlend hell. Die dunklen Wolken, die seit jenem schrecklichen Tag über uns schweben, werden bald dem Sonnenschein weichen. Mach dir keine Sorgen."

Meinen Vater dort zurückzulassen, wo er ist, erweist sich als eines der schwierigsten Dinge, die ich je machen musste. Aber ich tue es in dem Wissen, dass er bald für immer mit mir nach Hause kommen wird.

28

GRANT

A ls die Sonne den Himmel verlässt, setze ich mich auf eine der Terrassen meines Hauses und betrachte die blauen und rosa Farbtöne, während ich an Isabel denke und daran, was gerade in diesem Moment mit ihr passiert.

Wird sie geschlagen? Oder gegen ihren Willen gefickt? Oder mag sie es?

Bart ist dunkel, aber sie ist an dunkle Männer gewöhnt. Ich war nicht gerade ein helles Licht in ihrem Leben. Ich habe ihr mehr Kummer gebracht als irgendjemand sonst. Dessen bin ich mir sicher.

Das Einzige, was mich bei Verstand hält, ist das Wissen, dass sie viel Erfahrung mit all den verschiedenen Spielarten hat. Ihre Schmerzschwelle ist phänomenal. Und ihre Fähigkeit, Schmerz in Vergnügen zu verwandeln, ist außergewöhnlich.

Aber das war mit mir. Und nur mit mir. Niemals haben sie die Hände eines anderen Mannes so berührt. Nur meine.

Hat sie Schmerzen? Hat sie Angst? Wünscht sie sich, dass sie hier in meinen Armen in Sicherheit wäre?

Ich habe so viele Fragen und keine davon kann beantwortet werden, bis ich sie wiedersehe. Wann wird das sein?

Mein Handy klingelt und ich beeile mich, es vom Tisch zu holen.

Es ist Jenny. „Hallo."

„Hallo, großer Bruder. Konntest du heute etwas erreichen?"

„Ja, sehr viel sogar. Moms Leiche ist bereits im Büro des Gerichtsmediziners und ich habe dafür bezahlt, dass ein Sonderermittler hergeschickt wurde. Er konnte das Messer, das bei der Tat verwendet wurde, aus dem Beweisraum der Polizeistation beschaffen." Ich nehme meine Wasserflasche, trinke etwas und lasse das, was ich gesagt habe, auf sie wirken.

„Oh mein Gott. Ich hätte nicht gedacht, dass du das so schnell schaffen würdest."

„Nun, ich habe noch mehr Neuigkeiten für dich. Sitzt du?" Ich warte, um sicher zu sein, dass sie es tut.

„Ja. Worum geht es?"

„Ich war bei Dad und er sprach nicht nur mit mir, er sagte mir auch, dass Mom sich selbst ins Handgelenk geschnitten hat."

„Meine Güte. Ich kann es nicht glauben." Es herrscht Stille, dann höre ich sie weinen. „Gott, Grant. War sie krank?"

„Krebs. Dad sagte etwas von Gebärmutterkrebs. Die Autopsie wird uns mehr sagen. Wie ich Mom kenne, wollte sie keinen langsamen Tod sterben und hat beschlossen, ihr Leben eigenständig zu beenden. Typisch Mom." Ich nehme noch einen Schluck Wasser und erwäge, Jenny zu sagen, dass Bel vermisst wird, beschließe dann aber, es nicht zu tun. Meine Geschwister haben keine Ahnung über meine sexuellen Vorlieben und ich möchte, dass es so bleibt.

Nachdem sie sich die Nase geputzt hat, sagt sie: „Und Dad hat die Schuld dafür auf sich genommen. Höchstwahrscheinlich, weil er nicht ohne sie allein leben wollte. Er war lieber in einem richtigen Gefängnis als in dem Gefängnis seinem Kopf. Geht es ihm gut, Grant? Denkst du, wir werden unseren alten Dad jemals zurückbekommen?"

„Mit der Zeit und viel psychologischer Hilfe werden wir unseren Vater zurückbekommen. Vielleicht nicht den Mann, den wir vorher hatten, aber er wird sich erholen. Ich werde dafür sorgen. Ich habe ihm gesagt, dass er bei mir wohnen wird. Er ist fast in Panik geraten bei dem Gedanken, zurück in das Haus zu gehen, das er mit Mom geteilt hat." Ich tippe auf den Tisch und denke darüber nach, wie es mir gehen würde, wenn ich in seiner Lage wäre. Ich würde wahrscheinlich ähnlich empfinden.

Mir fällt es momentan schwer, in meinem eigenen Haus zu sein, weil Bel nicht da ist und ich nicht weiß, wo sie ist.

„Ich bin froh darüber, dass du ihn aufnehmen willst. Wenn es ihm bessergeht, kann er auch bei mir wohnen. Ich bin mir sicher, dass Jake und Becca wollen, dass er auch Zeit mit ihnen verbringt. Wie lange dauert es, bis du ihn freibekommen kannst?"

„Ich habe heute mit einem Anwalt gesprochen, der gute Kontakte zu einem Richter hat. Er denkt, es könnte schon Ende der Woche soweit sein." Meine Brust schwillt vor Stolz darüber an, dass ich tatsächlich einmal großartige Dinge tue.

Wenn nur Bel an meiner Seite wäre und mich anfeuern würde. Das würde sie sicher tun, wenn sie hier wäre.

„Hast du etwas dagegen, wenn ich den anderen beiden von dieser großartigen Nachricht erzähle, Grant?"

„Nur zu. Ich werde morgen wieder mit dir reden und dich wissen lassen, ob es weitere Neuigkeiten gibt. Bye." Ich beende den Anruf und stehe auf, um hineinzugehen, nachdem die Sonne vollständig verschwunden ist und es dunkel und kälter wird.

Als ich das Haus betrete, bemerke ich einen seltsamen Geruch und folge ihm in die Küche. Ich erstarre, als ich sehe, dass die Schlampe aus dem Club letzte Nacht – die, die all das verursacht hat – etwas auf meinem Herd kocht. „Hast du Hunger?", fragt sie, als ob sie sich nicht unerlaubt Zugang zu meinem Haus verschafft hat.

Ich will sie packen, sie fesseln und die Polizei rufen. Aber dann erinnere ich mich daran, dass sie mit Bart zusammen zu sein scheint, und beschließe mitzuspielen. Jedenfalls eine Weile. „Schön, dich hier zu sehen. Was kochst du?"

„Es ist eine Suppe. Hühnerfuß-Suppe. Eine Delikatesse, weißt du?" Sie lächelt mich an. Ihre dunkelvioletten Lippen heben sich an beiden Seite scharf an. „Mein Name ist Harsh, Grant Jamison. Ich wurde zu dir geschickt. Mein Meister hat das Gefühl, dass du eine Frau haben solltest als Ersatz für die Frau, die er dir genommen hat."

„Dein Meister, hm?" Ich setze mich an den Tisch und versuche herauszufinden, wie ich damit umgehen soll. „Und wo sind er und mein Mädchen gerade?"

Ein lautes Lachen bricht aus ihrer Kehle und hallt unangenehm in meinen Ohren wider. „Als ob ich dir das sagen könnte. Komm einfach über sie hinweg. Sie ist für ihn bestimmt, nicht für dich. Ich kann ihre Rolle ausfüllen. Ich kann dich so gut ficken wie sie. Tatsächlich wirst du sehen, dass ich noch sehr viel besser darin bin als sie. Und ich liebe es, bestraft zu werden und Schmerzen zu empfangen. Ich lebe dafür."

„Ach ja?" Ich trommle mit den Fingern auf den Tisch.

Nun, warum sollte dieses Arschloch eine Frau zu mir schicken? Was für eine Person ist er?

Sie füllt eine Schüssel mit der ekelhaft aussehenden Suppe. Hühnerfüße ragen über die Schüssel und es ist alles andere als appetitlich. „Bitte, neuer Meister." Sie stellt die Schüssel vor mich und der Geruch, der meiner Nase so nahe ist, lässt mich fast würgen.

„Isst du nichts?", frage ich sie, als sie sich setzt, ohne sich etwas zu nehmen.

Sie schüttelt den Kopf und nimmt den Löffel. „Ich füttere dich, Meister. Eine gute Sub isst nie, bevor sie sicher ist, dass ihr Meister satt ist. Das wurde mir so beigebracht. Ich habe keine schlechten Angewohnheiten und weiß, wie man einen Mann behandelt."

„Dann solltest du wissen, dass ich solche Dinge nicht esse. Und ich lasse mich nicht von Frauen füttern. Ich bin ein Mann, der für sich selbst sorgen kann, und ich werde genau das tun. Ich bin außerdem ein Mann, der sich um seine Frau kümmert, nicht umgekehrt. Und ich bin ein Mann, der behält, was ihm gehört." Ich packe sie am Handgelenk und halte sie fest, damit sie versteht, dass sie tut, was ich sage, oder unglaublich leiden wird. „Jetzt sag mir, wo ich meine Frau finden kann oder es wird dir leidtun."

Ihre Augen weiten sich, als sie lacht. „Mach mit mir, was du willst. Ich bin unzerbrechlich. Peitsche mich aus. Quäle mich, wenn du willst. Es dient nur dazu, mir Vergnügen zu bringen. Mein alter Meister hat dafür gesorgt, dass ich an Schmerzen gewöhnt bin. Er wird deinem kleinen Mädchen beibringen, wie man damit umgeht. Mach dir keine Sorgen, sie bekommt eine gute Ausbildung."

Mit einer schnellen Bewegung stehe ich auf, ziehe meinen Gürtel aus, fessle ihre Arme hinter ihrem Rücken und führe den Gürtel durch die Sprossen der Stuhllehne, um sie an Ort und Stelle zu halten. Ich nehme mein Handy und rufe die Polizeistation an. „Portland Police Department", antwortet eine Frau.

„Hallo, ich möchte Detective Jones sprechen. Hier spricht Grant Jamison. Ich habe heute Morgen versucht, Anzeige bei ihm zu erstatten."

„Einen Moment, bitte", sagt sie in einem fröhlichen Tonfall.

„Jones hier, Mr. Jamison. Was kann ich heute Abend für Sie tun?", fragt er.

Harsh lacht laut. „Die Polizei zu rufen wird nichts ändern, Meister."

„Halt die Klappe!" Ich wende meine Aufmerksamkeit wieder dem Telefon zu. „Bart Mason hat eine Frau hierhergeschickt, um die zu ersetzen, die er mir genommen hat. Zumindest hat mir diese Frau, die in mein Haus eingebrochen ist, das so gesagt. Sind das genug Beweise für eine Entführung?"

„Ich bin gleich da, um sie zu befragen. Können Sie sie festhalten?", fragt er.

„Sie ist an einen Stuhl gefesselt. Sie wird hier sein. Ich texte Ihnen meine Adresse." Ich beende den Anruf, setze mich und schaue sie an.

Ihre langen blonden Haare sind zu einem unordentlichen Pferdeschwanz zusammengebunden. Ihr Make-up ist dick aufgetragen und der funkelnde blaue Lidschatten betont ihre blauen Augen. Der kurze Rock, den sie trägt, zeigt fast ihren nackten Unterleib. Sie trägt kein Höschen, nicht einmal einen Tanga. Ihr enges weißes Oberteil zeigt ihre Brustwarzen, die hart vor Begierde sind. Sie kratzt mit ihren Highheels über den Fliesenboden, als sie ihren Stuhl auf meinen zubewegt.

Ich halte sie auf, als sie eine Armlänge von mir entfernt ist. „Nicht."

„Du machst die Dinge schwieriger, als sie sein müssen. Hör

einfach auf. Lass ihn sie haben. Sie ist den Kampf nicht wert, Meister. Das verspreche ich dir. Und sie steht auf ihn. Ich habe es selbst gesehen. Sie bebt vor Verlangen nach ihm. Sie sieht ihn mit lustvollen Augen an. Und er verweigert ihr seine Zuneigung und seine sexuelle Aufmerksamkeit. Sie bittet ihn darum, aber er lässt sie warten. Das ist sein Stil. Er lässt seine Frauen monatelang warten, bevor er ihnen erlaubt, ein Stück von ihm zu haben. Glaub mir, wenn du es irgendwie schaffen würdest, sie zu finden, würde sie sowieso nicht zu dir zurückkommen wollen."

Ich kann nur daran denken, dass er sie nicht gefickt hat – wenn das, was die Schlampe sagt, wahr ist. Vielleicht verabreicht er Bel Drogen, um sie heiß zu machen. Wenn diese Frau überhaupt etwas gesehen hat, was ich sehr bezweifle.

„Sag mir, wo sie ist, und lass es mich selbst sehen."

Sie schließt ihre Augen und sagt mir, ich solle meine ebenfalls schließen und ihren Körper überall berühren, dann wird sie mir alles zeigen. Ich halte es für einen Trick, tue aber, was sie gesagt hat, und lege meine Hand auf ihre Schulter.

Gerade als sich meine Augen schließen, sehe ich einen dunklen Ort, der nur von Feuerschein erhellt wird. Jemand liegt auf etwas, das aussieht wie ein Altar aus Stein. Ein fließendes weißes Kleid fällt über eine Seite und ich sehe, dass die Handgelenke und Knöchel der Gestalt an den Stein gefesselt sind. Ihr Kopf bewegt sich hin und her, als sie fleht: „Bitte lass mich nicht länger warten. Ich kann es nicht ertragen. Bitte." Es ist Bels Stimme.

Ein tiefes Knurren, das sich in ein Lachen verwandelt, lässt Schauer über meinen Rücken laufen. „Du willst es jetzt. Stell dir vor, wieviel mehr du es willst, wenn du warten musst." Es ist Barts Stimme, die ich höre, und ich kann es nicht glauben.

Ich öffne meine Augen und bewege meine Hand von ihr. „Ich glaube dir nicht. Es ist ein Zaubertrick."

Harsh sieht auf den Herd und ich folge ihrem Blick. Ein Feuer lodert auf dem Gasherd und berührt fast die hohe Decke. „Ist das etwa ein Trick?"

„Ich bin sicher, dass es das ist." Ich stehe auf und gehe den

Brenner ausschalten. Die Flamme erlischt. „Ich falle nicht auf diesen Scheiß rein, Harsh. Und der Detective, der kommt, auch nicht. Sag mir endlich, wo meine Frau ist. Oder du wirst so lange im Gefängnis sitzen, bis du es tust."

Ein unheimliches Lächeln wandert über ihre Lippen. Ich höre ein Klicken und sehe, wie der Gürtel zu Boden fällt. Ihre Hände sind jetzt frei.

Sie steht auf und kommt mit einer Geschwindigkeit auf mich zu, die unmöglich erscheint. Ich werde gegen die Wand geworfen, bevor ich sie aufhalten kann. Ihre Stärke ist unwirklich.

Dann klingelt es an der Tür und sie schaut hinter sich. Es gibt mir gerade genug Zeit, sie in den Schwitzkasten zu nehmen und auf den Boden zu bringen. Ich halte sie fest und benutze meine Knie, um ihre Schultern festzuhalten. Dann reiße ich einen dünnen Stofffetzen von meinem T-Shirt, fessle ihre Hände, hebe sie hoch und schiebe sie zur Tür. „Ich weiß nicht, was mit dir los ist, aber ich bin kein Schwächling, Schlampe."

Ich zerre sie hinter mir her und öffne die Tür, vor der der Detective wartet. „Hey." Er sieht die Frau an, die ich gefesselt habe und wirkt ein wenig geschockt. „Scheiße, Mann. Was zur Hölle machen Sie da?"

„Sie weiß, wo Isabel ist. Ich will, dass Sie es aus ihr herausbekommen." Ich schiebe sie auf das Sofa im Foyer, während Jones hereinkommt und die Tür hinter sich schließt. „Ich denke, Bart und diese Frau hier versuchen so zu tun, als hätten sie magische Kräfte. Aber ich bin kein Idiot. Und ich wette, Sie sind auch keiner."

„Nein, ich bin kein Idiot. Hat sie zugestimmt, sich fesseln zu lassen?", fragt er mich, als er sie betrachtet.

„Er ist mein Meister", sagt sie, während sie lächelt. „Er kann alles tun, was er will."

„Ist das so?", fragt der Detective mich. „Und haben Sie vergessen, mir das zu sagen?"

„Ich bin nicht ihr Meister. Bart hat sie zu mir geschickt, um die Frau zu ersetzen, die er mir genommen hat. Ich habe keine Beziehung mit dieser Frau. Können Sie ihr nicht irgendein Wahrheitsserum oder so etwas geben und sie dazu bringen, uns zu sagen, wo er Isabel festhält?" Ich gehe durch den Raum, während meine Nerven kurz davor sind, zu zerreißen.

„Wir haben kein Wahrheitsserum, Mr. Jamison." Er setzt sich auf den Couchtisch vor Harsh. „Und Ihr Name ist?"

„Beth Cooper. Ich komme aus Iowa. Ich wurde von dem Mann geschickt, der mein Meister war, um die Sklavin dieses Mannes hier zu werden. Ein fairer Handel in unserer Welt. Hat Mr. Jamison Ihnen gesagt, dass er der Eigentümer eines BDSM-Clubs ist?" Sie grinst mich an, als sie ihm etwas sagt, das ich ihm verschwiegen habe.

Überraschte Augen finden meine, als Detective Jones mich ansieht. „Ist das so?"

„Ja. Ich bin einer der Eigentümer des Dungeon of Decorum. Aber wie Sie schon sagten, das ist nicht illegal." Ich setze mich und versuche mich zu beruhigen, damit ich vernünftige Entscheidungen treffen kann.

„Nein, aber Sie hätten mir das sagen sollen. Hatten Sie und Isabel Sanchez eine Meister/Sklavin-Beziehung?", fragt er mich, als er seine Augen verengt. „Oder eine Dom/Sub-Beziehung? War es mehr als eine rein romantische Beziehung?"

Ich bin ratlos, was ich sagen soll. „Unsere Beziehung ist kompliziert. Isabel und ich haben keinen Vertrag. Sie ist nicht meine Sub oder meine Sklavin. Sie ist in jeder Hinsicht meine Frau. Und wir praktizieren BDSM."

Jones schüttelt den Kopf, als er nach unten schaut. „Was Sie nicht zu verstehen scheinen ist, dass wenn man so lebt, dunkle Dinge passieren können, die einem vielleicht nicht gefallen. Leute wie Sie sind unvorsichtig mit ihren Körpern. Sie behandeln einander nicht wie Menschen, sondern wie Gegenstände, die zum Vergnügen anderer benutzt werden. Was macht Sie so sicher, dass Isabel diesen anderen Mann nicht will?"

Ich stehe auf und schreie: „Weil sie mir gehört!"

Mit einem Lachen schüttelt er den Kopf. „Niemand gehört jemand anderem. Diese Verträge sind nur so viel wert wie das Papier, auf dem sie geschrieben sind. Und Sie beide haben nicht einmal das. Die Frau gehört Ihnen nicht, Mr. Jamison."

Ich kehre zurück auf den Stuhl und kämpfe darum, nicht die Kontrolle zu verlieren. „Können Sie diese Frau verhaften? Sie ist in mein Haus eingebrochen. Wenn Sie sie gehen lassen, kommt sie gleich zurück und macht es wieder. Ich will, dass sie ins Gefängnis kommt."

Er wendet sich Beth Cooper zu, die sich Harsh nennt. „Und wie sind Sie in das Haus dieses Mannes gekommen, Miss Cooper?"

„Die Tür war nicht verschlossen. Ich habe mich selbst reingelassen. Ich habe nichts kaputtgemacht. Und ich habe ihm Abendessen gekocht." Sie sieht mich an. „Er hat es nicht einmal gegessen. Ich muss Ihnen sagen, dieser Mann ist wirklich launisch und überhaupt nicht nett. Ich bin irgendwie verärgert darüber, dass mein Meister mich ihm gegeben hat."

„Ich will dich nicht, du kleine Schlampe", zische ich sie an.

Jones schnalzt mit der Zunge, als er mich ansieht. „Keine Beleidigungen. Ich sehe keinen Grund, sie zu verhaften. Und selbst wenn ich das täte, bin ich mir sicher, dass sie in ein paar Stunden freigelassen werden würde. Ihr Lebensstil ist der Grund, warum Ihnen diese Dinge passieren. Wenn es Ihnen nicht gefällt, dann hören Sie auf damit."

Das ist verrückt. Mein ganzes Leben scheint auf den Kopf gestellt worden zu sein. „Ich will, dass sie hier verschwindet."

Sie bricht in Tränen aus. „Ich weiß nicht, wo ich hinsoll. Mein Meister hat mich hierhergeschickt. Ich wurde hier abgesetzt. Ich habe nicht einmal ein Auto."

Ich ziehe ein paar hundert Dollar aus meiner Tasche und gebe sie dem Polizisten. „Hier. Können Sie sie zu einem Hotel bringen und ihr das geben, um ein Zimmer zu bezahlen? Ich will nichts mit ihr zu tun haben." Dann schaue ich auf die eine Person, die mich vielleicht zu Isabel bringen könnte. „Wenn du eine Seele hast, würdest du mir sagen, wie ich zu Isabel komme."

Wahnsinniges Gelächter erfüllt den Raum. „Ich habe schon seit Äonen keine Seele mehr."

29

ISABEL

A lleingelassen und immer noch von Bart an diesen verdammten Felsen gefesselt liege ich hier und schaue auf das Feuer. Ich bin hilflos. Ich habe ihn seit Stunden nicht mehr gesehen und keine Ahnung von der Zeit an diesem Ort.

Ich habe das ausgeprägte Gefühl, in einer anderen Dimension zu sein. Wenn ich es nicht besser wüsste, würde ich sagen, das alles kann nur ein Traum sein, aber es fühlt sich zu real an. Der kalte Stahl gräbt sich in meine Knöchel und Handgelenke, während mich das Metall auf dem Steinaltar festhält.

Bart hat mir gesagt, dass ich ein Opfer bin. Mein Blut wird bei seinem Biss freigesetzt und seinem Meister als Geschenk für sein ewiges Leben gegeben werden. Ich fragte ihn, warum er mir das antun will. Er sagte, er hätte mich in einem Traum gesehen. Ich bin diejenige, der sein Meister das Leben aus den Adern saugen möchte.

Ich schließe die Augen und finde es unmöglich zu weinen. Die meiste Zeit bin ich völlig ruhig und merke, dass ich alles andere als das sein sollte. Aber es ist einfach so.

Ein Klicken und Klacken ertönt aus einer dunklen Ecke und ich sehe, wie Barts blasses Gesicht aus den Schatten kommt. Seine Haare fließen in dunklen Wellen offen auf seine Schultern. Seine Augen sind schwarz und seine Lippen rot. Ein dunkler Umhang umgibt ihn, als er sich auf mich zubewegt. „Hast du Hunger, mein Liebling?"

„Nein."

„Durst?"

„Nein." Wenn ich nichts esse oder trinke, kann ich vielleicht hier sterben, bevor er die Chance hat, mir mein Blut zu nehmen.

Seine Hand bewegt sich und ich sehe Silber durch die Luft blitzen. Eine spitze Klinge bewegt sich schnell und ich sehe eine rote Spur auf seiner Handfläche. Er legt seine Hand auf meinen Mund und zwingt mich, sein Blut zu trinken. „Du wirst auf die eine oder andere Weise ernährt werden, Isabel."

Ich kann ihn nicht beißen, weil er seine Hand gegen meine Zähne drückt, und ich kann mich auch nicht bewegen. Das heiße Blut aus seiner Hand tropft mir in den Hals und ich habe keine andere Wahl als zu schlucken. Als ich es tue, fühle ich etwas.

Mir wird schwindelig. Mein Wille wird schwächer und ein Hunger kommt über mich. Ich sauge an dem Schnitt in seiner Hand, so dass mehr Blut in meinen Hals rinnt. Mein Magen fühlt sich voll an, als er seine Hand wegbewegt, und plötzlich ist der Schnitt verheilt.

„Was bist du, Bart Mason?"

Seine Augen tanzen, als er mich anlächelt. Seine Schneidezähne sind nicht spitz und er sieht normal aus, bis auf seine Augen, die so dunkel wie die Sünde sind. „Ich bin nicht mehr als das, was mein Meister mir zugesteht. Das ist alles, was du wissen musst."

„Du hast dich unsterblich genannt. Wie alt bist du?"

„Ich bin 30. Ich bin erst vor ein paar Jahren unsterblich geworden, nachdem er mich so gemacht hat. Ich war eine verlorene Seele, als er mich fand und unter seine Fittiche nahm. Und deshalb gebe ich ihm alles, was er von mir verlangt. Dein Blut ist das, was er im Moment will. Er sehnt sich danach. Er bekommt dein Blut, und ich bekomme dich. Für immer." Er beugt sich vor und presst seine Lippen auf meine.

Ich halte meinen Mund geschlossen und lasse seine Zunge nicht in hinein. Als er sich zurückzieht, kann ich sehen, dass er nicht erfreut ist. „Ich gehöre einem anderen Mann. Und ich verstehe nicht, warum du denkst, dass du mich für immer bekommst, wenn du deinem Meister mein ganzes Blut gibst. Ich brauche es, um zu leben, weißt du? Oder bist du verrückt geworden?"

Seine Lippen streichen über mein Ohr, als er flüstert: „Du wirst genauso wie ich sein, wenn dein Blut weg ist. Ich werde deinen Körper mit meinem Blut füllen und dich in jeder Hinsicht zu meinem Eigentum machen."

„Gott, du glaubst das doch nicht wirklich, oder? Du wirst mich töten und dein Blut bringt mich sicher nicht zurück ins Leben. Ich werde tot sein und alles, was du haben wirst, ist eine Leiche, die du loswerden musst. Du weißt nicht einmal, ob unsere Blutgruppen identisch sind. Sei kein Idiot, der den Ideen irgendwelcher Verrückter folgt. Denke nach, Bart. Um Gottes willen, denke." Ich ziehe an dem Metall, das mich niederdrückt, und werfe meinen Kopf hin und her.

„Du wirst schon sehen. Es wird funktionieren. Und wenn mein Blut durch deine Adern fließt, wird sich alles ändern. Du wirst mich brauchen und mich wollen." Er tritt zurück und verschwindet scheinbar. „Aber zuerst musst du warten."

„Bitte hör auf, mich warten zu lassen. Ich kann es nicht ertragen. Bitte", flehe ich ihn an. Ich will nur, dass diese Folter endet. Ich kann sie nicht mehr aushalten.

Er knurrt und lacht dann. „Du willst es jetzt schon. Stell dir nur vor, wie viel mehr du es willst, wenn du darauf warten musst."

Was er sagt, ergibt keinen Sinn und ich fange schließlich an zu weinen, während ich fühle, dass ich schwächer werde. Meine Augen schließen sich und ich schlafe ein, als ich höre, wie sich seine Schritte entfernen, so dass ich wieder allein bin.

MEINE AUGEN ÖFFNEN SICH, als ich die eisige Kälte um mich herum fühle. Es gibt kein Feuer im Kamin. Es ist stockdunkel. „Wer ist da?"

Ich höre ein schnappendes Geräusch, gefolgt von einem weiteren und plötzlich bin ich frei. Ich spüre, dass etwas meine Hand nimmt und mich dazu bringt, aufzustehen. Ich erhebe mich und meine Füße treffen auf den kalten, harten Boden.

Ich habe keine Ahnung, wo ich hingebracht werde oder wer mich mitnimmt. Aber ich habe Angst um mein Leben. Ist es das? Werde ich so sterben?

Ich höre das Geräusch einer Tür, die sich gerade vor mir öffnet, dann werde ich hindurchgezogen. Ich kann das Holz des Türrahmens fühlen und dann gehen wir weiter. „Wer bist du?"

Ich bekomme keine Antwort, nur ein leichtes Ziehen an meiner Hand. Eine andere Tür öffnet sich und ich spüre überall weichen Stoff. Plötzlich trete ich auf etwas, das sich wie Schuhe anfühlt. Eine andere Tür öffnet sich und ich kann endlich etwas sehen.

Es gibt Fenster und der Vollmond erleuchtet den Raum. Es ist ein Schlafzimmer.

Als ich hineingehe, fühle ich nichts mehr an meiner Hand und weiß, dass ich alleine bin. Die Luft ist kühl, aber nicht kalt. Ich sehe ein perfekt gemachtes Bett. Eine Decke mit Blumenmuster liegt darauf. „Hallo?"

Ich höre kein Geräusch und habe keine Ahnung, wo ich bin. Ich öffne die Schlafzimmertür, finde einen Flur mit weiteren Türen und sehe dort eine Treppe. Ich gehe langsam hinunter, um niemanden zu alarmieren, der im Haus sein könnte.

Als ich in den dunklen Bereich am Ende der Treppe gelange, sehe ich, dass ich in einem Wohnzimmer bin. Und nicht in irgendeinem Wohnzimmer. Es sieht genauso aus wie bei Grant zu Hause.

„Sein Elternhaus?"

Ich drehe mich um, gehe dorthin, wo laut meiner Erinnerung die Küche sein sollte, und drücke die Tür auf. Tatsächlich ist dort die Küche. Ich mache das Licht an und bemerke, dass etwas Weißes auf dem Esstisch ausgebreitet ist. Der Tisch, an dem wir zu Abend gegessen haben. In das weiße Pulver wurde das Wort *böse* geschrieben.

Ich berühre mit meinem Finger die weißen Kristalle, führe ihn an meine Zungenspitze und stelle fest, dass es Zucker ist.

Bin ich zurück oder nicht? Ist das ein Traum?

Ich sehe mich um und entdecke ein altes Telefon an der Wand. Es ist gelb und hat eine lange, gewundene Schnur. Ich kann mich nicht an Grants Nummer oder die Nummern anderer erinnern. Aber ich erinnere mich an meine eigene und daran, dass meine Handtasche mit meinem Handy in Grants Auto geblieben ist. Vielleicht wird er rangehen, wenn ich mich selbst anrufe.

Nachdem ich den Hörer abgenommen habe, höre ich ein Freizeichen und gebe die Nummer ein. Es klingelt und ich halte den Atem an, während ich darauf warte, ob er rangehen wird. „Bitte geh ran, Baby."

„Wer ist da?", antwortet er. „Was machen Sie bei meinen Eltern? Wie haben Sie diese Nummer bekommen?"

„Grant, ich bin's, Baby", meine Stimme zittert, während ich die Tränen abwehre. Ich bin so erleichtert, seine Stimme zu hören. „Isabel."

„Baby? Wo bist du?"

„Bei deinen Eltern. Grant, ich weiß nicht einmal, wie ich hierhergelangt bin. Ich kam aus einem Schrank in einem Schlafzimmer oben." Ich weiß, was ich sage, klingt verrückt und ich fühle mich wie am Rande der Hysterie. „Baby, kannst du mich abholen? Ich fürchte, er könnte mich holen kommen, wenn er feststellt, dass ich weg bin. Bitte, Baby. Ich bin nicht mehr sauer auf dich. Ich weiß, was er getan hat." Ein Schauer durchläuft mich, als ich daran denke, dass Bart mich finden könnte.

„Ich bin auf dem Weg, Baby. Bleib, wo du bist. Wenn du etwas hörst, versteckst du dich im Schrank, bis ich zu dir komme." Er seufzt, als ich sein Auto starten höre. „Bleib am Telefon, bis ich bei dir bin. Ich will dich nicht wieder verlieren. Baby. Diese Frau, die du gesehen hast, wie sie mich geküsst hat …"

Ich unterbreche ihn. „Grant, ich weiß alles darüber. Bart hat das arrangiert." Mich auf dieses eine Ereignis zu konzentrieren hilft mir, mich wieder in die Realität zu bringen, und ich hole einen tiefen, beruhigenden Atemzug. „Er ist ein Monster. Wie lange war ich weg?"

„Ungefähr 24 Stunden. Aber es scheint eine Ewigkeit gewesen zu sein."

„Ich weiß. Mir kommt es auch so vor. Ich habe dir so viel zu erzählen, aber ich erwarte nicht, dass du ein Wort davon glaubst. Ich würde es selbst nicht glauben, wenn ich es nicht selbst erlebt hätte." Ich setze mich auf den Stuhl, weil die Schnur lang genug ist, dass ich mit dem Hörer durch die Küche gehen kann.

„Ich werde dir glauben, ich verspreche es. Hey, du warst nicht zufällig an einen Steinaltar gefesselt, oder?", fragt er.

„Doch. Dann hat mich etwas befreit und mich durch die Dunkelheit geführt und ich kam schließlich aus einem Schrank in diesem Haus." Ich stehe auf und suche eine Flasche Wasser, da ich schrecklichen Durst habe.

„Dafür kannst du dich bei meiner Mutter bedanken. Ich war im Haus und habe sie gebeten, dich zu finden und zurückzubringen. Und es scheint, dass sie genau das getan hat. Hast du eine Ahnung, wo du warst?"

Ich trinke gierig aus einer Flasche Wasser, die ich im Kühlschrank gefunden habe, und antworte ihm dann. „Nicht auf der Erde, soviel ist sicher."

Etwas fängt an, ein knisterndes Geräusch in der Leitung zu erzeugen, und Grants Stimme klingt sehr weit entfernt, als er sagt: „Ich denke, du hast recht, Baby. Ich bin gleich bei dir. Es wird nicht mehr lange dauern, bis ich dich in meinen Armen halte."

„Ich sollte dich warnen, dass ich halbnackt bin." Ich sehe mich um und entdecke Lichter vor einem der Fenster. Ich spähe aus dem Fenster und stelle fest, dass jemand mit einer Taschenlampe im Garten steht. „Oh Scheiße, Grant. Ich denke, jemand versucht, in dieses Haus einzubrechen. Fuck!"

Ich drücke meinen Körper gegen die Wand, damit die Person mich nicht sehen kann. „Scheiße!"

Flüsternd frage ich: „Denkst du, dass alle Türen und Fenster verschlossen sind?"

„Sie sollten es sein. Mach einfach das Licht an, damit man sieht, dass jemand da ist. Ich bin mir sicher, dass sie denken, niemand sei im Haus", weist er mich an. „Ich bin fast bei dir."

„Das Küchenlicht ist an. Ich habe es eingeschaltet, als ich hier reinkam. Und weißt du, was sonst noch komisch ist? Da ist Zucker auf dem Tisch ..."

„Ja, ich weiß. *Böse* ist darin geschrieben. Mom hat das getan. Mach Lärm. Vielleicht denken sie, dass das Licht durch einen Timer angeschaltet wurde. Das passiert, wenn man ein Haus zu lange leerstehen lässt. Es zieht Einbrecher an. Wir müssen es verkaufen. Dad möchte sowieso nicht länger dort leben."

„Hm? Hast du mit ihm gesprochen?" Selbst nach allem, was passiert, bin ich schockiert über das, was er gerade gesagt hat. Er hat mir erzählt, dass sein Vater überhaupt nicht spricht.

„Ja, ich werde dir später alles darüber erzählen. Ist immer noch jemand da draußen? Ich bin jetzt da."

Ich spähe wieder aus dem Fenster und stelle fest, dass die Taschenlampe ausgeschaltet ist. Ich gehe davon aus, dass der Einbrecher bei dem Geräusch des heranfahrenden Autos weggerannt ist. „Das Licht ist weg. Ich denke, die Person ist gegangen. Kann ich jetzt auflegen?"

„Ja, Baby. Ich komme jetzt rein."

Ich lege den Hörer auf und renne ins Wohnzimmer. Sein schönes Gesicht kommt durch die Tür und ich sprinte in seine Arme. Sie schließen sich um mich und halten mich fest.

Ich klammere mich an ihn und will ihn nie wieder loselassen. Ich habe alles an ihm vermisst. Seinen einzigartigen Duft, die Funken, die bei jeder Berührung durch meinen Körper fliegen ...

Dann sind seine Lippen auf meinen und ich erkenne, dass ich seinen Kuss verzweifelt vermisst habe. Ich brauche diesen Mann. Mehr als ich Wasser oder Luft brauche.

Tränen fließen, während ich darüber nachdenke, was passiert wäre, wenn er seine tote Mutter nicht gebeten hätte, mich zu retten. Er unterbricht den Kuss, um mich anzusehen. Dann streicht er meine Haare zurück und flüstert: „Ich hatte nie mehr Angst als in den letzten 24 Stunden. Heirate mich, Bel. Heirate mich bitte."

Wow, in diesen letzten 24 Stunden ist wirklich viel passiert, nicht wahr?

„Grant, du sagst das aus Verzweiflung ..."

Er bringt mich mit einem Kuss zum Schweigen und zieht dann seine Lippen von meinen. „Das tue ich nicht. Ich sage das, weil ich dich liebe, Baby. Heirate mich."

Moment, hat er gerade gesagt ...

„Du liebst mich?"

Nickend lächelt er mich an. Es ist ein strahlendes Lächeln, das mir sagt, dass er wirklich meint, was er sagt. „Ich liebe dich. Ich weiß es ohne jeden Zweifel. Und ich weiß, dass ich nicht ohne dich leben kann. Ich kann nicht eine Nacht ohne dich in meinem Bett ertragen. Heirate mich. Bitte."

„Du musst mich nicht bitten, Grant. Es gibt nichts, was ich lieber tun würde, als dich zu heiraten. Wann und wo auch immer du willst, ich bin dabei." Ich schlinge meine Arme um seinen Nacken und küsse ihn, um unsere Verbindung zu besiegeln. Mein Körper zittert wieder – diesmal vor Freude statt vor Angst.

Ich werde Grant heiraten. Ich werde Isabel Jamison sein.

30

GRANT

Sie hat Ja gesagt!

Ich küsse sie wieder, fühle die Verbindung, die wir teilen, und weiß, dass wir uns nur näherkommen können. Ich habe noch nie etwas so sicher gewusst – diese Frau ist die Richtige für mich.

Nachdem wir sichergestellt haben, dass die Türen verriegelt und alle Fenster geschlossen sind, verlassen wir das ehemalige Zuhause meiner Eltern. Ich weiß, dass es nicht länger ein Schrein ihrer Ehe und unserer Kindheit sein kann. Es verdient eine nette Familie, die es wieder zum Leben erweckt.

Ich nehme meine Verlobte an der Hand und führte sie zum Auto. Natürlich habe ich einen von Moms alten Morgenmänteln mitgenommen, um sie zu bedecken, bevor wir gingen, da das Kleid, das sie trägt, kaum etwas verbirgt, und sonst jeder, der so spät noch unterwegs ist, ihren BH und ihr Höschen sehen würde.

„Ich will es beim Halloween-Ball machen. Ich will, dass alle über uns Bescheid wissen. Was denkst du darüber, Bel?", frage ich, als ich ihre Reaktion beobachte.

Ich bin mir nicht hundertprozentig sicher, ob sie das wollen wird, aber das Lächeln, das ihr wunderschönes Gesicht strahlen lässt, sagt mir, dass ihr die Idee gefällt. „Ich denke, das wäre fantastisch, Grant!"

„So wird jeder wissen, dass wir zusammengehören, Baby. Wir verstecken uns nicht mehr. Es wird allen zeigen, dass du respektabel bist, und ich werde genauso respektabel sein. Du hast mein Leben verändert. Du hast mich verändert." Ich nehme ihre Hand und küsse sie, bevor ich das Auto aus der Auffahrt steuere, um nach Hause zu fahren. Zurück zu dem Ort, an den diese Frau wirklich gehört.

„Wir sollten mein Haus verkaufen, Grant. Es gibt wirklich keinen Grund, es zu behalten. Lass jemand anderen genießen, was der Club für mich gekauft hat."

„Ich habe es für dich gekauft. Ich weiß, ich habe dich denken lassen, dass es der Club war, aber ich war es. Ich habe dir das Haus gekauft und das Auto, die Kleidung und den Schmuck. Ich wollte dir noch mehr geben, aber zu dem Zeitpunkt konnte ich es nicht." Ich fahre Richtung Highway. „Ich muss dich etwas fragen, aber ich will dich nicht erschrecken. Denkst du, Bart wird dich wiederfinden können? Ich meine, ich weiß, dass wir ihn vom Club fernhalten können, und ich werde dafür sorgen, dass das Sicherheitssystem im Haus verbessert wird, aber wird das genug sein?"

Ich sehe, wie sich ihre Augen schließen und ihr Kopf sich senkt, und es bringt mich fast um. „Das weiß ich nicht. Er sagte, dass sein Meister mein Blut will. Ich weiß nicht, ob er die Macht hat, seinem Meister etwas zu verwehren, wer auch immer er sein mag."

„Was ist dieser Typ?", frage ich verwirrt.

„Keine Ahnung. Ich kann ihn nicht einschätzen. Ich weiß, dass er mich mehrmals dazu gebracht hat, sein Blut zu trinken."

Mein Magen verkrampft sich. „Er hat *was* gemacht? Gott, Baby. Ich bringe dich in ein Krankenhaus. Du musst untersucht werden. Wir müssen sichergehen, dass er dich nicht mit irgendetwas angesteckt hat."

Ich wende und fahre zum Providence Portland Medical Center. Ich werde kein Risiko mit ihr eingehen. Nie wieder.

„Grant, ich denke, es geht mir gut ...", versucht sie zu widersprechen.

„Vergiss es. Ich bin mir sicher, dass du froh darüber bist, frei von diesem Mann zu sein, aber wenn er dich dazu gebracht hat, etwas zu essen oder zu trinken ... nun, wir müssen sicherstellen, dass du hundertprozentig in Ordnung bist und falls nötig Hilfe bekommst." Ich nehme ihre Hand und halte sie fest, während ich das Krankenhaus ansteuere.

„Versprichst du mir, mich nicht zu verlassen, wenn ich eingewiesen werde?", fragt sie. Als ob ich jemals ihre Seite verlassen würde.

„Baby, ich bleibe an deiner Seite. Ich lasse dich nicht aus den Augen. Und ich werde einen Dämonologen, einen Exorzisten und einen Hellseher anheuern – was auch immer ich brauche, um dieses Monster zu besiegen. Bart Mason, oder wie er wirklich heißen mag, wird dich nie wieder belästigen." Ich küsse ihre Hand noch einmal und lächle sie zuversichtlich an. „Wenn ich Silberkugeln oder ein paar Pfähle und einen Hammer beschaffen muss, dann werde ich es tun. Ich werde alles tun, um dich zu schützen. Mach dir keine Sorgen. Ich werde dich niemals allein lassen, bis wir sicher wissen, dass dir dieses Monster nichts mehr anhaben kann."

Sie legt den Kopf zurück an die Nackenstütze und ich sehe die Erleichterung, die sie überflutet. Ihr Körper ist weniger angespannt, als sich ihre Augen schließen. „Dem Himmel sei Dank für dich, Grant Jamison. Und für deine wunderbare Mutter."

„Ich kann es nicht erwarten, dass du meinen Vater triffst. Er wird bei uns wohnen. Ich werde Krankenschwestern einstellen, die sich um ihn kümmern. Nicht, dass er körperlich jemanden braucht, aber ich möchte sicher sein, dass er weiß, dass man sich um ihn kümmert." Ich tätschle ihre Schulter und zwinkere ihr zu. „Ich brauche natürlich deine Expertise, um sie einzustellen."

Sie lacht leise. „Und ich werde sie dir natürlich geben."

Die Ausfahrt für das Krankenhaus kommt und ich nehme sie. Ich bin froh darüber, dass auf dem Parkplatz der Notaufnahme nur ein paar Autos stehen.

„Ich bin so müde", seufzt Isabel. „Ich will nur ein paar Tage nach Hause gehen und in deinen Armen schlafen."

„Und ich will nur sicherstellen, dass dir nichts Gefährliches durch die Adern rinnt. Jetzt komm schon." Die schreckliche Vorstellung, dass jemand ihr etwas antun könnte, lässt mich hinzufügen: „Lass mich dir aus dem Auto helfen. Ich werde bei jedem Schritt bei dir sein."

Noch nie war mein Beschützerinstinkt so stark wie bei ihr.

Ich helfe ihr aus dem Auto, lege meine Arme um sie und ziehe sie so nah wie möglich an mich. Als wir hineingehen, ist es totenstill. Niemand befindet sich in der Lobby.

„Wow, das ist komisch." Sie sieht sich um und dann weiten sich ihre Augen. „Grant, bin ich wirklich hier? Bitte kneife mich."

„Was? Ich werde dich nicht kneifen. Du bist wirklich hier." Ich lache leise und verstumme, als sie mir wirklich hart auf die Brust schlägt. „Au ..." Ich werfe ihr einen Blick zu, der sagt *Was zum Teufel soll das?*

„Kneife mich."

Also mache ich es und sie jault auf. „Okay, das tat weh. Danke, Schatz."

Eine Frau kommt zur Rezeption und räuspert sich. „Was haben wir hier?"

„Ähm, ich bin nicht sicher, wie ich es sagen soll", fange ich an. „Meine Verlobte wurde entführt und musste Blut trinken. Können Sie ein paar Tests machen, um sicherzugehen, dass es ihr gutgeht?"

Entsetzen füllt das Gesicht der Frau und ich kann verstehen, warum. Das hört sich verdammt schlimm an.

Ihre Hand fliegt zu ihrem Herzen. „Oh Gott! Haben Sie die Polizei kontaktiert?"

„Noch nicht. Ich war bei einem Detective. Ich wollte sie als vermisst oder entführt melden, aber er weigerte sich, meine Anzeige aufzunehmen. Er sagte, sie sei noch nicht lange genug weg."

Bels Hand schlägt leicht gegen meine Brust, als sie ihren Kopf an meine Schulter legt. „Hast du das wirklich getan, Grant? Wie fürsorglich von dir."

Ich küsse die Seite ihres Kopfes und sage: „Baby, ich war verrückt vor Sorge um dich."

Die Frau winkt uns herein. „Kommen Sie. Wir untersuchen Sie."
Sie öffnet eine Tür und wir gehen hindurch, während sie Bel mit
traurigen Augen ansieht. „Sind Sie sonst irgendwie geschädigt
worden? Vielleicht sexuell?"

„Zum Glück nicht." Bel seufzt. „Ich bin nicht angerührt worden."

Ich bin erleichtert. Nichts könnte mich glücklicher machen, als
das zu hören.

Wir gehen weiter nach hinten und die Krankenschwester reicht
mir eine Patientenrobe. „Möchten Sie Ihrer Verlobten beim
Umziehen helfen?"

„Sicher." Ich drehe mich zu Bel, als die Frau den Vorhang um uns
schließt, und stelle fest, dass sie zittert und weint. „Baby, es ist okay."

Ich halte sie und drücke ihren Kopf an meine Brust. „Ich war so
ruhig. Aber jetzt wird mir alles bewusst, Grant. Das, was ich durchgemacht habe, ist schwer zu ertragen."

„Bel, ich bin für dich da. Ich werde dich nie wieder alleinlassen.
Niemals. Jetzt lass uns dich umziehen und die Untersuchung hinter
uns bringen." Ich löse den Morgenmantel und streife ihn ihr ab.
Dann ziehe ich ihr das transparente Kleid über den Kopf. Ich nehme
ihren BH und Slip und werfe sie in den Mülleimer. „Die können hier
bleiben. Ich bringe dich nur in dem Morgenmantel meiner Mutter
nach Hause. Die Sachen dieses Ungeheuers gehören nicht zu dir."
Ich küsse ihre nackte Schulter und nehme mir einen Moment Zeit,
um sicherzugehen, dass dort nichts ist, von dem ich dem Arzt
erzählen muss.

Da ich nichts sehe, streife ich ihr die Patientenrobe über und
helfe ihr ins Bett. Sie lächelt mich müde und schwach an. „Grant, du
bist der freundlichste und rücksichtsvollste Mensch, den ich kenne."

Als ich auf sie herabschaue, weiß ich, dass das nicht stimmt.
Zumindest nicht in der Vergangenheit. „Ich habe eine Menge wiedergutzumachen bei dir, Bel. Denk nicht, dass ich es nicht tun werde."

Jemand zieht den Vorhang beiseite und ein kleiner Mann mit
runden Brillengläsern und einem grünen Kittel kommt herein. „Hi,
ich bin Doktor Love."

Ich sehe mir den Namen auf seinem Kittel an und tatsächlich

haben wir einen Doktor Love vor uns stehen. „Hallo. Ich bin Grant und das ist Isabel." Ich schüttle die Hand des Mannes. „Passen Sie gut auf meine Verlobte auf, Doc. Sie ist alles, was ich habe."

Er sieht mich mit einem Lächeln an. „Freut mich, Sie kennenzulernen, Grant." Dann wendet er sich an Bel. „Sie haben einiges durchgemacht, nicht wahr?"

Ihre Unterlippe zittert und ich weiß, dass sie im Begriff ist, die Beherrschung zu verlieren. Ich sehe, dass ich recht habe, als sie komplett zusammenbricht. „Sie haben keine Vorstellung. Und ich weiß, dass Sie mir niemals glauben werden ..."

Er wirft mir einen Blick zu, der mir sagt, dass er schon viele schlimme Dinge gesehen hat, und legt seine Hand auf ihre Schulter, während ich ihre Hand halte und versuche, sie davon zu überzeugen, dass er hier ist, um ihr zu helfen. Er beugt sich vor und sagt zu ihr: „Lassen Sie mich Ihnen etwas sagen, junge Dame. Ich habe mehr gesehen, als Sie sich vorstellen können. Ich habe Patienten behandelt, denen verrückte Dinge passiert sind, manchmal sogar selbst herbeigeführt. Ich urteile nicht über meine Patienten – ich tue nur mein Bestes, um sie zu heilen."

Ich kann sehen, dass wir bei ihm in guten Händen sind. „Doc, meine Verlobte wurde entführt. Sie wurde gefesselt und gegen ihren Willen festgehalten. Der Mann, der das getan hat, hat sie dazu gezwungen, sein Blut zu trinken."

Bel fügt hinzu: „Er hat mich auch dazu gezwungen, fast rohes Fleisch zu essen."

„Ich verstehe. Und wie lange ist das her?", fragt er sie.

Sie schnieft und ich schnappe mir ein Taschentuch und gebe es ihr, damit sie sich die Nase putzen und die Tränen abwischen kann. „Es ist innerhalb der letzten 24 Stunden passiert."

„Waren Sie auf der Toilette?", fragt er.

Sie schüttelt den Kopf. „Nein, ich war gefesselt."

„Müssen Sie jetzt auf die Toilette?", fragt er.

„Ich muss pinkeln. Mein Magen ist zu angespannt, um etwas anderes zu tun."

Mit einem Nicken klopft er mir auf den Rücken. „Möchten Sie ihr

dabei helfen, auf die Toilette zu gehen? Oder soll ich eine Krankenschwester rufen, die ihr hilft? Wir müssen den Urin in einem Becher
auffangen, damit wir ihn untersuchen können."

„Ich kann das. Wir werden uns nie wieder trennen. Ich kann
Isabel nicht wieder verlieren." Ich nehme ihre Hand und helfe ihr
auf. „Zeigen Sie uns den Weg, Doc."

Er schiebt den Vorhang beiseite und zeigt auf die Tür auf der
anderen Seite des Flurs. „Dort drüben."

Als ich sie auf die Toilette begleite, sehe ich, dass sie mich errö-
tend anschaut. „Du kannst dich einfach umdrehen. Ich kann das
alleine machen."

Ich neige meinen Kopf zur Seite und lächle sie an. „Baby, du und
ich werden bald eins sein." Ich helfe ihr, die Robe hochzuziehen, und
setze sie auf die Toilette. Sie ist plötzlich so schwach. „Eines Tages
werden wir in diesem Krankenhaus sein und unser erstes Baby
haben. Du sollst wissen, dass ich bei jedem Schritt an deiner Seite
sein werde. Ich werde dich baden und dir helfen, alles zu tun, was du
tun musst."

Ich lächle sie an, während sie pinkelt, obwohl sie heftig errötet.
„Wer bist du?"

Mit einem Achselzucken sage ich: „Ich bin der Mann, der dich
liebt, Baby. Ich bin der Mann, mit dem du den Rest deines Lebens
verbringen wirst. Und jetzt, da ich weiß, dass unsere Seelen weiter-
existieren, bekommst du mich auch für die Ewigkeit. Ist das für
dich ok?"

Sie beißt sich wieder auf die Unterlippe und Tränen treten in ihre
Augen. „Oh, Grant ..." Sie ist so überwältigt, dass sie nichts anderes
tun kann als zu schluchzen.

Ich ziehe alle Register, wickle Toilettenpapier um meine Hand
und wische sie trocken. Ich hasse es, dass sie weint, aber ich liebe es,
dass sie mich das tun lässt. „Ich liebe dich, Bel. Mein Liebling. Für
immer und ewig."

Ich gebe ihr einen sanften Kuss und helfe ihr auf. Sie schlingt
ihre Arme um meinen Hals. Ihr Schluchzen wird zu einem leisen

Schniefen und sie küsst meine Wange. „Ich liebe dich auch, Grant. Ich will dich niemals verlieren."

„Dann wirst du es nie tun." Ich hebe sie hoch, trage sie zurück zum Krankenhausbett und lege sie hin. Dann ziehe ich die Decke bis an ihr Kinn hoch. „Lass uns das hier erledigen, dann bringe ich dich nach Hause und halte dich, bis es uns beiden bessergeht."

Mit einem Nicken stimmt sie zu und ich setze mich auf die Bettkante.

Ich kann unsere Zukunft sehen und weiß, dass sie voller Glück sein wird.

31

ISABEL

Wir warten scheinbar ewig darauf, dass das Labor Doktor Love die Ergebnisse schickt. Ich schlafe immer wieder ein, wache aber schon nach ein paar Minuten wieder auf, als ich jemanden im Flur auftauchen höre.

Jeder Schritt klingt nach Bart.

Ich öffne meine Augen und sehe Grant auf der Bettkante sitzen und fernsehen. Ich kann immer noch nicht glauben, dass er mich gebeten hat, ihn zu heiraten.

Der Vorhang ist zurückgezogen und da ist mein Arzt mit ein paar Papieren in den Händen. „Sieht gut aus. Sie können nach Hause gehen. Es gibt nichts, worüber man sich Sorgen machen müsste."

Grant strahlt mich an. „Großartig. Lass uns gehen."

In kürzester Zeit hat er mir die Patientenrobe abgestreift und den Morgenmantel seiner Mutter angezogen. Dann bringt er mich zum Auto. Jetzt, da ich weiß, dass ich gesund bin, fühle ich mich besser und bin froh, dass er mich ins Krankenhaus gebracht hat.

Die Heimfahrt vergeht schnell und im Handumdrehen stehe ich mit ihm unter der Dusche, wo er mir die Haare und meinen müden Körper wäscht. Obwohl ich erschöpft bin, lassen seine Hände auf meiner Haut Hitze durch mich strömen und ich stöhne. Er kniet sich vor mich hin und bewegt seine Hände über mein Bein. Seine Finger streichen über mein Zentrum.

Ich fahre mit den Fingern durch sein dichtes Haar und er sieht zu mir auf. „Willst du mich, Baby?"

Mit einem Nicken lasse ich ihn wissen, dass es so ist. „Denkst du, dass du dem gewachsen bist?"

„Bist du es denn?" Er lächelt mich an, als seine Hände zu meinem Hintern wandern.

„Oh, ja. Ich brauche dich so dringend." Ich lehne mich an die warme, geflieste Wand und sehe ihn mit einem verzweifelten Lächeln an. Nach allem, was ich durchgemacht habe, muss ich eine Verbindung zu etwas Sicherem und Wunderbarem spüren – nur er kann mir das geben.

Seine Augen halten meine, als er sich nach vorne beugt und mein Zentrum küsst. Meine Handflächen pressen sich hinter mir an die Wand, als ich anfange, tief in meinem Körper zu pulsieren. Sein Mund ist heiß auf mir, als er mich küsst und seine Zunge über meine empfindlichste Stelle bewegt.

Die überwältigenden Empfindungen bringen mich dazu, meine Augen zu schließen und zu stöhnen. Er leckt mich immer und immer wieder und berührt mit der Zungenspitze ab und zu meine Klitoris.

Ich kann nicht anders, als darüber nachzudenken, wie viel besser sich das anfühlt, nur weil wir jetzt verlobt sind. Wie wird es sich erst anfühlen, wenn wir einmal verheiratet sind?

Seine Finger umfassen meine Pobacken, als er mich hungrig nach vorne zieht. Er leckt, saugt und knabbert an mir, bis ich vor Ekstase schreie und wie verrückt für ihn komme.

Er steht auf, stößt seine Erektion in mich und hält still, als er fühlt, wie mein Körper um seinen Schwanz herum pulsiert. „Ja, Baby. Himmel, du fühlst dich so großartig an."

Ich lege meinen Kopf an seine Schulter, schlinge meine Beine um ihn und lasse ihn mich halten und an die Wand drücken. Ich streiche mit meinen Fingern über seinen muskulösen Rücken und seufze. „Wie ich mich bei dir fühle, ist unglaublich."

Langsam beginnt er sich zu bewegen und schiebt seinen riesigen

Schwanz in mir vor und zurück. Ich kann nicht anders, als an die Angst zu denken, die ich noch vor wenigen Stunden empfunden habe. Ich dachte, dass ich ihn nie wieder so spüren würde.

Tränen stürzen aus meinen Augen über mein Gesicht, während er sich in mir bewegt. Ich hätte ihn fast verloren. Ich hätte mich fast selbst verloren.

Ich fühle, wie Grants Hand nach oben wandert, um meine Haare zu packen. Er zieht sie zurück, so dass ich ihn ansehe. „Ich lasse dich niemals gehen. Ich kann es nicht."

Sein Mund fällt hart auf meinen, als er mich küsst, so als wäre ich die Luft, die er braucht, um am Leben zu bleiben. Er nimmt mich härter und schneller, bis wir beide bei unserer Erlösung zittern.

Ich halte ihn fest und versuche, wieder zu Atem zu kommen, während er das Gleiche tut, und wir starren einander an. Dann sehe ich Tränen in seinen Augen glitzern und schluchze, als er mit mir weint.

Es fühlt sich jetzt alles so echt an. Es fühlte sich nie real an, als ich von Bart gefangen gehalten wurde. Es war wie ein Albtraum, der sicherlich enden würde. Und er endete, nur nicht damit, dass ich aufwachte.

Er ist immer noch da draußen, das wissen wir beide. Wir wissen, dass er zurückkommen wird, um sich mich zu holen. Wir wissen, dass es für mindestens einen von uns einen schrecklichen Kampf bis zum Tod geben wird. Hoffentlich wird es Bart treffen, aber er scheint etwas auf seiner Seite zu haben, das wir nicht haben.

Andererseits scheint uns zumindest Grants Mutter beizustehen.

„Es wird alles gut, Grant. Ich weiß es einfach. Deine Mutter wird uns helfen. Ich weiß, dass sie das tun wird." Ich streiche mit meiner Hand über seinen Kopf, während ich schniefe und versuche, die Kontrolle über mich zurückzubekommen.

„Ja." Er dreht das Wasser ab und lässt mich herunter, damit er ein paar Handtücher holen kann. „Ich muss dich ins Bett bringen. Du brauchst eine Pause. Ich werde aufhören zu weinen. Verdammt, ich habe das in letzter Zeit viel zu oft getan."

Ich wickle das weiche, warme Handtuch um meinen Körper und

seufze. „Grant, du hast allen Grund der Welt zu weinen. Es ist eine Erleichterung. Seit deiner emotionalen Familienzusammenführung bist du so weit gekommen. Das Weinen hat dazu beigetragen."

Mit einem Nicken wischt er seine Tränen weg und dreht sich um, um mich hochzuheben und ins Bett zu tragen. „Ich habe mich nie seltsamer gefühlt. Ich bin froh, dich wieder in meinen Armen zu halten. Aber zugleich habe ich Todesangst, dass der Bastard sein Bestes geben wird, dich wieder aus ihnen herauszuzerren."

„Ich weiß. Ich habe auch Angst. Ich wünschte, ich wüsste, was zu tun ist. Ich wünschte, es gäbe einen Weg, um zu verschwinden, damit er mich niemals wiederfinden kann. Ich wünschte, er wäre ein Mensch, damit die Polizei ihn verhaften und all das beenden könnte." Ich schließe meine Augen und kämpfe gegen die Tränen an. Ich habe so viel geweint und bin so müde. Ich habe keine Energie mehr.

„Shhh." Seine Lippen drücken sich gegen meine Stirn, als er mich auf das Bett legt und das Handtuch von mir löst. Er zieht das Laken hoch, um mich damit zu bedecken. „Du bist jetzt in Sicherheit. Die Alarmanlage ist eingeschaltet und ich bin hier. Ich werde dich festhalten, bis du aufwachst."

Er klettert ins Bett und wickelt sich wie ein Kokon um mich. Ich habe mich in meinem Leben noch nie sicherer gefühlt.

„Danke, Grant." Ich kuschle mich an seine breite Brust und lasse mich von seiner Wärme trösten. „Ich liebe dich."

„Ich liebe dich auch, Baby. Schlaf jetzt." Seine Lippen berühren meinen Kopf und meine Augen schließen sich.

Er liebt mich und ich bin in Sicherheit.

Endlich.

32

GRANT

inen Tag später
Das Geräusch des Donners weckt mich. Bel schläft wie ein Baby in meinen Armen.

Ich bewege mich so wenig wie möglich, um mein Handy zu erreichen, und sehe, dass es halb vier Uhr nachmittags ist. Wir haben den ganzen Tag geschlafen. Und jetzt ist es Zeit für mich aufzustehen.

Ich habe viel zu erledigen.

Ich reibe mir den Schlaf aus den Augen und setze mich auf. Als ich aufstehe und mich strecke, stelle ich fest, dass mein Körper genauso gut ausgeruht ist wie mein Geist. Jetzt ist es Zeit, aktiv zu werden.

„Hey, wo gehst du hin?" Ihre schläfrige Stimme dringt unter den Decken hervor.

„Ich ziehe mir nur etwas an. Ich muss ein paar Anrufe machen." Ich drehe mich um und schlüpfe zu ihr aufs Bett, bleibe aber über den Decken, damit es mir nicht zu bequem wird.

Ihre Rehaugen starren mich an, während ihre Hand über meine bärtige Wange streicht. „Ich stehe auch auf."

„Wir können uns fertigmachen und etwas essen gehen, wenn du möchtest." Ich schiebe ihr Haar zurück und küsse ihre Stirn. Ich kann nicht aufhören, sie zu berühren. „Ich muss Betty anrufen. Sie soll Bart sofort von der Mitgliederliste nehmen und das Sicherheitsteam alarmieren. Wenn er kommt, möchte ich, dass er festgehalten wird. Ich nehme an, ich sollte Detective Jones anrufen, obwohl er nicht gerade eine große Hilfe war."

Ihre Augenbrauen heben sich. „Warum nicht?"

„Er denkt, du wolltest mit Bart mitgehen. Er denkt, unser Lebensstil hat dich dahin gebracht, wo du warst." Ich rolle mich von ihr weg und stehe auf, bevor ich versucht bin, den Rest des Tages dort zu bleiben. Mein Schwanz zuckt, als ich ihr verschlafenes, schönes Gesicht ansehe.

„Nun, das stimmt überhaupt nicht. Der Grund, warum Bart mich belästigt hat, liegt ganz woanders. Es ist etwas Übernatürliches. Etwas, das nicht von dieser Welt ist. Aber ich wette, du hast recht. Die Polizei kann mir nicht helfen. Vielleicht ein Priester, aber nicht das Gesetz. Bart steht über dem Gesetz. Wenn ein Mann einfach verschwinden kann, gibt es nicht viel, was das Gesetz ihm anhaben kann." Sie rollt sich aus dem Bett und geht ins Badezimmer. „Ich will einen Cheeseburger, Pommes und einen riesigen Schokoladenshake."

Grinsend kann ich nicht glauben, dass sie das alles über Bart sagen und immer noch Appetit haben kann. Aber meine Bel ist keine normale Frau. Sie ist viel mehr als das.

Nachdem wir telefoniert und uns angezogen haben, steigen wir ins Auto, um meiner Frau etwas zu essen zu besorgen. Der Regen hat nachgelassen, als die Sonne untergeht.

„Sieh dir diesen Himmel an, Grant." Sie rollt das Fenster meines Jaguars herunter, um den orangefarbenen Himmel besser betrachten zu können. „Es war die ganze Zeit dunkel dort, wo ich war. Kein Licht, außer das von den Feuern."

„Feuer?"

Sie nickt, während sie weiter das Wunder vor sich betrachtet. „Ja. Da waren diese riesigen Kamine, in denen Feuer brannten. Sie waren in den Räumen, in die ich gebracht wurde. Und da waren auch diese wirklich großen, schönen Frauen. Vielleicht seine Sklavinnen oder so. Aber sie waren dort, weil sie es wollten, jedenfalls hat er das behauptet." Ihr Blick wendet sich zu mir und sie sieht mich fragend an. „Warum denkst du, dass er mich wollte, wenn er so viele wunderschöne Frauen zur Verfügung hat?"

„Weil du einzigartig bist, Baby. Und ich lasse ihn dich nicht haben. Also will ich nicht, dass du dir Sorgen machst, okay?" Ich nehme ihre Hand, als ich die Straße hinunterfahre, und halte sie auf der Konsole zwischen uns fest.

Ich sage Bel nichts darüber, was ich durch meine Anrufe herausgefunden habe, aber Betty ist Geschichte. Sie hat keine der Hintergrundprüfungen bei Bart durchgeführt, die wir für alle potenziellen Mitglieder des Clubs benötigen. Sie hat auch den Hintergrund seiner Freundin nicht überprüft. Tad lässt Betty aus dem Club eskortieren, sobald sie heute Abend zur Arbeit kommt.

Wenn jemand heute einen Vertrag haben will, hat er kein Glück. Isabel bleibt heute Nacht an meiner Seite und wir bleiben zu Hause. Es ist früh genug, wenn Bel und ich morgen wieder zur Arbeit gehen.

Als ich auf den Parkplatz des Cafés fahre, das Bel liebt, sehe ich, dass mein Bruder Jake dort geparkt hat. „Schau mal, wer da ist."

Bel nickt zu dem Auto. „Ist das Jakes Wagen?"

„Ja." Ich drehe mich um, als ich höre, wie sie ihre Tür öffnet, und packe ihren Arm. „Nein. Du wartest, bis ich dir die Tür öffne. Ich will deine Füße nicht auf dem Boden sehen, wenn ich nicht neben dir bin, um dich zu beschützen."

Sie lächelt und errötet. „Du verwöhnst mich, Grant."

„Das tue ich." Ich steige aus, gehe auf ihre Seite des Wagens und lasse sie aussteigen. Dann schlinge ich meinen Arm um sie. Von mir aus kann Bart fliegende Affen schicken, um meine Frau zu entführen. Wenn er es tut, müssen sie erst an mir vorbei, und das wird nicht einfach sein.

Als wir hineingehen, sehen wir meinen kleinen Bruder, der mit einer hübschen jungen Dame an einem Vierertisch sitzt. Ich trete hinter ihn und schaue auf die Frau, die er zu einem Date ausführt. „Hey, kleiner Bruder. Wie geht es dir?"

Jake sieht mich an und lächelt. Dann steht er auf. „Hey, Leute.

Setzt euch zu uns. Wir haben noch nicht bestellt." Er sieht, wie fest ich Bel umklammere, und lacht. „Wenn du deine Lady einen Moment loslässt, würde ich sie gerne begrüßen, Grant."

Ich lasse sie los und sie umarmen sich und tauschen Höflichkeiten aus. Ich beobachte die Frau, die er bei sich hat. Sie reicht mir die Hand und schüttelt sie, als ich mich vorstelle. „Hallo. Ich bin Grant, Jakes älterer Bruder. Und du bist?"

„Alice. Eine Freundin von ihm." Sie sieht Jake an, als er einen Stuhl für Bel hervorzieht, und fragt: „Und wer ist deine Freundin, Grant?"

Bel streckt ihre Hand aus. „Ich bin Isabel. Und du bist Alice, richtig?"

Alice nickt. Ihr kurzes blondes Haar hüpft bei der Bewegung und sie lächelt. „Freut mich, dich kennenzulernen."

Ich setze mich Bel gegenüber und lehne mich auf dem Stuhl zurück. „Rate, was ich getan habe, Jake."

Lachend schüttelt er den Kopf. „Bei dir, Bruder, kann man das nie wissen."

„Ich habe Bel gebeten, mich zu heiraten, und sie hat Ja gesagt", informiere ich ihn.

„Nein!" Er sieht Bel an. „Im Ernst?"

Sie nickt und er sieht mich an. Ich weiß, dass er nicht bei unserer Hochzeit sein kann, also erfinde ich etwas. „Wir fahren nach Las Vegas und heiraten an Halloween. Nur wir zwei."

„Ich verstehe. Nun, herzlichen Glückwunsch. Also werde ich bald Onkel werden?" Er stößt mir mit seinem Ellbogen in die Rippen.

„Wenn es nach mir geht auf jeden Fall." Ich werfe Bel einen Blick zu und liebe die Röte, die ihre Wangen bedeckt.

Sie schaut nach unten, fummelt mit ihren Händen auf ihrem Schoß herum und ich liebe ihre Reaktion. Selbst nach all den verrückten Dingen, die wir gemacht haben, ist es neu für uns, ein Baby zu machen. Ich kann es kaum erwarten, damit anzufangen.

Als die Kellnerin kommt, um unsere Bestellung aufzunehmen, stelle ich schnell sicher, dass sie weiß, dass ich die Rechnung übernehme. „Ich zahle." Ich deute auf Bel. „Sie und ich nehmen zwei

Schokoladenshakes, Cheeseburger und Pommes." Dann sehe ich Jake an. „Was nehmt ihr?"

„Das klingt großartig. Was denkst du, Alice?"

„Ich bin dabei." Sie lächelt ihn an und ich denke, dass ich dieses Mädchen für meinen kleinen Bruder jetzt schon mag.

Die Kellnerin freut sich offenbar über die einfache Bestellung und macht sich auf den Weg in die Küche. „Hat Jenny dich darüber informiert, was ich bis jetzt erreicht habe, Jake?"

„Nicht heute. Was gibt es Neues?" Er wartet darauf zu erfahren, was ich heute gemacht habe.

„Ich habe ein paar Anrufe getätigt und herausgefunden, dass der Gerichtsmediziner Tumore in Moms Körper gefunden hat. Er hat Proben ins Labor geschickt, um herauszufinden, was genau mit ihr nicht stimmte. Und ein Anruf bei meinem Anwalt hat ergeben, dass er einen Richter hat, der Dad sofort freilassen wird, wenn der Spezialist feststellen kann, dass Moms Handgelenksverletzung von ihr selbst verursacht wurde. Die Testergebnisse werden Ende der Woche zurück sein. Das Ganze könnte schnell erledigt sein."

Bel sieht erstaunt aus. „Ich wusste nicht, dass du so weit gekommen bist, Grant. Du bist fantastisch."

„Nein." Ich schüttle den Kopf. „Nur schlau."

Jake tut so, als ob er mir auf den Arm schlägt, und ich täusche Schmerz vor. „Au!"

Jake lacht, genauso wie die Mädchen. Ich merke, dass ich die Unterhaltung wirklich genieße und Spaß habe. Ausnahmsweise einmal.

Das Essen und die Getränke kommen, und wir genießen die gute Gesellschaft. Genau wie es in einer Familie sein sollte. Etwas, das ich mir viel zu lange vorenthalten habe.

Aber ich bringe das so gut ich kann wieder in Ordnung. Wenn ich damals anders reagiert hätte ...

Ich stoppe diesen Gedankengang, als ich Bel ansehe. Sie lacht, redet und hat eine gute Zeit. Wenn ich nicht so reagiert hätte, hätte ich sie nie getroffen.

Ich denke, es gibt einen Grund für alles. Aber ich kann keinen Grund für Bart Mason und das, was er getan hat, erkennen.

Meine Augen müssen dunkel geworden sein, als ich an den Mann dachte, denn Bel hört auf zu lachen. „Grant, bist du in Ordnung, Baby?"

Blinzelnd nicke ich. „Ja. Sicher." Ich nehme einen langen Schluck von meinem Schokoladenshake, um den Gedanken loszuwerden. Was auch immer der Grund für diesen Mann und das, was mit Bel passiert ist, sein mag – ich kann es nicht zulassen, dass er diese schöne Zeit, die wir miteinander haben, trübt.

Der Himmel vor den großen Glasfenstern des Cafés ist dunkel geworden und Blitze leuchten auf. Donner grollt in der Ferne und ein Schauer durchläuft mich.

Wird er heute Nacht hinter ihr her sein?

Jake legt die weiße Papierserviette auf seinen leeren Teller. „Nun, das hat Spaß gemacht. Alice und ich wollen uns einen Film ansehen. Wollt ihr zwei euch uns anschließen?"

„Danke für die Einladung, aber Bel und ich müssen wieder nach Hause. Oh, ähm, kannst du mich und unsere Schwestern diesen Sonntag treffen? Ich möchte den Verkauf des Hauses besprechen." Ich lege das Geld auf den Tisch, um das Essen zu bezahlen, und füge ein Trinkgeld hinzu. Dann stecke ich ein paar hundert Dollar in die Hemdtasche meines kleinen Bruders. „Für dein Date heute Abend. Wage nicht zu sagen, dass du es nicht annehmen kannst. Ich hätte mich um dich kümmern sollen. Lass es mich jetzt wiedergutmachen."

Er lacht und nickt. „Danke, großer Bruder. Wir sehen uns am Sonntag. Texte mir die Zeit und den Ort, und ich werde da sein." Er nickt Alice zu. „Ist es in Ordnung, wenn ich mein Mädchen mitbringe?"

Bel ist es, die diese Frage beantwortet, indem sie Alice und dann Jake anlächelt. „Bring Alice ruhig mit. Wie wäre es, wenn sich alle in Grants Haus treffen würden?"

„In unserem Haus", korrigiere ich sie schnell. „Das ist eine großartige Idee. Wir können zusammen kochen. Das wird Spaß machen."

Bel fügt hinzu: „Um ein Uhr? Dann haben wir den ganzen Tag Zeit.“

„Cool. Alice, bist du dabei?“, fragt er.

Sie grinst von einem Ohr zum anderen, als sie sagt: „Ich bin dabei, Jake.“

Und damit haben wir einen normalen amerikanischen Familiensonntag geplant. Zwei Underground-BDSM-Club-Betreiber veranstalten ein nettes, normales Familienessen am Sonntag. Wer hätte das gedacht?

33

ISABEL

E inen Tag später
Grant und ich sitzen aneinander gekuschelt auf dem
Sofa im Wohnzimmer und schauen uns die Website eines
örtlichen Juweliergeschäfts an. Ich hätte nie gedacht, dass er und ich
einmal Trauringe aussuchen würden.

„Oh, ich mag diesen hier, Bel. Schau, Baby. Er hat einen großen
Stein in der Mitte und kleinere Steine entlang des Platinbands. Ich
denke, er würde an deinem langen, schlanken Finger schön aussehen." Er vergrößert das Bild, damit wir den Ring besser sehen
können.

„Ich finde ihn großartig, aber hast du die Preisliste darunter gesehen? Er ist ein bisschen teuer." Ich zeige auf eine billigere Variante.
„Dieser hier ist auch nett und nicht annähernd so teuer wie der, den
du ausgesucht hast."

„Ignoriere die Zahlen, Baby. Du weißt verdammt gut, dass ich es
mir leisten kann. Und ich möchte, dass jeder, der auf deine linke
Hand schaut, weiß, wie sehr ich dich wertschätze." Er küsst meinen
Kopf und ich schmelze dahin.

Es ist schwer zu glauben, dass dies derselbe Mann wie vor
einem Jahr ist. Es hat verdammt viel Mühe gekostet, ihn dazu zu

bringen, mich wertzuschätzen. Aber wenigstens ist es endlich passiert.

Ich deute auf den Ring für den Bräutigam, der dazu vorgeschlagen wird – einen schlichten Platin-Ring ohne jegliche Verzierungen. „Aber das ist zu schlicht." Ich bewege meinen Finger über den Bildschirm zu einem Ring, der ebenfalls aus Platin ist, aber kleine Diamanten in Form eines Kreuzes auf der Oberseite hat. „Ich mag diesen hier für dich. Ich kaufe dir diesen hier."

Er hebt die Augenbrauen und ist offensichtlich ein wenig überrascht. „Du kaufst mir diesen Ring? Hast du zufällig den Preis gesehen?"

Ich schmiege mich noch näher an ihn und lache. „Meine Chefs bezahlen mich gut. Ich habe das Geld zum Ausgeben, mein Lieber."

Grants Handy klingelt. Ein Stirnrunzeln füllt sein Gesicht, als der Name Steve Wilkins auf dem Bildschirm erscheint. „Ich frage mich, was er will. Es ist fast Mitternacht."

„Geh ran und finde es heraus. Vielleicht ist etwas im Club passiert, von dem du wissen solltest." Er tut es und ich kann Lärm hören. Sirengeheul im Hintergrund.

„Scheiße", sagt Grant. „Steve, was zum Teufel geht dort vor?"

„Betty ist mit ein paar Freunden zurückgekommen, nachdem sie erfahren hat, dass sie hier keinen Job mehr hat, und wollte den Club zerstören", lässt Steve Grant wissen.

„Betty hat dort keinen Job mehr?", flüstere ich Grant zu, da dies das erste Mal ist, dass ich davon höre.

„Sie hat Bart Masons Hintergrundprüfungen gefälscht", erzählt er mir, bevor er zu dem Anruf zurückkehrt. „Haben sie etwas beschädigt?", fragt er Steve.

„Nur den Personaleingang. Sie haben einen Rammbock benutzt, um reinzukommen. Bettys Mitarbeiter-Schlüsselkarte war natürlich deaktiviert. Sie war wütend, Grant. Ich hatte keine Ahnung, dass sie so sein kann. Sie war überhaupt nicht sie selbst."

„Besessen", flüstere ich. Betty war keine Verrückte. Sie war sehr nett und hilfsbereit. Aber sie war dafür verantwortlich, Bart Masons Mitgliedschaftsantrag zu bearbeiten. Hatte er ihr etwas angetan?

„Sind sie und ihre Freunde verhaftet worden?", fragt Grant, als ich aufstehe, um eine Flasche Wasser vom Couchtisch zu nehmen und ein paar Schlucke zu trinken.

„Ja. Die Polizei ist gerade dabei, sie wegzubringen. Wir haben sie wegen unerlaubten Zutritts und Beschädigung von Eigentum angezeigt. Grant, ich weiß, das wird verrückt klingen und es muss eine Erklärung dafür geben – aber ihre Augen hatten ein loderndes Feuer in sich. Es war das Unheimlichste, das ich je gesehen habe." Steve zögert, dann fährt er fort: „Und Betty hat etwas gesagt, das erschreckend ist."

Grant kneift sich in den Nasenrücken, als er irritiert und besorgt aussieht. „Und was war das, Steve?"

„Sie sagte: *Er wird bekommen, was er will. Niemand kann ihn aufhalten.* Was denkst du, bedeutet das, Grant? Und wer ist *er*? Ich habe sie mehrmals gefragt und sie hat nur gelacht wie eine Wahnsinnige."

Grants Augen treffen meine und ich flüstere: „Er will mich ..."

Es ist offensichtlich, dass Bart Mason alles in seiner Macht Stehende tun wird, um seinem Meister zu beschaffen, was er verlangt. Wieviel Zerstörung kann ich ertragen, bevor ich nachgebe?

„Ich gehe morgen früh zur Polizeistation, um zu sehen, ob ich mit ihr reden kann. Vielleicht bekomme ich ein paar Antworten von ihr", sagt Grant.

„Mach das. Ich lasse morgen die Tür ersetzen. Heute Nacht bleibt das Sicherheitsteam hier, um dafür zu sorgen, dass niemand durch die zertrümmerte Tür reinkommt, nachdem wir geschlossen haben. Dann bis morgen."

Grant legt auf und sieht mich an. „Anscheinend können wir das nicht so einfach hinter uns lassen."

Mit einem Nicken lehne ich mich zurück und er schlingt seinen Arm um mich. Ich lege meinen Kopf an seine Schulter und frage mich, was zum Teufel ich tun kann um diese Scheiße zu beenden. „Ich habe keine Ahnung, was Bart ist oder was sein Meister ist, Grant. Ich habe keine Ahnung, ob es jemanden auf dieser Welt gibt, der mir helfen kann."

„*Uns* helfen kann", korrigiert er mich. „Ich stecke auch mit drin, weißt du? Wenn dir wieder etwas passiert ... werde ich den Verstand verlieren. Das kann ich dir versprechen. Dann muss man mich in eine Zwangsjacke stecken und mich einsperren." Seine Lippen drücken sich gegen meine Wange und ich drehe mich um, um seinen Mund mit meinem zu bedecken.

Ich halte sein Gesicht in meinen Händen, küsse ihn und wünsche mir, dass unser Kuss uns vor all dem Bösen beschützt, das da draußen lauert. Aber ich weiß, dass wir mehr brauchen. Wir brauchen Hilfe.

Sein Mund verlässt meinen und er bewegt seine Hände über meine, zieht sie von seinem Gesicht zu seinen Lippen und küsst sie sanft. „Lass uns Geisterbeschwörer in Portland googeln."

„Okay", sage ich, ohne zu zögern.

Zuvor hätte ich nicht auf ein Medium gesetzt. Aber jetzt werde ich mich voll und ganz auf eines verlassen. Die Dinge ändern sich, wenn man von einem Monster entführt worden bist.

Der Laptop läuft noch und ich tippe *Medium* in die Suchmaschine ein. Eine Liste von Namen erscheint. Grants Augen und meine wandern gleichzeitig auf denselben Namen. Ein gutes Zeichen, denke ich. „Penelope Pinkerton", sagt er.

Ich nicke zustimmend. „Das ist derselbe Name, den ich mir angesehen habe." Ich klicke auf den Link und er bringt uns zu der Website der Frau. Ihr Profilbild lässt sie sehr professionell aussehen. Blonde Haare reichen bis zu ihren Schultern, und hellblaue Augen lassen sie freundlich und ehrlich wirken. „Sie scheint nicht verrückt zu sein, sondern sieht ziemlich normal aus. Sollen wir ihr eine Nachricht schreiben?"

„Ich denke schon. Je früher wir Hilfe bekommen, desto besser." Er klickt mit der Maus, um auf die Kontaktseite zu gelangen, und ich gebe unsere Anfrage zusammen mit meiner Handynummer ein.

Dann klappen wir den Laptop zu und Grant trommelt mit den Fingern darauf. Ich nehme seine Hand und halte sie in meiner. Ich weiß, dass er sich Sorgen macht. Ich weiß, dass er sich fragt, ob er mich wirklich beschützen kann.

„Es gibt Mächte, die wir nicht kontrollieren können. Aber nur für den Augenblick, Grant." Ich ziehe seine Hand hoch und halte sie an mein Herz. „Wir finden die Hilfe, die wir brauchen. Nichts ist unbesiegbar. Nichts."

„Ich will dich zu meiner Ehefrau machen. Du sollst so frei von Sünde wie nur möglich sein. Lass uns packen. Wir fahren nach Vegas." Er steht auf und zieht mich mit sich.

Ich bin irgendwie geschockt. „Grant, ich bin mir sicher, dass es den Mächten des Universums egal ist, ob du und ich ein Blatt Papier haben, das besagt, dass wir rechtlich und moralisch einwandfrei ficken dürfen. Es gibt keinen Grund, diese Heirat zu überstürzen."

Der Ausdruck in seinen Augen sagt mir, dass er zu viel in meine Worte hineininterpretiert. Seine Augen sind schmal und seine Lippen bilden eine harte Linie. „Du bist dir nicht sicher, ob du mich heiraten willst, oder?"

„Was?" Ich schüttle den Kopf.

Aber seine Augen werden noch schmaler. „Du denkst, dass diese Veränderung in mir nur vorübergehend ist. Dass die Geschehnisse der letzten Zeit mich so gemacht haben und ich wieder zu dem harten Mann werde, der ich zuvor gewesen bin."

Unfähig, seinen Blick zu halten, sehe ich zu Boden. „Könnte sein."

„Du hast kein Vertrauen in mich, Bel." Sein finsterer Blick wird traurig und er lässt meine Hand los. „Ich habe das verdient. Ich weiß es. Aber es tut nicht weniger weh, nur weil ich das weiß."

Mein Herz schmerzt und ich nehme seine Hand in meine und ziehe ihn in meine Arme. „Grant, ich liebe dich und ich weiß, dass du mich auch liebst. Aber ich fürchte, wenn das alles vorbei ist, wirst du auf diese extrem turbulente Zeit zurückblicken und denken, dass wir vielleicht eine Weile hätten warten sollen. Vielleicht sollten wir warten, bis sich die Dinge beruhigt haben, bevor wir heiraten und dauerhafte Verpflichtungen eingehen."

„Ich werde keinen Rückzieher machen", sagt er, aber er kann mich dabei nicht ansehen. „Ich gehe nie zurück. Ich gehe nur vorwärts. Aber ich sehe, dass du dir meiner nicht sicher bist." Dann schaut er mir in die Augen, während er meine Wange streichelt. „Wie lange, Bel? Wie lange willst du warten? Ich schulde es dir. Ich werde so lange warten, wie du willst. Aber ich will dich heiraten. Ich will sehen, wie sich dein Bauch mit unseren Babys rundet. Ich will meinen Ring an deinem Finger sehen. Ich will alles von dir. Und obwohl ich es sofort will, werde ich warten, bis du bereit dazu bist, mich zu heiraten."

Ich beiße mir auf die Unterlippe und kann nicht glauben, wie ehrlich und offen er ist. Ich kann nicht glauben, wie verletzlich er bei mir ist. Es ist so neu, dass ich nicht weiß, wie ich damit umgehen soll.

Aber vielleicht wird die Ehe mit Grant einen Unterschied für Bart mache. Aber ist das ein Heiratsgrund, auf den ich zurückblicken möchte?

34

GRANT

Zwei Tage und zwei Nächte sind gekommen und gegangen und nichts ist passiert. Wir treffen uns heute mit dem Medium. Wir haben die Frau gebeten, uns in Isabels Büro zu treffen. Ich dachte, das wäre am besten, da Bart dort Zeit verbracht hat. Vielleicht ist sie in der Lage, seine bösartige Aura dort aufzunehmen.

Bel und ich haben uns entschieden, bei dem ursprünglichen Datum zu bleiben und am 31. Oktober beim Halloween-Ball hier im Club zu heiraten. Sie und ich wollen, dass alle ohne jeden Zweifel wissen, dass wir tatsächlich zusammen und verheiratet sind – und dass ich nicht mehr in der Lage bin, an BDSM-Aktivitäten mit irgendjemandem außer meiner Frau teilzunehmen.

Als sie Penelope am Personaleingang begegnet, der repariert worden ist, begrüßt Isabel sie mit einem festen Händedruck. „Penelope, es ist so schön, Sie kennenzulernen. Ich bin Isabel, mit der Sie am Telefon gesprochen haben, und das ist mein Verlobter Grant."

Ich schüttle ihr auch die Hand und nicke ihr zu. „Freut mich, Sie kennenzulernen. Folgen Sie mir bitte."

Ihre Augen streifen über den Türrahmen und sie streckt die Hand danach aus. „Hmm. Ein Kampf hat hier vor ein oder zwei Nächten

stattgefunden. Eine junge Frau mit dunklen Haaren. Drei Männer."
Sie schließt die Augen, öffnet sie und sieht Bel direkt an. „Er will Sie,
nicht wahr? Derjenige, über den diese Frau namens Betty
herumbrüllt."

„Deshalb haben wir Sie angerufen, Penelope." Isabel streckt die
Hand aus und Penelope ergreift sie. „Er ist kein richtiger Mann. Er ist
eine Art Monster. Oh, er sieht normal aus ..."

„In seinen Augen kann ich sehen, dass er anders ist. Unmenschlich", unterbricht Penelope. „Aber das scheint nur so, das versichere
ich Ihnen."

Bel nickt, als wir den Flur entlanggehen und dann in ihr Büro
treten. „Bitte nehmen Sie Platz", sage ich, nachdem wir die Stühle im
Kreis aufgestellt haben.

Ich sitze neben Bel, während Penelope sich auf ihrer anderen
Seite niederlässt. Sie überkreuzt ihre Beine und lächelt mich an.
„Ihre Mutter sagt Hallo. Sie möchte, dass Sie wissen, dass sie glück-
lich darüber ist, was Sie für Ihren Vater tun." Sie hält inne und nickt.
„Natürlich. Um zu bestätigen, dass ich keine Betrügerin bin, soll ich
Ihnen sagen, dass sie weiß, dass ihre Leiche untersucht wurde, um
herauszufinden, was mit ihr nicht in Ordnung war, und dass Sie die
Ergebnisse noch nicht bekommen haben. Ist das richtig?"

Ich nicke und fühle einen Kloß in meiner Kehle. „Ja." Ich schlucke, um den Schmerz zu lindern, und warte ab, was sie zu sagen hat.

„Gebärmutterkrebs wurde gefunden, als er bereits inoperabel
war, und sie wusste, dass sie daran sterben würde." Sie wartet, als
ob sie einer Stimme lauschen würde, die nur sie hören kann. Dann
nickt sie noch einmal. „Daphne möchte, dass Sie wissen, dass es ihr
leidtut, wie sie ihr Leben beendet hat. Sie war ein Feigling und es
belastet sie sehr. Sie hat Ihnen und Ihren jüngeren Geschwistern
den Vater gestohlen. Es war falsch und sie würde es anders
machen, wenn sie könnte. Leider kann sie nichts mehr daran
ändern."

„Ich vergebe ihr. Wir alle vergeben ihr", lasse ich sie wissen. Dann
spreche ich mit Mom. „Mom, ich mache, worum du mich gebeten
hast. Dad sollte bald aus dem Gefängnis freikommen und ich nehme

ihn mit nach Hause. Er wird bei mir wohnen und ich werde ihm alle Hilfe geben, die er braucht. Mach dir keine Sorgen."

Penelope reibt sich die Stirn. „Oh, wie schrecklich." Sie sieht Bel an und eine Träne rinnt über ihre Wange. „Daphne hat mir gezeigt, wohin dieser Mann Sie entführt hat und was er Ihnen angetan hat." Sie greift nach Bels Hand. „Das Ding, das Sie will, ist nicht von dieser Welt. Nicht wirklich. Obwohl es stark ist, ist das Licht stärker als alles andere. Wenn Sie wieder entführt werden, möchte ich, dass Sie diese Worte immer wieder mit geschlossenen Augen wiederholen und sich nicht von seinen furchterregenden Visionen erschrecken lassen." Sie sieht sich um und entdeckt Papier und einen Stift auf Bels Schreibtisch.

Bel greift danach. „Lassen Sie mich das aufschreiben. Ich will es nicht vergessen."

Penelope nickt und fährt fort: „Das Licht umgibt mich und schließt die Dunkelheit aus. Nichts ist stärker als das Licht."

„Ich denke, ich kann mir das merken." Bel schreibt es auf, dann legt sie Papier und Stift wieder weg, bevor sie Penelope ansieht. „Wird er mich wieder fangen?"

„Die Zukunft kann ich nicht sehen." Penelope streckt die Arme zu beiden Seiten aus. „Ich kann so weit sehen, wie meine Fingerspitzen reichen. Ich kann nicht an der Gegenwart vorbeisehen. Ich kann sehen, was passiert ist, aber nicht, was passieren wird. Ich denke, das liegt daran, dass es einfach zu viele Variablen gibt, die die Zukunft für alle unlesbar machen. Sogar das Licht."

Ich muss fragen, weil ich nicht sicher bin, wie sie diesen Ausdruck benutzt: „Beziehen Sie sich auf Gott als das Licht?"

„So ähnlich." Sie lächelt, als sie sich bequemer hinsetzt. „Ich sehe Dinge auf der anderen Seite, die den meisten Menschen verborgen sind. Es gibt kein Wesen und keinen Geist, der mächtiger ist als andere. Wir sind ein Ganzes. Wir sind das Licht. Es ist für den menschlichen Verstand leichter, sich einen Gott vorzustellen, so dass jemand vor langer Zeit darauf gekommen ist. Tatsache ist, wenn man betet, kann jeder auf der anderen Seite einen hören. Jeder einzelne der Geister, die dort sind, kann einem helfen, wenn sie es wollen. Nicht alle tun es. So läuft es eben."

Isabel beugt sich vor. „Grants Mutter hat mich durch ein Portal geführt, um hierher zurückzukommen. Ich landete ..."

Penelope hebt ihre Hand, um sie zu stoppen. „... in Daphnes Schrank in ihrem alten Zuhause. Ja, ich weiß. Daphne hat dieses Portal geschaffen. Jetzt kann jeder Geist es benutzen. Sogar dunkle. Damit haben wir es hier zu tun. Dunkle Geister, die Menschenleben kontrollieren wollen."

„Ist Bart Mason menschlich?", muss ich fragen.

„Oh ja", kommt ihre schnelle Antwort. „Aber der Meister, dem er dient, ist es nicht. Er ist ein dunkles Wesen, dem es gelungen ist, Macht zu erlangen, indem es denjenigen, die ihm helfen, seine bösen Taten zu tun, gewisse Dinge gewährt." Ihre Augen wandern zu Bel und sie greift nach ihrer Hand. „Dieser dunkle Geist hat Bart dazu gebracht, zu glauben, dass er ihren Körper ausbluten und ihm sein eigenes Blut, das er gesammelt hat, injizieren kann. Er wurde dazu gebracht zu glauben, dass Sie ihm verfallen und sich ihm hingeben, sobald sein Blut durch Ihre Adern fließt. Bart irrt sich."

„Das tut er", bekräftige ich, während ich meinen Arm um Bels Schultern lege.

Penelope schaut uns beide an, bevor sie sich mir zuwendet. „Sie haben sich eine Weile von der Dunkelheit beherrschen lassen, Grant. Das kann ich sehen." Dann blickt sie zu Bel. „Keine Sorge, das liegt jetzt hinter ihm. Es ist nirgendwo mehr zu sehen." Sie lächelt und nickt. „Ja, Daphne, das werde ich ihr sagen." Sie lacht, als sie Bel noch einmal anblickt. „Grants Mutter will, dass Sie wissen, dass sie Sie liebt und Sie die beste Frau sind, mit der Grant sein Leben verbringen kann. Sie sagt, sie weiß, dass Sie sich Sorgen machen, dass er wieder so wird, wie er war, aber das müssen Sie nicht. Sie hat jetzt Einfluss auf Grant, und sie wird ihm niemals erlauben, wieder zu diesem Mann zu werden."

„Ist das so?", fragt Isabel, als sie mich betrachtet. „Gut. Ich bin froh, das zu hören." Dann wendet sie sich Penelope zu. „Können Sie

sie fragen, ob ich in tödlicher Gefahr bin, wenn ich nicht mit Grant verheiratet bin?"

Penelope lauscht einen Moment und schüttelt dann den Kopf. „Nein. Aber sie sagt, dass die Ehe heilig ist und diese Gelübde ernst zu nehmen sind. Denjenigen zu verlassen, dem man seine Treue geschworen hat, ist keine Sünde, wie die meisten denken, sondern eine Tragödie, die einen für alle Ewigkeit verfolgt. Sobald man eine andere Person in sein Herz lässt und sie das Gleiche für einen tut, ist man für immer verbunden. Egal was einem sonst jemals gesagt wurde."

„Wow", sagt Bel und sieht mich an. „Nun, ich habe dich vor langer Zeit in mein Herz gelassen. Ich schätze, wir müssen die Papiere nur noch unterschreiben, um unsere Verbindung auch hier auf der Erde rechtsgültig zu machen."

Ich küsse ihre Wange und drücke ihre Schultern. „Freut mich, das zu hören. Wir müssen unsere Trauringe heute Nachmittag abholen. Lass mich das nicht vergessen. Wir haben nur eine Woche bis zum Ball, weißt du? Sieben Tage, bis wir heiraten. Nicht viel Zeit."

„Herzlichen Glückwunsch." Penelope steht auf und geht durch den Raum. „Ich kann Ihnen sagen, dass dieser Mann hierher zurückkommen wird. Er hat hier etwas zurückgelassen, um das sicherzustellen." Sie geht in eine Ecke und bewegt ihre Hände. „So kam Ihre Mutter in den Raum. Bart Mason hat es geschafft, hier ein Portal zu errichten. Sein dunkler Meister hat ihn gut ausgebildet und ihm viele Geheimnisse mitgeteilt, die nur diejenigen auf der anderen Seite kennen. Er hat Bart jedoch belogen. Er hat ihm gesagt, dass er unsterblich sei, was nicht stimmt. Denken Sie daran, wenn Sie mit dem Mann zu tun haben. Er ist so menschlich wie Sie beide auch. Genauso wie die Frauen, die er als Helferinnen bei sich hat. Das einzige übernatürliche Wesen ist der dunkle Geist, der sie alle manipuliert."

Ich stehe auf und sehe mich in dem Bereich um, von dem sie uns erzählt hat, dass dort ein Portal sei. Ich kann überhaupt keinen Unterschied fühlen. „Können Sie es nicht schließen? Oder vielleicht kann Mom das tun."

„Es ist fast unmöglich, ein Portal zu schließen." Penelope geht zu Bel zurück und klopft ihr auf den Rücken. „Sie können es schaffen, wenn Sie die Worte wiederholen, die ich Ihnen gesagt habe. Erinnern Sie sich daran, dass Bart und seine Helfer so wirken, als hätten sie magische Kräfte. Das stimmt nicht. Aber sie haben jemanden, der für sie auf der anderen Seite arbeitet, was es so aussehen lässt."

„Sie sagen also, dass wir es schaffen können. Egal wie schlimm es aussieht, wir können es schaffen. Richtig?", fragt Bel.

Penelope schenkt ihr ein beruhigendes Lächeln. „Sie können jedes Hindernis, das Ihnen in den Weg gestellt wird, überwinden, Isabel. Sie haben es auch geschafft, das zu bewältigen, was Ihr Vater Ihnen angetan hat, als Sie zu jung und zu hilflos waren, um sich zu verteidigen. Erinnern Sie sich nicht daran, wie Sie mit dieser Situation umgegangen sind?"

Bels Gesicht wird blass, ihre Hand bedeckt ihren Mund und ihre Augen weiten sich. „Wissen Sie, was ich getan habe? Ich habe es nie einer Seele erzählt. Niemandem."

„Sie sind nie so alleine, wie Sie vielleicht denken. Und das war schlau für eine Zehnjährige. Ihren Vater auf der Toilette festzuhalten hat ihn daran gehindert, sich über irgendetwas, das Sie taten, aufzuregen, oder?" Penelope zwinkert ihr zu. „Machen Sie sich keine Sorgen, meine Lippen sind versiegelt."

Ich trete zu den Frauen und sage: „Jetzt bin ich neugierig. Würdest du mich wissen lassen, was du getan hast, Bel?"

„Ich habe jeden Morgen Abführmittel mit Schokoladengeschmack in seinen Kaffee gegeben. Er mochte viel Zucker und Milch darin. Eines Morgens sagte ich ihm, wir hätten keine normale Milch mehr und schüttete Schokoladenmilch hinein. Nachdem er mich erst dafür geschlagen hatte, nahm er einen Schluck, liebte den Geschmack und sagte mir, dass ich es von da an immer tun sollte." Bel sieht Penelope an, während sie den Kopf schüttelt. „Ich habe es nie einer Seele erzählt und nie laut über das gesprochen, was ich getan habe. Wenn er es jemals herausgefunden hätte, hätte er mich wohl getötet."

„Aber er hat es nie herausgefunden, nicht wahr?", fragt Penelope.

„Er hat auch niemandem von seinem chronischen Durchfall erzählt. Und er hat viel Gewicht verloren und damit auch seine Stärke, oder?"

Bel kann nur nicken. „Ich wusste, dass es von dem Abführmittel kam. Werde ich für das bestraft, was ich getan habe? Wissen Sie, vielleicht ist das die Strafe. Vielleicht ist das der Grund, warum dieser dunkle Geist mein Blut haben will."

„Damit hat es nichts zu tun." Penelope schüttelt den Kopf. „Und Sie haben nur das Karma ausgeteilt, das Ihr Vater verdient hatte."

Ich kann an dem Zweifel, der in ihren braunen Augen glänzt, sehen, dass sie nicht völlig davon überzeugt ist. Sie sieht zu Boden und ich weiß, dass sie geschockt darüber ist, dass Penelope ein so intimes Geheimnis von ihr kennt.

Ich ziehe sie in eine stehende Position hoch, schlinge meine Arme um sie und umarme sie fest. „Mach dir keine Sorgen. Du warst ein verängstigtes Kind, das einen Plan entwickelt hat, um zu verhindern, dass ihm etwas Schlimmes passiert. Ich sehe es wie Penelope. Das war verdammt schlau von dir."

Sie lehnt ihren Kopf an meine Brust, während ich sie hin und her wiege, dann sieht sie zu mir auf. „Versprich mir, dass du niemals unsere Kinder schlagen wirst, Grant."

Ich kann es auf ihrem Gesicht sehen. Ich habe sie schon oft bestraft. Ich habe sie und andere Frauen geschlagen. Nicht aus Wut oder Bosheit oder Feigheit. Aber ich habe sie geschlagen. Ich weiß, wie man einen Gürtel und ein Paddel benutzt – Dinge, die manche Menschen benutzen würden, um Kinder zu disziplinieren.

Ich bemerke, dass Penelope meinen Arm berührt. „Grant, Ihre Mutter will Ihnen sagen, dass sie weiß, was Sie tun. Sie möchte, dass Sie wissen, dass sie Sie nicht verurteilt und versteht, warum Sie es machen. Es ist nichts falsch daran, solange Sie beide davon profitieren. Und sie weiß, dass Sie niemals ein Kind absichtlich verletzen würden."

Obwohl ich irgendwie beschämt bin, dass meine tote Mutter weiß, auf was für Zeug wir stehen, bringe ich heraus: „Das würde ich niemals tun. Ich habe bis vor Kurzem nie darüber nachgedacht, Kinder zu haben. Aber ich glaube nicht, dass ich damit einverstanden bin, ein Kind körperlich zu züchtigen. Egal was es getan hat. Es gibt mehr Möglichkeiten, einem Kind den Unterschied zwischen Richtig und Falsch beizubringen." Ich wende mich an Bel und mache ihr das Versprechen, das sie braucht. „Ich schwöre dir, dass ich niemals die Hand gegen unsere Kinder erheben werde. Und ich werde dir niemals etwas antun, das du nicht willst. Alles, was du sagen musst, ist ...""

„*Rot*", beendet Bel meinen Satz. „Ich weiß."

Penelope klatscht einmal in die Hände. „Okay. Ich denke, ich bin hier fertig. Ich hoffe, ich konnte Ihnen beiden helfen. Daphne ist gegangen, also denke ich, dass sie Ihnen im Moment nichts mehr zu sagen hat. Viel Glück und wenn mir etwas einfällt, das ich Ihnen nicht gesagt habe, rufe ich Sie an, Isabel."

Während wir Penelope zur Tür begleiten, halte ich Bels Hand. Dann lächle ich sie an. „Das war verrückt, nicht wahr?"

Mit einem Nicken kommt sie dicht an meine Seite und legt ihren Kopf an meine Brust, während ihre Hand sich gegen meinen Bauch drückt. „Völlig verrückt. Ich denke, es gibt nichts zu tun außer abzuwarten, was Bart Mason und sein dunkler Geist vorhaben."

Ich bin nicht wirklich glücklich darüber, aber ich denke, sie hat recht.

35

ISABEL

Einen Tag später
In der Anwaltskanzlei, die Grant damit beauftragt hat, seinen Vater freizubekommen, erhält Grant die Dokumente, die ihm dabei helfen sollen. Es könnte schon heute soweit sein, hat uns der Anwalt gesagt.

Grant sieht mich nervös an, als der Anwalt das Büro verlässt. Er geht über die Straße zum Gerichtsgebäude, um den Richter zu treffen, mit dem er sich gut versteht. „Wenn nicht heute, dann bald, Grant. Ich bin sicher, dass es bald soweit sein wird."

Mit einem Nicken hört er auf hin und her zu gehen, entfernt sich von dem Fenster, von dem er seit dem Verschwinden des Anwalts nicht mehr die Augen abwenden konnte, und setzt sich. „Es ist nur, dass morgen die Hochzeit ist. Ich würde mich schrecklich fühlen, wenn ich ihn allein zu Hause lassen müsste."

Ich nehme seine Hand und erinnere ihn an etwas. „Du hast mehr als genug Geschwister, die zu ihm kommen können, um die Nacht über bei ihm zu bleiben. Wir haben bereits eines der privaten Apartments eingerichtet, um dort unsere Hochzeitsnacht zu verbringen. Sie können in deinem Haus übernachten ..."

Er sieht mich an, als er mich unterbricht: „In unserem Haus."

Ich kann nicht anders, als ihn anzulächeln und mich vorzubeugen, um seine Wange zu küssen. „In unserem Haus. Sie werden sich dort wie zu Hause fühlen. Sie kennen sich jetzt alle dort aus, seit wir neulich zusammen gekocht haben. Er wird sich wohlfühlen und glücklich darüber sein, frei zu sein, da bin ich mir sicher."

„Ich nehme an, du hast recht. Und ich weiß, er wird verstehen, dass wir das schon geplant hatten. Er wird froh sein, seine Kinder zu sehen, hoffe ich." Er nimmt meine Hand und küsst meine Fingerspitzen. „Ich bin glücklich darüber, dich zu haben, und ich kann es kaum erwarten, dir meinen Nachnamen zu geben."

„Und ich kann es kaum erwarten, ihn zu benutzen. Mrs. Grant Jamison. Isabel Jamison. Ich mag den Klang davon." Ich lächle ihn an und stehe dann auf, um selbst aus dem Fenster zu schauen.

Der Tag ist wunderschön – ein spektakulärer Herbstmorgen mit Vögeln, die über den Himmel ziehen, und Bäumen, die sich in der leichten Brise wiegen. Die Blätter haben sich schon gefärbt und alles scheint so friedlich zu sein.

Grant tritt hinter mich, schlingt seine Arme um meine Taille und verschränkt seine Finger, um mich im Kreis seiner Umarmung zu halten. Sein Kinn ruht auf meiner Schulter, als er mit mir aus dem Fenster schaut. „Hübscher Tag, nicht wahr?"

„Perfekt, um deinen Dad nach Hause zu bringen, oder?" Ich drehe meinen Kopf und er küsst meine Wange.

„Perfekt."

Ich drehe mich um und lege meinen Arm um seinen Hals. „Soll ich jemanden suchen, der bei mir bleibt, während du ihn abholst?"

„Auf keinen Fall. Du kommst mit mir. Ihr alle. Ich werde einen Wagen mit Fahrer mieten, um uns alle dorthin zu bringen. Ich wette, er wird der erste Gefangene sein, der von einer Limousine abgeholt wird." Er küsst sanft meine Lippen, während seine Hände sich bewegen, um meinen Hintern zu bedecken und meinen Körper näher an seinen zu ziehen.

Die Tür öffnet sich und er seufzt, als er mich loslassen muss. Der Anwalt kommt herein und lächelt uns an. Jason Stone ist zufällig eines der Mitglieder unseres Clubs und sein Lächeln ist verrucht.

„Ich sehe, dass ihr zwei nicht genug voneinander bekommen könnt. Ich kann die große Veranstaltung morgen Abend kaum erwarten. Als was verkleidet ihr euch?"

Grant sieht mich an und schüttelt den Kopf. „Wage es nicht, es ihm zu sagen. Es ist ein Geheimnis, Baby."

Wir gehen natürlich als Braut und Bräutigam. Ich nicke und tue so, als würde ich meine Lippen verschließen. „Du musst noch etwas Geduld haben, Jason. Also, dürfen wir ihn heute abholen?"

Er reicht Grant einen Stapel Papiere und nickt. „Hier ist deine Kopie. Der Richter hat den Gefängnisdirektor bereits selbst angerufen. Er hat dem Richter angeboten, die Papiere zu faxen, so dass dein Vater sofort entlassen wird. Wenn du am Gefängnis eintriffst, musst du dem Wärter am Tor das hier geben und er wird dich dorthin schicken, wo du hinmusst."

Grant sieht überwältigt aus, als er die Papiere entgegennimmt. „Danke, Jason. Ich wusste, dass du der richtige Mann für den Job bist."

Grant zieht mich hinter sich her, als er das Büro verlässt und fast aus dem Gebäude rennt. „Ich kann sehen, dass du aufgeregt bist."

„Ich bin mehr als aufgeregt. Ich habe es geschafft, Bel. Ich habe geschafft, was Mom von mir verlangt hat." Sobald wir draußen sind, nimmt er mich in seine Arme und gibt mir einen langen, harten Kuss, der mich atemlos macht. „Ich habe es geschafft, Baby. Ich tue alles, was ich versprochen habe. Ich habe das Gefühl, dass ich der Mann werde, den du verdienst."

„Das bist du." Ich schiebe meine Hand durch sein dichtes Haar. „Das warst du schon immer."

Mit einem Kopfschütteln widerspricht er mir. „Nicht immer. Aber jetzt fühle ich mich wie dieser Mann."

Wir steigen in seinen Jaguar und fahren los. Dann ruft er seine Schwester Jenny an. „Hallo, Grant. Was ist los?"

„Ich hoffe, du bist bereit. Du musst unsere beiden jüngeren Geschwister darauf vorbereiten, abgeholt zu werden. Moms Autopsie-Ergebnisse sind da. Sie hatte inoperablen Gebärmutterkrebs in einem fortgeschrittenen Stadium. Auf dem Messer waren nur ihre

Fingerabdrücke und an ihrer rechten Hand waren Blutspritzer, wo sie das Messer gehalten hat, um ihr linkes Handgelenk aufzuschneiden. Der Bericht des Gerichtsmediziners beweist Dads Unschuld, Jenny. Mein Anwalt hat den Richter dazu gebracht, das ursprüngliche Urteil aufzuheben. Dad wird heute entlassen und ich miete ein Auto und einen Fahrer, um uns alle zu ihm zu fahren und ihn abzuholen. Könnt ihr in etwa einer Stunde fertig sein?"

„Oh mein Gott. Wir holen Dad nach Hause!", schreit sie aufgeregt. „Ich werde den anderen Bescheid sagen. Ich kann nicht glauben, wie schnell du das geschafft hast, Grant. Du bist der erstaunlichste Mensch auf der ganzen Welt."

„Sag ihnen, sie sollen ihre Koffer packen", fügt Grant hinzu. „Ich möchte, dass ihr ein paar Tage bei uns bleibt. Ich will nicht, dass Dad auch nur eine Minute jemanden vermisst."

Ich nehme seine Hand und halte sie an mein Herzen. Ihn so zu sehen ist ein Traum, der für mich wahr wird. Selbst als er meine Liebe abblockte und sich nicht erlaubte, mit mir zusammen zu sein, wollte ich ihn nur glücklich sehen.

Sie beenden den Anruf und ich lasse ihn wissen, was ich denke. „Ich finde auch, dass du der erstaunlichste Mensch auf der ganzen Welt bist, Grant. Ich bin dankbar dafür, dich zu kennen. Ich fühle mich geehrt, dich heiraten zu dürfen."

Sein Lächeln ist groß und echt, als er mich anstarrt, bevor er den Parkplatz verlässt. „Baby, ich bin derjenige, der sich geehrt fühlt, dich zu heiraten."

Ich lege meinen Kopf zurück an die lederne Nackenstütze, schaue aus dem Schiebedach auf einen perfekten Himmel und bete, dass alles noch eine Weile perfekt bleiben kann. Ich weiß, dass es nicht für immer reibungslos funktionieren wird, aber eine schöne lange Zeit wüsste ich sehr zu schätzen.

„Das Medium hatte recht mit der Diagnose", murmle ich, während ich über alles nachdenke, was Penelope uns erzählt hat. „Das heißt, sie hatte mit allem recht – zumindest denke ich das." Ich drehe meinen Kopf, um Grant anzusehen. „Weißt du, ich denke, ich kann mit Bart und seinen Helfern fertigwerden. Ich glaube fest daran, dass das Licht viel stärker ist als die Dunkelheit."

„Verdammt ja, das ist es." Grant biegt ab und ich sehe, dass wir zum Club fahren. „Ich denke so darüber: Ich hatte Dunkelheit in mir und als das Licht – das Licht, das du bist – in mein Leben trat, hat es die Dunkelheit verdrängt. Und als ich dich in mein Herz ließ, hast du mich vollständig mit deinem Licht erfüllt."

Mit einem Nicken stimme ich ihm zu. „Ich denke, man kann sehen, wie Dunkelheit und Licht aufeinander reagieren. Die Dunkelheit kann das Licht nicht auslöschen. Aber das Licht kann die Dunkelheit für immer komplett auslöschen, wenn es das will."

Im Parkhaus des Clubs stellt Grant das Auto ab und steigt aus, während ich sitzenbleibe und auf seine Befehle warte. Ich finde es albern. Nichts wird vom Himmel herabstürzen, um mich zu packen und wegzutragen. Aber ich finde es auch sehr ritterlich, wie er mich behandelt.

Ich liebe es, seine Prinzessin zu sein, und fühle mich, als wäre ich sein wertvollster Besitz.

„Wir nehmen die private Limousine des Clubs. Sie ist groß und bietet viel Platz für uns alle. Der Fahrer kann in wenigen Minuten bereit sein. Wir rufen ihn an und warten im Wagen, bis er kommt." Er zieht seine Karte über den Scanner, um die Tür zu öffnen, und wir gehen rein.

Im Club ist es so still, wenn niemand hier ist. Es ist irgendwie unheimlich, wie alles im leeren Raum widerhallt. Grants Büro ist näher als meines, also öffnet er die Tür und wir gehen hinein.

Ich setze mich auf das rote Ledersofa, während er zu seinem Schreibtisch geht, um die Nummer des Fahrers zu suchen. Er schaltet seinen Computer an und lächelt. „Tad hat mir eine Nachricht per E-Mail hinterlassen. Er ist ordiniert worden und würde es lieben, wenn du und ich uns von ihm trauen lassen würden."

„Ich bin dabei", sage ich und denke, dass das cool wäre. „Hey, sag ihm, er soll sich wie ein Mönch anziehen. Ich möchte, dass die Trauung im Gothic-Stil ist, weißt du."

Er tippt auf der Tastatur herum und ich höre, dass eine schnelle

Antwort gekommen ist, als der Computer einen leisen Klingelton von sich gibt. „Er ist einverstanden damit. Er hat die Hauptbühne 30 Minuten für uns gebucht, ab 23:30 Uhr, so dass wir offiziell eine Minute vor Mitternacht an Halloween heiraten können." Er grinst. „Das ist es, was ich an unserer Truppe liebe. Wir stehen alle auf gute Shows."

„Und unsere Show wird alle begeistern, Baby." Ich springe plötzlich sehr aufgeregt auf und lege meine Arme von hinten um ihn, während er auf seinem Stuhl sitzt. Ich atme sein würziges, duftendes Shampoo ein.

Er ruft den Fahrer an und wir warten darauf, dass er hier ankommt, was nur etwa 15 Minuten dauern sollte.

Ich drehe seinen Stuhl herum und lege ein Bein über die Armlehne, um mich rittlings auf ihn zu setzen, als wir Schritte im Flur wiederhallen hören. „Was zur Hölle ist das?", fragt er.

Wir beide schauen zu der offenen Tür, als sie plötzlich zuschlägt. Ich klettere von ihm herunter und er steht auf. „Geh hinter mich."

Ich ducke mich hinter ihm und verstecke mich vor dem, was da draußen ist.

Bitte, lass es nicht Bart oder einer seiner bösen Gefolgsleute sein.

Ein leises Kinderlachen ist zu hören, als Grant die Tür wieder öffnet. Dann füllt das Geräusch kleiner Füße den Flur. Grant schaut mich an. „Deine Bürotür ist offen."

„Ich habe sie zugemacht und abgeschlossen. Ich weiß sicher, dass ich das getan habe. Das tue ich immer." Ich schlinge meine Arme von hinten um ihn und halte mich an ihm fest. Ich will nicht irgendwohin mitgenommen werden.

Er tritt einen Schritt in den Flur hinaus und ich komme mit, weil ich nicht bereit bin, ihn loszulassen. „Komm her. Ich möchte dich im Arm halten können. Ich kann mir nicht sicher sein, dass dich nicht irgendetwas von mir wegreißen wird."

Ich bewege mich an seine Seite. Sein starker Arm legt sich um mich und ich fühle mich sicherer. Die Geräusche verstummen, als wir näher an meine Bürotür kommen.

Das Licht darin ist aus, genauso wie ich den Raum verlassen

habe. Und auch wenn sich hier draußen etwas bewegt hat, hat es die Bewegungsmelder nicht ausgelöst. Das ist gut. Es macht mir nichts aus, mit Geistern genauso umzugehen wie mit echten, bösen Menschen.

„Ist irgendjemand hier?", fragt Grant, als wir eintreten und die Lichter anmachen, die uns zeigen, dass der Raum tatsächlich leer ist.

„Seid ihr bereit?", fragt eine Männerstimme direkt hinter uns. Ich stoße einen Schrei aus, der einem das Blut in den Adern gefrieren lassen könnte. Außerdem umschlinge ich Grants Körper wie eine Python.

Rick, der Fahrer, bricht bei diesem Anblick in Gelächter aus und ich versuche, ihn nicht anzuschreien. Er hat keine Ahnung, was ich durchgemacht habe, und ich will ihm nichts davon erzählen. „Rick, du hast mir Angst gemacht."

Ich löse mich von Grant, der ebenso erschüttert ist wie ich, aber es nicht zeigt. „Wow, das war laut." Grant lacht etwas gezwungen, als wir Rick in die Halle folgen und ich meine Tür wieder abschließe.

Mein Herz klopft immer noch wild, aber ich habe das Gefühl, dass das Portal einfach ein paar Kinder oder so hereingelassen hat. Nichts Dunkles. Jedenfalls noch nicht.

Ich frage mich, ob es jemanden gibt, der weiß, wie man ein Portal zur anderen Seite schließt.

36

GRANT

Meine Hände zittern, als ich dem Torwärter die Entlassungspapiere gebe, und er zeigt auf die Rückseite des Gebäudes. „Ich werde Bescheid sagen, dass Sie hier sind. Parken Sie einfach am Bordstein. Er sollte in Kürze rauskommen."

„Danke." Ich setze mich zurück ins Auto und lasse den Fahrer wissen, wo er hinmuss.

Jake und Becca wirken nervös. Becca sieht mich an und ein seltenes Lächeln umspielt ihre Lippen. „Du hast es geschafft, großer Bruder. Ich muss ehrlich sein – ich habe nicht geglaubt, dass du das alles durchziehst. Du hast mir das Gegenteil bewiesen."

„Danke, dass du mir das gesagt hast, Becca. Ich bin bestrebt, die Zukunft für uns alle besser zu machen. Ich wollte, dass ihr alle wisst, dass ich eure Studiengebühren vollständig bezahle, wenn ihr das wollt. Ich war nicht für euch da, aber ich bin es jetzt. Wenn ihr etwas braucht, müsst ihr es nur sagen." Isabel nimmt meine Hand und drückt sie. Wenn ich ihr süßes Gesicht betrachte, weiß ich, dass sie der Grund ist, aus dem ich mich wiedergefunden habe.

Der Fahrer hält an und wir schauen alle aus dem Fenster. Das Gitter öffnet sich und eine Tür des Gebäudes geht auf. Der Wärter, der über meinen Vater gewacht hat, kommt heraus und winkt. Wir steigen alle aus und warten auf unseren Vater.

Das Lächeln auf dem Gesicht des Wärters lässt mein Herz singen. Er ist so glücklich, dass dieser Tag endlich für Dad gekommen ist. Dad kommt heraus und trägt einen weißen Jogginganzug – ich nehme an, er hatte nichts anderes anzuziehen.

„Ich werde gleich online einkaufen gehen", flüstert Isabel mir zu. „Ich hätte daran denken sollen. Aber keine Sorge. Er wird neue Sachen haben, bevor die Nacht hereinbricht. Ich werde sie zu dir nach Hause liefern lassen."

„Zu *uns* nach Hause", erinnere ich sie, als ich ihre Hand drückte. „Und danke, Baby."

Sie lächelt und mein Herz schmilzt ein bisschen mehr.

Jenny ist die Erste, die ihre Arme um unseren Vater legt. „Dad ..." Sie muss einen Kloß in ihrer Kehle herunterschlucken. „Ich habe dich so vermisst."

Tränen rinnen über sein Gesicht, als er sagt: „Ich habe dich auch vermisst, Jenny."

Jake und Becca schließen sich der Umarmung an und alle weinen. Ich bleibe zurück und beobachte sie. Ich genieße es, dass ich so viel erreicht habe.

„Du hast das alles getan, Grant Jamison", flüstert Isabel. „Du solltest stolz auf dich sein – du verdienst es."

„Das bin ich, Baby. Das bin ich." Ich wische eine Träne weg, die mir aus dem Auge läuft, und räuspere mich. „Dein Wagen wartet, Dad."

Widerwillig lassen sich alle los und steigen ins Auto ein. Ich strecke meine Hand aus und Dad nimmt sie, dann ziehe ich ihn in eine Umarmung. „Danke, mein Sohn. Ich schulde dir mein Leben."

Ich kämpfe, um meine Emotionen zumindest ein bisschen in den Griff zu bekommen, und mache ein bisschen Spaß mit ihm. „Ich denke, ich schulde dir meines, Dad. Ich revanchiere mich nur." Ich lasse ihn los. Wir wischen uns beide über die Augen und ich lege meinen Arm um Bel. „Dad, das ist Isabel Sanchez. Aber morgen Abend wird sie Isabel Jamison werden. Wir werden heiraten."

Sein Lächeln ist dünn und seine Augen funkeln. „Herzlichen Glückwunsch." Er nimmt Bels Hand und küsst sie. „Und es ist mir eine Freude, dich kennenzulernen, Isabel."

„Das Vergnügen ist ganz meinerseits, Mr. Jamison." Isabel lächelt ihn an.

„Mr. Jamison?", fragt Dad mit einem Grinsen. „Wer ist das? Nenne mich Dad."

Mein Herz verkrampft sich und ich verliere fast die Fassung, als er ihr mehr anbietet, als ich je erwartet hätte. Isabel vergießt ebenfalls Tränen, als sie sagt: „Nichts würde mich stolzer machen, als dich Dad zu nennen. Vielen Dank."

„Ich danke dir auch. Ich weiß, dass deine Beziehung zu meinem Sohn ihm geholfen hat, der Mann zu werden, der er heute ist." Dad nickte uns zu und steigt dann in das Auto.

Dad hat den Nagel auf den Kopf getroffen und ich lasse Isabel Platz im Wagen nehmen, bevor ich neben sie schlüpfe. „Nach Hause, Rick."

Es ist still, da niemand sicher ist, was er sagen soll. Bel bricht das Eis. „Also, wir wollen heute Abend etwas zu essen bestellen. Was hast du am meisten vermisst, Dad? Wir werden es dir besorgen."

„Daphnes Hackbraten." Er sieht Jenny an und verengt seine Augen. „Denkst du, dass du dich daran erinnerst, wie man ihn zubereitet, Jenny? Du hast deiner Mutter immer dabei geholfen, ihn zu machen."

Jenny lächelt. „Ja." Sie sieht Bel an. „Wenn wir zurück sind, kann ich kurz die Zutaten einkaufen. Wir kochen heute Abend bei euch."

Bel ist wie immer hilfsbereit. „Klingt großartig. Hier habe ich eine App für den Laden in unserer Nähe. Du kannst eintippen, was du brauchst, und sie liefern alles, also muss niemand einkaufen gehen." Sie sieht alle an und fügt hinzu: „Bestellt alles, was ihr wollt, um euren Aufenthalt angenehm zu gestalten."

Dad lehnt den Kopf zurück und seufzt. „Ich weiß nicht, wie ich dieses Ding bedienen soll, aber Jenny soll mir ein Bier bestellen. Es ist so lange her, dass ich ein schönes kaltes Bier hatte."

„Okay, Dad. Ich wette, du hast Moms Brownies vermisst – ich

habe auch dieses Rezept." Jenny fängt an, ihre Bestellung einzutippen.

„Warte", sagt Dad und sieht ein bisschen verlegen aus. „Ich habe ihre Brownies gehasst. Aber ich habe sie gegessen, weil sie sie extra für mich gemacht hat. Ihren Apfelkuchen habe ich aber geliebt. Weißt du, wie man ihn macht?"

„Sicher", sagt Jenny und lacht. „Ich wette, ich weiß, warum du sie gehasst hast, Dad. Es ist wahrscheinlich der gleiche Grund, aus dem es uns allen so ging. Es war ihre spezielle Zutat, oder?"

Dads Lachen klingt wunderbar in meinen Ohren. Alle scheinen so glücklich darüber zu sein wie ich. „Nun, wer zur Hölle mischt schon gehackte Jalapenos in Brownies? Sie dachte einfach immer, dass ich alles besonders scharf will, nur weil ich aus Texas stamme."

Wir lachen alle und es fühlt sich so an, als wären wir wieder eine Familie. Bald wird alles wieder gut sein. Ich weiß es einfach.

37

ISABEL

inen Tag später
Heute war ein langer und arbeitsreicher Tag, da wir früh in den Club gehen mussten, um die Vorbereitungen für den Halloween-Ball zu treffen. Ich nehme mir endlich eine halbe Stunde Zeit für ein heißes Bad und versuche, mich ein wenig von der Fülle der Aktivitäten zu erholen.

Ich trinke etwas Rotwein, lege mich zurück und entspanne mich. Die erste Station an diesem Morgen war das Spa, um meinen Körper auf unsere Hochzeit vorzubereiten. Niemand weiß es, außer den anderen Eigentümern.

Ich kann mir vorstellen, dass die Herzen vieler Frauen im Club gebrochen sein werden, wenn sie erfahren, dass der Mann, den sie alle begehren, heimlich eine Beziehung hat und heiratet.

Nach einem weiteren Schluck Wein schließe ich meine Augen.

Was für ein Tag.

Grant und ich haben alles, was wir brauchen, in eines der privaten Apartments hier im Club bringen lassen. Jetzt muss ich nur noch aus dieser Wanne steigen, ins Schlafzimmer gehen und mich fertigmachen. Aber oh, wie gut es sich anfühlt, hier im heißen Wasser zu liegen.

Grant liegt auf dem Bett und macht nach einer schnellen Dusche ein Nickerchen. Wir hatten letzte Nacht seine Familie zu Besuch und haben gelacht, bis unsere Wangen wehtaten, als wir endlich schlafen gingen.

Und der Morgen kam viel zu früh. Grant und ich entschuldigten uns kurz nach dem Frühstück und sagten seiner Familie, dass wir zum Flughafen fahren müssten, um einen Privatjet nach Las Vegas zu nehmen und dort zu heiraten.

Wir sind beide traurig, dass sie nicht an der Hochzeit teilnehmen werden, aber wir können sie schließlich nicht bitten, in einen BDSM-Club zu kommen.

Irgendwo tief in mir wünschte ich, wir hätten andere Pläne für unsere Hochzeit gemacht. Ich wünschte, seine Familie könnte dabei sein, wenn wir unsere Gelübde ablegen. Aber ich möchte auch, dass alle Frauen in diesem Club wissen, dass der Mann mir gehört und sie ihre Hände und besonders ihre Lippen von ihm lassen sollen.

Ich will nicht, dass irgendeine Frau zu ihm kommt und nach seinem Expertentraining fragt. Ich will nicht, dass irgendeine Frau wegen irgendetwas zu Grant kommt. Zumindest keine Frau in diesem Club. Sie alle haben eines im Kopf, wenn sie meinen Verlobten ansehen. Exquisite Folter – und alle hoffen, dass er sich entscheidet, sie am Ende zu ficken.

Das hört sich egoistisch an und ich bin mir dessen bewusst, aber ich würde es gerne sehen, wenn Grant und ich aus dieser Branche aussteigen könnten. Ich kann mir nicht vorstellen, dass wir eine normale Ehe und Familie haben können, wenn wir weiterhin so aktiv im Club sind.

Und jetzt, da er seine Familie wieder in seinem Leben hat, hasse ich es, dass wir sie anlügen. Es gab schon zu viele Geheimnisse in dieser Familie. Es besteht keine Notwendigkeit, noch mehr hinzu-zufügen.

Wir können unsere Beziehung führen, wie wir wollen. Es gibt keinen Grund damit aufzuhören, Dinge zu tun, die uns beide anma-chen. Aber ich würde es vorziehen, wenn wir den Club verlassen und sie stattdessen privat machen. Es ist nicht so, als würde Grant mich jemals wieder auf der Bühne herzeigen wollen. Nicht nach heute Abend.

Heute Abend wird nichts passieren, was meinen Körper zeigt. Er war unnachgiebig in diesem Punkt. Nein, heute Abend wird es um meine komplette und vollständige Unterwerfung gehen – darum, dass ich ihn für immer zu meiner obersten Priorität mache.

Grant hat für mich oberste Priorität, seit ich ihn getroffen habe. Es wird sich nicht viel für mich ändern. Es war nie ein Problem, ihn an erste Stelle zu setzen, nicht wirklich. Und er macht mich jetzt zur wichtigsten Person in seinem Leben. Das macht es so viel einfacher, diese Bindung mit ihm einzugehen.

Ein klirrendes Geräusch lässt mich in der Wanne zusammenzucken und ich sehe, dass das Weinglas mir unbemerkt aus der Hand gerutscht ist. Vielleicht bin ich eingenickt und habe es fallen gelassen.

Die Badezimmertür öffnet sich und Grant steht vor mir. Er trägt nur seine engen schwarzen Boxershorts und reibt sich verschlafen die Augen. „Was ist passiert? Bist du okay?"

„Ich habe mein Weinglas fallen gelassen. Ich muss eingenickt sein. Ich war so entspannt ... bis ich dieses Durcheinander gemacht habe." Ich sehe auf den roten Wein, der über den weißen Fliesenboden rinnt, und die scharfen Glasscherben, die überall verstreut sind.

Ich bewege mich, um aus der Wanne zu steigen, aber Grant stoppt mich. „Bleib liegen. Ich werde das aufräumen, dann kannst du rauskommen. Ich will nicht, dass du dich schneidest."

Ich lehne mich wieder in der Wanne zurück und betrachte meinen gutaussehenden Mann, wie er sich hinkniet, um das Durcheinander zu beseitigen, das ich versehentlich gemacht habe. Er ist großartig. Wunderbar. Und er wird ganz allein mir gehören.

„Ich liebe dich, Grant Jamison." Ich beiße mir auf die Unterlippe, während sich mein Körper für ihn erwärmt.

Er wirft die Scherben in den Mülleimer, lächelt und schüttelt den Kopf. „Dein Gesicht glüht. Ich weiß, was du willst, aber dafür ist keine Zeit. Wir müssen uns anziehen, und du musst noch deine Haare und dein Make-up machen."

Ich ziehe den Stöpsel, um das Wasser aus der Wanne abzulassen. „Ich denke, eine heiße Dusche würde dir beim Aufwachen helfen, Grant."

„Ich denke, ich habe schon geduscht, bevor ich mich hingelegt habe. Und ich denke, du willst mich nur nackt zu dir unter die Dusche locken." Er nimmt das feuchte Handtuch, das er zuvor benutzt hat, und wischt den Wein vom Boden auf. „Die Zimmermädchen werden sich nicht über den Fleck freuen, den der Wein auf diesem weißen Handtuch hinterlässt."

Als das meiste Wasser die Wanne verlassen hat, stehe ich auf. Ich lege eine Hand auf meine Hüfte, lehne mich an die gefliste Wand und sehe den Mann an, den ich heiraten will. „Dich anzuschauen macht mich schon an. Wusstest du, dass ich allein beim Gedanken an dich erregt werde, Grant?"

Meine Augen bewegen sich nach unten, um zu sehen, wie die Wölbung in seinen Boxershorts größer wird. Seine Hand bewegt sich darüber, während er seufzt. „In die Dusche mit dir. Du hast hier etwas angefangen und musst es jetzt beenden."

Mit einem Lächeln ziehe ich den Vorhang zu und beginne zu duschen, während er seine Unterwäsche auszieht und zu mir kommt. Sein Mund fällt auf meinen, als er mich hochhebt und auf seine riesige Erektion gleiten lässt.

Wie habe ich es geschafft, ihn mit nur wenigen Worten so hart zu machen?

Ich scheine magische Kräfte zu haben.

Er presst mich gegen die Wand, als er harte Stöße in mich macht und sein Mund meinen verlässt. Dann küsst er meinen Hals, bis er an mein Ohr kommt. „Du weißt genau, was du tust, du kleine Verführerin."

Mein Körper brennt für ihn und ich kratze mit meinen Nägeln über seinen Rücken. „Bist du wütend auf mich?"

„Ich sollte es sein, nicht wahr? Du hast ein Durcheinander gemacht, das ich aufräumen musste. Dann hast du meinen Schwanz für dich hart gemacht und uns kostbare Zeit genommen, uns für die Hochzeit fertigzumachen. Ich sollte dir den Hintern versohlen, oder?"

Jetzt hat er mich noch heißer gemacht. Bastard!

„Oh, Baby, ich war so böse." Ich stöhne, als er mir drei harte Stöße verpasst, bevor er mich absetzt.

„Umfasse deine Knöchel, Baby." Seine Hände bewegen sich über meinen Hintern, während ich tue, was er sagt. Er gibt mir drei schnelle Klapse, danach dringt er noch tiefer in mich ein, während ich vor Verlangen stöhne.

Seine Hände an meinen Hüften ziehen mich zu ihm zurück, während er mich von hinten nimmt. Die Kraft seines Griffs lässt mich innerlich zittern und ich mache ein wimmerndes Geräusch, als mein Körper um Erlösung bettelt.

Aber ich möchte auf ihn warten. Ich möchte, dass wir das zusammen machen.

Eine seiner Hände verlässt meine Hüfte und ich fühle einen Schlag gefolgt von zwei weiteren, als er stöhnt: „Oh, ja. Oh, Baby ... Komm für mich."

Sein Schwanz zuckt in mir und ich verliere die Kontrolle. Keuchend lassen wir unseren Körpern alle Zeit, die sie brauchen, um sich zu beruhigen, bevor er seinen Schwanz aus mir zieht und ich aufstehe. Ich drehe mich zu ihm um und legte meine Arme um seinen Hals.

„Ich liebe dich, zukünftige Mrs. Jamison." Seine Lippen küssen meine, dann umarmt er mich fest.

„Ich liebe dich auch, Baby. Lass uns jetzt aufbrechen. Ich kann es kaum erwarten, deine Frau zu werden."

Plötzlich gehen die Lichter aus und es ist stockdunkel.

Was zum Teufel passiert jetzt?

38

GRANT

Während ich Bel in der völligen Dunkelheit halte, dringt ein besorgter Gedanke in meinen Kopf.

Bart Mason ...

Könnte er von draußen die Stromversorgung unterbrochen haben? Könnte er einen Plan gemacht haben, uns den Halloween-Ball zu ruinieren? Oder weiß er, dass wir bald heiraten, und will das ruinieren?

„Wir müssen uns etwas anziehen, Bel." Ich öffne den Vorhang und trete aus der Dusche, bevor ich ihr dabei helfe, das Gleiche zu tun.

„Mir ist so kalt, Grant. Wie ist es so schnell so kalt geworden?" Die Worte sind kaum aus ihrem Mund, als wir beide genau verstehen, warum das so ist.

„Etwas ist hier." Ich halte ihre Hand und ziehe sie mit mir. Mit meiner freien Hand taste ich mich vom Badezimmer zum Bett und weiter zum Nachttisch, wo mein Handy ist.

Licht strömt daraus, als ich die Taschenlampen-App einschalte und es auf den Schrank richte, wo sich unsere Kleidung befindet. Seine Tür steht weit offen und wir sollten ihr weißes Kleid und meinen schwarzen Anzug sehen, aber stattdessen starren wir in einen leeren Schrank.

„Hast du unsere Kleider weggelegt, Grant?" Ihre Zähne klappern, als sie meine Hand loslässt und ihre Arme um sich legt.

Ich nehme die Decke vom Bett und wickle sie darin ein, dann ergreife ich ein Laken und wickle es um mich. „Nein." Ich lege meinen Arm um sie, halte sie fest und gehe auf den Schrank zu.

Als ich hineinschaue, stelle ich fest, dass er völlig leer ist. Die Schuhe sind auch weg. Wir haben die Kleidung, die wir vorhin ausgezogen haben, auf einem Stuhl im Zimmer liegen gelassen und als ich den Lichtstrahl darauf richte, sehen wir, dass sie immer noch dort drapiert ist.

„Oh gut. Wir können uns wieder anziehen", sagt Isabel erleichtert. „Ich bin sicher, wir werden die anderen Sachen im Wohnzimmer finden. Wir werden überall nachsehen. Es kann unmöglich etwas aus diesem Raum verschwunden sein, nicht wahr?"

Ich weiß es nicht, aber ich möchte ihr nicht noch mehr Sorgen machen. „Ich bin sicher, du hast recht. Was auch immer hier reingekommen ist, kam wahrscheinlich durch das Portal in deinem Büro. Es gibt keine Möglichkeit, dass ein Geist diese Kleider durch Räume voller Menschen bewegen kann, ohne bemerkt zu werden."

Wir beeilen uns, die Jeans und T-Shirts anzuziehen, die wir trugen, um den Club für den Ball vorzubereiten, und schlüpfen zuletzt in unsere Sneakers. Dann schlinge ich meinen Arm wieder um Bel. Als ich ins Wohnzimmer gehe, sehe ich, dass ich recht damit hatte, dass ein Geist unsere Kleidung nicht aus dem kleinen Apartment bringen kann. Aber es scheint, dass er etwas anderes damit getan hat.

Bels Hände bedecken ihren Mund. „Sie sind ruiniert!", keucht sie.

Nichts als Fetzen sind von unseren Hochzeitsoutfits übrig. Ihr Kleid ist in Stücke gerissen und der Anzug, den ich tragen wollte, sieht aus wie etwas aus *Edward mit den Scherenhänden*. „Das muss das Werk dieses dunklen Geistes sein, der Bart Mason beherrscht. Ich habe keinen Zweifel daran." Ich nehme ein Stück ihres Kleides, rieche daran und stelle fest, dass es nach faulen Eiern stinkt.

Bel hält sich die Nase zu. „Schwefel. Igitt."

Das Handy in meiner Hand klingelt und ich sehe, dass es Tad ist. „Hey, Mann."

„Wir haben keinen Strom mehr", informiert er mich. „Ich bin mir sicher, dass du dir dessen bewusst bist. Wir haben das Sicherheitsteam nach draußen geschickt, um nachzusehen, was passiert ist, und ich habe die Elektrizitätsgesellschaft angerufen. Sie sagen, dass es in diesem Gebiet keine Störungen gibt. Wir haben die Notstromaggregate, aber unsere Männer können sie nicht starten."

„Und unsere Mitglieder und Gäste?", frage ich, da ich keine Ahnung habe, was für ein Chaos ausgebrochen sein könnte.

„Sie sind erschrocken. Im Club ist es stockdunkel. Aber ziemlich viele Leute haben ihre Handys dabei und benutzen sie als Taschenlampen." Er ist einen Moment still und wir können etwas im Hintergrund hören. Jemand schreit. „Ich sollte nachsehen, was los ist. Und ihr solltet nach Möglichkeit in eure Büros gehen. Durch den Stromausfall können die Türen von jedem geöffnet werden und wir dürfen nicht zulassen, dass jemand Zugang zu einem unserer Computer bekommt und sich alle vertraulichen Informationen, die wir gespeichert haben, holt."

„Wir kommen", sage ich und beende den Anruf.

Bel zittert, als sie sich an mich klammert. „Grant, ich habe ein schreckliches Gefühl."

„Ich bin bei dir, Baby. Vertraue mir, nichts wird dir passieren. Ich werde dafür sorgen." Wir gehen durch die Tür in den Flur und steuern den Hauptraum an, den wir durchqueren müssen, um zu den Büros zu gelangen.

Wir müssen durch den Flur gehen, wo die privaten Räume sind. Die üblichen Geräusche fehlen. Nur gedämpfte, sorgenvolle Stimmen sind zu hören. Eine Tür öffnet sich und meine Taschenlampe richtet sich auf einen Mann, der nur in eine schwarze Hose gekleidet ist, und eine Frau in einem Lederkorsett. „Was ist passiert?", fragt er, während er seine Augen mit seiner Hand abschirmt.

„Der Strom ist ausgefallen. Nichts, worüber man sich Sorgen machen müsste", sage ich und versuche, ihn zu beruhigen. „Ich denke, es wäre eine gute Idee, vorerst die privaten Räume zu verlassen. Geht in den Hauptraum, okay?"

Mit einem Nicken geht das Paar vor uns her. Isabel fügt hinzu: „Wir sollten an die Türen klopfen und sicherstellen, dass alle privaten Räume leer sind."

Das andere Paar hilft uns dabei, die Leute aus den Privaträumen zu holen, und unsere Gruppe geht in den Hauptraum. Als wir aus der Tür treten, ist es dort unheimlich ruhig. Handys beleuchten bestimmte Bereiche, während andere in Dunkelheit gehüllt bleiben.

„Wir arbeiten daran, die Generatoren in Gang zu bringen. Bald sollte alles wieder normal sein." Ich nehme Bel mit und gehe auf die andere Seite des Raumes zur Tür, die zu unseren Büros führt.

Die Leute murmeln um uns herum, während wir uns durch den überfüllten Raum bewegen. Das Banner, das hoch über der Menge hängt, beginnt sich zu wölben und macht laute Knallgeräusche. Jeder richtet seine Taschenlampen darauf, um zu sehen, was passiert.

Ein knackendes Geräusch erfüllt den Raum und das Banner, das so groß ist, dass es die gesamte Bodenfläche überspannt, beginnt zu fallen. Ich ziehe Bel mit mir und schaffe es, unter dem schweren Stoff herauszukommen, bevor er auf die Menge fällt und die Mehrheit der Leute im Raum unter sich begräbt.

Panische Stimmen rufen nach Hilfe und der Rest von uns, der nicht unter dem Banner gefangen ist, greift nach dem Stoff, um ihn beiseite zu zerren. Ich muss Isabel loslassen, als wir beide das Ding ergreifen und daran reißen.

Isabel schreit: „Hört auf, von der anderen Seite zu ziehen. Lasst los, so dass wir das Banner hierher bewegen können."

„Gute Idee, Bel." Wir machen jetzt Fortschritte, da die anderen nicht mehr ziehen. Aber die Leute unter dem Banner machen es uns jetzt schwerer, weil sie ausrasten bei dem Versuch, unter dem erstickenden Gewicht des Stoffes herauszukommen.

Ich fühle Hände, die gegen mich stoßen, und Bel schreit: „Bitte hört auf zu drängeln! Wir werden das in einer Minute erledigt haben. Bitte."

Aber es nützt nichts. Sie alle geraten in Panik und jetzt laufen wir

Gefahr, überrannt zu werden. Ich suche Bel, sehe aber, dass zu viele Leute zwischen uns sind. Sie sieht mich verzweifelt an. „Geh einfach raus, Grant. Ich werde dich draußen treffen."

Jeder rennt auf die Ausgänge zu und es herrscht ein riesiges Durcheinander. Ich kann die Tatsache nicht ertragen, dass ich Bel nicht halten kann, und kämpfe mich zu ihr, während sie in der Menge mitgerissen wird.

Plötzlich merke ich, dass noch ein anderer Mann versucht, zu ihr zu gelangen – ein großer Mann, der eine Wolfsmaske trägt, die sein Gesicht verbirgt. Ein schwarzer Umhang ist um seine breiten Schultern gebunden. Er geht direkt auf sie zu und ich schreie: „Bel, es ist Bart."

Sie muss sich weiterbewegen, da die Menge ihr nicht erlaubt stehenzubleiben, und schaut sich um. „Wo?"

„Geh einfach weiter, Bel." Ich muss Leute aus dem Weg schubsen, denn mein Geschrei hat Bart alarmiert. Er sieht mich an und beeilt sich, zuerst zu ihr zu gelangen. Er ist ihr näher als ich und auch rücksichtsloser, wie ich feststelle.

Er rammt Menschen aus dem Weg, so dass ihre Körper aufeinander stürzen. „Haltet ihn auf!", schreie ich.

Ein paar Männer in meiner Nähe sehen, wovon ich rede, und wir gehen alle auf Bart zu, während er weiterhin Leute aus dem Weg befördert.

Das Treppenhaus, das bis zum obersten Stockwerk des Clubs führt, könnte für diese Leute sehr gefährlich werden, wenn ich die Menschenmenge nicht beruhigen kann. Etwas muss geschehen, um diese Situation zu retten.

„Mom, hilf uns", sage ich leise. „Ich habe dich nie mehr gebraucht als jetzt."

Eine Explosion erschüttert uns alle, und einen Moment bleiben alle stehen und schauen zurück. Aus der Tür, die zu den Privaträumen führt, dringen orangefarbene und rote Flammen. Jemand muss eine Bombe in einem der Räume gezündet haben. Dann folgt eine weitere Explosion und die Panik erfasst alle, da wir uns darüber im Klaren sind, dass es auch im Hauptraum eine geben könnte.

In dem Chaos verliere ich Isabel völlig aus den Augen und Entsetzen überwältigt mich. „Bel? Bel? Wo bist du?"

Mein Körper wird von der Menschenmenge zerquetscht, die sich gegenseitig antreibt und verzweifelt versucht, sich aus dem Club in Sicherheit zu bringen. Leute strömen die Treppe hinauf in den Flur, wo die Büros sind. Ich hoffe, Bel geht so wie ich in diese Richtung.

Es gibt nur drei Ein- und Ausgänge. Die, die unsere Gäste benutzen, die der Angestellten und einen in der Nähe der Apartments. Aber es scheint, dass dieser Ausgang zerstört wurde. Rund 500 Menschen müssen diesen Ort durch nur zwei Ausgänge verlassen.

Plötzlich geht die Sprinkleranlage an und besprüht uns alle mit Wasser. Und dann fühle ich die Kälte in der Luft. Mein Atem bildet eine weiße Wolke vor mir. „Was jetzt?"

39

ISABEL

I ch kann kaum atmen, da die Luft so kalt geworden ist und all die Körper mich fast ersticken. Dann fühle ich eine Hand um mein Handgelenk und werde von jemandem vor mir mitgezogen. Ich kann nicht sehen, wer es ist.

Ich werde durch die Menge und dann zur Seite gezerrt. Plötzlich merke ich, dass ich in mein Büro geschleppt werde. Die Leute eilen an mir vorbei und einen Moment später bin ich allein mit einem großen Mann hinter einer Wolfsmaske. Er trägt einen schwarzen Umhang über seinem schwarzen Anzug.

Die Tür knallt hinter mir zu, obwohl niemand sie geschlossen hat. Ein kleines Licht erscheint und erhellt den Raum ein wenig. „Bart?"

Er steht einfach vollkommen still da, dann nimmt er die Maske ab und ich sehe, dass es Bart ist. „Du hast mich verlassen."

„Ja. Und ich werde dir nicht erlauben, mich wieder zu entführen. Am besten versuchst du es nicht noch einmal." Ich versuche nicht, ihn einzuschüchtern, aber ich will ihn wissen lassen, dass es nicht so einfach sein wird wie beim letzten Mal. Ich springe nicht wieder mit ihm ins Auto und lasse mich irgendwo hinbringen.

„Du und ich wissen beide, dass ich Kräfte habe, die andere nicht besitzen." Er macht einen Schritt vorwärts und ich einen zurück.

Ich strecke meine Hand aus und sage ihm, was ich weiß. „Du bist nur ein Mensch, Bart. Du hast keine übernatürlichen Kräfte. Dieser dunkle Geist, dem du folgst, benutzt dich nur. Du wirst niemals unsterblich sein, so wie es dir versprochen wurde."

„Du hast keine Ahnung, wovon du redest, Isabel." Er dreht sich um und geht in die Ecke des Raumes, wo er laut dem Medium ein Portal geöffnet hat. „Und du wirst mit mir kommen. Du kannst es dir leichtmachen oder du kannst es dir schwermachen, aber du wirst mit mir kommen."

Der Brieföffner glitzert, als die kleine Taschenlampe, die Bart auf den Schreibtisch legt, ihn kurz beleuchtet. Er bemerkt es nicht, weil er zu beschäftigt damit ist, in die Ecke zu schauen, und ich gehe zum Schreibtisch, nehme den scharfen Gegenstand und halte ihn hinter meinem Rücken fest.

Ich habe noch nie in meinem Leben darüber nachgedacht, jemanden zu töten. Es ist merkwürdig, was dieser Mann in mir zum Vorschein bringt. Ein schneller Stich in seinen Hals und ich könnte seine Hauptschlagader treffen und ihn unschädlich machen. Er würde ziemlich schnell verbluten.

Obwohl der Mann böse ist und plant, mich umzubringen, möchte ich die Dinge nicht auf diese Weise beenden. Nicht, wenn es einen anderen Weg gibt. Also versuche ich, ihn zur Vernunft zu bringen. „Bart, ich habe ein Medium konsultiert. Die Frau hatte mit allem, was sie sagte, recht. Sie sagte auch, dass dieser dunkle Geist dich anlügt. Du musst das nicht tun. Sie sagte außerdem, dass es mich umbringen wird, wenn man mir mein Blut nimmt, um es diesem Ding zu geben. Du kannst mich nicht wieder zum Leben erwecken, indem du dein Blut in meine Venen injizierst."

Er dreht sich um und starrt mich an. „Wenn du denkst, dass du etwas zu mir sagen kannst, das meinen Glauben an meinen Meister zerstört, irrst du dich gewaltig. Es ist mir egal, was dein Medium zu dir gesagt hat. Mein Meister kümmert sich um mich. Wenn er nicht die Macht hat, mich unsterblich zu machen, wie kann es sein, dass ich durch Portale reise?"

„Bart, ich war auch in der Lage, durch ein Portal zu reisen, um von dir wegzukommen. Ich weiß nicht, wie ich es erklären soll, aber manche Geister schaffen es wohl irgendwie, dass auch lebende, atmende Menschen auf diesem Weg reisen können. Du musst mir das glauben."

„Und was ist damit, dass ich Frauen nur mit meinem Verstand kontrollieren kann?" Er sieht mich mit Hass in seinen dunklen Augen an. „Warum tun sie alles, was ich von ihnen verlange?"

„Ich vermute, der dunkle Geist hat sie irgendwie infiziert. Ich habe nicht alle Antworten, Bart. Das behaupte ich auch nicht. Aber ich glaube, was das Medium mir gesagt hat. Das Licht besiegt die Dunkelheit – das wird immer so sein. Und ich folge dem Licht." Ich trete zurück und nähere mich der Tür. „Hast du Bomben im Club gelegt, Bart?"

„Als ob ich das zugeben würde. Du bist lächerlich." Mit einem Schritt nach vorn kommt er auf mich zu.

Ich weiche weiter zurück, bis mein Rücken sich gegen die Tür drückt. Dann greife ich nach unten und drehe den Knauf hinter mir. Bart packt mich, bevor ich die Tür aufreißen kann. „Nein!", rufe ich, aber seine Hände umklammern meinen Hals, würgen mich und lassen meinen Schrei verstummen.

Meine Füße verlassen den Boden, als er mich hochhebt, bis ich mich über seinem Kopf befinde und auf ihn herabsehe. Ein Lächeln krümmt seine Lippen, und ich sehe, dass seine Schneidezähne wieder scharf sind.

Ein Trick. Das weiß ich jetzt.

Ich habe keine Angst, sage ich mir immer wieder. Dann erinnere ich mich an die Worte, die Penelope mich wiederholen ließ. Das Licht umgibt mich und schließt die Dunkelheit aus. Nichts ist stärker als das Licht. Ich kann es nicht laut sagen, aber ich kann es denken.

Meine Hand umfasst immer noch den Brieföffner, aber ich halte mich davon ab, ihn zu benutzen, während ich die Worte immer und immer wieder in Gedanken sage.

Bart bewegt sich zurück und nimmt mich mit in die Ecke des Raumes. Er plant, das Portal zu benutzen, um uns dorthin zu bringen, wo auch immer er mich schon einmal gebracht hat, dessen bin ich mir sicher.

Die Tür fliegt auf und ich sehe Grant. Bart sieht ihn auch und ich werde losgelassen und falle auf den Boden.

Ich huste, als die Luft in meine Lunge zurückkehrt, und versuche, meinen Körper so weit wie möglich von den Männern wegzubewegen. Ich krieche auf Händen und Knien, um mich unter meinem Schreibtisch zu verstecken, behalte aber Grant im Auge.

Er ist zornig und wirkt wie ein wütender Bulle, als er Bart angreift, so dass beide zu Boden fallen. Ihre Fäuste schlagen auf ihre Körper ein, während beide Männer wilde Geräusche machen. Und dann wird die Luft kalt wie Eis und ich weiß, dass Barts dunkler Geist hier ist.

„Das Licht umgibt mich und schließt die Dunkelheit aus. Nichts ist stärker als das Licht", rezitiere ich laut. Immer wieder sage ich den Satz und fühle, wie sich die Kälte um mich herum zusammenzieht.

Es ist nur Panikmache. Es kann mir nichts anhaben. Das weiß ich. Ich glaube das mit all meiner Seele. Ich traue meinen Augen nicht, als ich Grant in die Luft fliegen sehe. Plötzlich wird er zurückgeschleudert, schlägt mit einem Knall gegen die Wand und hängt irgendwie dort fest.

Bart steht auf und atmet schwer. Sein Gesicht blutet von all den Schlägen, die er abbekommen hat. Grants Lippe ist aufgeplatzt, aber ansonsten scheint er in Ordnung zu sein. Bart geht langsam auf Grant zu. „Du wagst es zu denken, dass du sie von demjenigen fernhalten kannst, der sie will. Du bist ein Narr. Der Meister, dem ich diene, ist viel mächtiger als alles, was du je gekannt hast."

Grant kann anscheinend nicht reden. Plötzlich bemerke ich, dass sich seine Brust nicht bewegt. Ich stehe unter meinem Schreibtisch auf und rufe: „Das Licht umgibt mich und schließt die Dunkelheit aus. Nichts ist stärker als das Licht." Immer wieder sage ich die Worte.

Bart ignoriert mich, während er sich weiter zu Grant bewegt.

„Euer albernes Medium hat euch beide getäuscht. Sie hat euch glauben lassen, dass diese leeren Worte meinen Meister stoppen können. Er kann nicht mit bloßen Worten aufgehalten werden."

Ich kann es nicht mehr aushalten. Die Tatsache, dass Grant nicht atmen kann, erfüllt mich mit einer Wut, von der ich nie etwas geahnt habe. „Lass ihn los!", rufe ich. „Ich werde mit dir kommen, wenn du ihn gehen lässt."

Grants Augen weiten sich, aber er kann keinen Muskel bewegen. Ich weiß, dass er nicht will, dass ich mit Bart gehe. Aber ich kann es nicht ertragen, dass er verletzt wird.

Bart dreht sich um und sieht mich an. Seine dunklen Augen wandern über mich, als er seinen Kopf zur Seite neigt. „Du würdest dein Leben geben, um seines zu retten?"

„Jederzeit", lasse ich ihn wissen. „Jetzt lass ihn gehen."

Bart lacht wie ein Wahnsinniger. „Ich halte ihn nicht fest. Das macht mein Meister. Ich weiß nicht, ob er ihn gehen lässt oder nicht."

„Dann werde ich niemals mit dir kommen und dein Meister wird niemals das Blut haben, nach dem er sich sehnt." Ich gehe einen Schritt auf Bart zu, während ich den Brieföffner in der Faust hinter meinem Rücken verstecke. „Du wirst der Einzige sein, dessen Blut vergossen wird, Bart Mason."

Das Feuer in seinen Augen tanzt, als er lacht und zwei lange Schritte auf mich zu macht. „Du wirst meinen Meister mit deinem Blut nähren. Und dann wirst du mit meinem gefüllt werden. Und du wirst mir gehören!", brüllt er, als er versucht, sich auf mich zu stürzen.

„Das Licht umgibt mich und schließt die Dunkelheit aus. Nichts ist stärker als das Licht!", schreie ich noch einmal, als ich das scharfe Instrument hochhebe und in seinen Nacken ramme.

Der Raum ist plötzlich mit einem Licht gefüllt, das so hell ist, dass es mich blendet. Dann fühle ich eine Hand, die meine nimmt. Ich werde von jemandem mitgezogen. Dieser Jemand fühlt sich sicher an, also versuche ich nicht zu entkommen.

Aus dem hellen Licht werde ich in die Dunkelheit geführt. Ich kann das Knistern von Feuer hören, sehe aber keine Flammen. Es ist stockdunkel, während ich hinter jemandem hergezogen werde. Unsere Schritte hallen um uns herum wider.

Ich fühle mich wie in einem Korridor, aber ich habe keine Ahnung, wo wir sind oder wer mich festhält.

Plötzlich habe ich Angst um Grant und versuche stehenzubleiben. „Grant. Ich muss Grant holen."

„Ich bin hier", bringt er mit kratziger Stimme heraus. „Wir müssen weiter." Seine Hand strafft sich um meine, und ich renne hinter ihm her.

Er wird langsamer und ich höre das Geräusch einer sich öffnenden Tür, aber ich kann immer noch nichts sehen. Dann kommt ein vertrautes Gefühl über mich. Stoff streift mich und ich trete auf etwas, das sich wie Schuhe anfühlt.

Eine weitere Tür öffnet sich und ich sehe die Fenster, die ich schon einmal gesehen habe – die Bettdecke mit dem Blumenmuster ist auch hier. Wir sind im Schlafzimmer von Grants Eltern. Und ich blicke in Grants schönes Gesicht, als er sich mir zuwendet. „Mom ist gekommen und hat mich hierhergeführt." Er nimmt mich in seine starken Armen und hält mich fest.

„Wir sind in Sicherheit!" Ich nehme sein Gesicht zwischen meine Handflächen und küsse ihn.

Er zuckt zusammen, weil ich seine aufgeplatzte Lippe vergessen habe. Aber er küsst mich trotzdem und umarmt mich. Unsere Herzen klopfen so heftig, dass ich das Pochen in seiner Brust fühlen kann.

Ein helles Licht erfüllt den Raum. Es ist so hell, dass wir es durch unsere geschlossenen Augenlider sehen können. Wir unterbrechen den Kuss und drehen unsere Köpfe, um festzustellen, dass es aus dem Schrank kommt.

Die Gestalt einer Frau steht in der Mitte. Sie winkt und Grant murmelt: „Sie schließt das Portal. Und sie schließt den dunklen Geist darin ein. Du wirst nicht mehr von ihm belästigt werden." Eine Träne rinnt über seine Wange. „Sie geht jetzt. Sie kann jetzt, da alles wieder in Ordnung ist, in Frieden ruhen."

„Du kannst wirklich hören, wie sie das alles sagt?", frage ich ihn, als ich fühle, wie sein Körper in meinen Armen zu zittern beginnt.

„Ja." Er legt sein Kinn auf meinen Kopf und seine Stimme ist sanft. „Bye, Mom. Ich sehe dich wieder, wenn ich dahin komme, wo du hingehst. Ich liebe dich. Danke."

Eine leichte Brise bewegt sich über uns und ich kann hören, wie eine Frauenstimme flüstert: „Ich liebe euch auch ..."

Das Licht verblasst zu Dunkelheit, während Grant und ich einander im Arm halten. „Es ist vorbei, Baby." Seine Lippen küssen meinen Kopf. „Endlich ist alles vorbei."

ENDE

Mrs. L. schreibt über kluge, schlaue Frauen und heiße, mächtige Multi-Millionäre, die sich in sie verlieben. Sie hat ihr persönliches Happyend mit ihrem Traum-Ehemann und ihrem süßen 6 Jahre alten Kind gefunden. Im Moment arbeitet Michelle an dem nächsten Buch dieser Reihe und versucht, dem Internet fern zu bleiben.

„Danke, dass Sie eine unabhängige Autorin unterstützen. Alles was Sie tun, ob Sie eine Rezension schreiben, oder einem Bekannten erzählen, dass Ihnen dieses Buch gefallen hat, hilft mir, meinem Baby neue Windeln zu kaufen.

 Erstellt mit Vellum

CPSIA information can be obtained
at www.ICGtesting.com
Printed in the USA
BVHW041742040321
601714BV00008B/341

9 781648 089121